SÍGUEME AL LADO SALVAJE

HELEN HARDT

SÍGUEME AL LADO SALVAJE

TITANIA

Argentina • Chile • Colombia • España
Estados Unidos • México • Perú • Uruguay

Título original: *Follow Me Under*
Editor original: Amara, an imprint of Entangled Publishing LLC.
Traducción: María Palma Carvajal e Inmaculada Rodríguez Lopera

1ª. edición Julio 2023

ISBN: 978-84-19131-05-8
E-ISBN: 978-84-19497-31-4
Depósito legal: B-9.690-2023

Fotocomposición: Ediciones Urano, S.A.U.
Impreso por Romanyà Valls, S.A. – Verdaguer, 1 – 08786 Capellades (Barcelona)

Impreso en España – *Printed in Spain*

Para quienes leyeron y disfrutaron Sígueme en la oscuridad.
Preparaos para ir al lado salvaje...

1

Todo está listo para esta noche. ¿Lo estás tú?

Me quedo mirando el mensaje de Braden.

Por un momento, ya no estoy sentada con Betsy, mi nueva amiga que conoce a mi exjefa, la *influencer* de Instagram Addison Ames, desde que eran niñas. Ahora me encuentro en una especie de vacío en el tiempo, donde solo existimos mi teléfono y yo. Betsy no acaba de contarme que Braden dejó a Addie por negarse a seguir adelante cuando él hizo algo que la alteró muchísimo. Que las mujeres son un juego para él. Que Braden es peligroso. Simplemente estoy sola, leyendo el enigmático mensaje de Braden e imaginando lo que me tiene preparado para esta noche.

Pero solo durante un momento.

Cuando levanto la vista, Betsy está inquieta, abriendo y cerrando las manos. Está nerviosa. Está claro que le asusta que Addie descubra, de alguna manera, que me ha contado todo esto. ¿Cómo pudo ser Betsy amiga de Addison Ames? Hace tiempo que dejaron atrás el instituto, por supuesto. Ella y Addie tienen ahora veintinueve años.

Miro el mensaje de Braden otra vez.

Todo está listo para esta noche. ¿Lo estás tú?

Me he quedado paralizada. Hace apenas unos minutos, estaba entusiasmada y emocionada por lo que iba a pasar esta noche.

¿Y ahora?

¿Tengo miedo?

No exactamente.

Aprensión.

Sí, un poco, pero eso no es todo lo que está bullendo dentro de mí.

Temblor y nerviosismo, sí.

Pero debajo de todo esto, fluyendo por mis venas, está lo que he sentido todo este tiempo.

Amor.

Incluso después de lo que me ha contado Betsy (que Braden dejó a Addie cuando ella se negó a hacer lo que él le pedía), sigo enamorada de él.

Todavía lo deseo.

Pero necesito respuestas. Y de las buenas.

Cierro los puños. Me duelen los hombros por la tensión. Un tambor retumba en mi cabeza. Estoy aquí sentada, en la trastienda de la Bark Boutique, que incluso ha cerrado para que hablemos, y estoy a punto de que me dé un síncope.

Hay una explicación. Tiene que haberla. Braden es voluntario en un banco de alimentos donde él mismo acudía cuando era niño. Es un hombre que rescata perros.

Betsy sigue hablando, pero sus palabras no son más que un agudo zumbido en mis oídos. Su boca se mueve, sus labios se abren y se cierran, pero nada resuena en mi cerebro.

Entonces, posa una mano húmeda sobre uno de mis puños.

—¿Skye?

Entreabro los labios, pero no puedo pronunciar palabra. En su lugar, emito un gemido.

—¿Skye? —me llama de nuevo.

Esta vez me muerdo el labio inferior. La acusación que acaba de lanzar contra el hombre al que amo es de tal magnitud que me golpea con la fuerza de un puñetazo en el estómago.

«Addie se desmayó tras una de sus escapadas. Cuando se negó a seguir acostándose con él, la dejó de una manera muy fría y le rompió el corazón. Nunca volvió a ser la misma. Tardó una eternidad en recuperar la confianza en sí misma. En realidad, hasta que su Instagram despegó».

—Está mintiendo —respondo—. Addison está mintiendo.

Betsy se muerde el labio y empieza a juguetear de nuevo con los dedos.

—Puede ser. Lo único que sé es lo que ella me ha contado. Es cierto que no he sido testigo de lo que ocurrió entre ella y Braden.

—Además, fuiste tú quien me dijo que ella lo perseguía. Tal vez decidió que Addison no era la pareja adecuada para él. —No puedo evitar mi tono suplicante. Estoy enfadada, incluso asustada, pero no voy a descargar estas emociones en Betsy. Nada de esto es culpa suya, y ella solo intenta ayudarme.

—No voy a decir nada, Skye, aparte de lo que me ha contado Addison. No sé si es verdad, pero si existe la más mínima posibilidad de que lo sea... —Betsy se encoge de hombros, juntando las manos—. Sentía que debía decírtelo. No quiero que acabes con el corazón roto como ella. He traicionado su confianza al contarte esto porque me importas.

Asiento con la cabeza. Betsy es una buena persona.

Pero Addison, no. Y creo que, en el fondo, Betsy lo sabe.

—He investigado en internet, intentando encontrar ese secreto del que ni Addie ni Braden quieren hablar —digo, haciendo el gesto de las comillas cuando menciono la palabra «secreto»—. ¿Y me estás diciendo que el único secreto es que a él le gusta atar a las mujeres y que ella decidió que no quería seguir haciéndolo?

¿Y se supone que esto tiene que sorprenderme? Addie es una gran *influencer*. Su imagen pública es la de una líder que lleva las riendas de su vida. Por supuesto que no quiere ser sumisa.

Aun así, ella sabía lo de mis pinzas para los pezones. ¿Braden las usó con ella? Debió de haberle dado su consentimiento, o Braden no la habría dominado de ninguna manera. Es posible que ella se sometiera al principio y luego decidiera que eso no era lo suyo después de que hicieran algo que la asustara.... ¿Y luego él la dejó?

Betsy aparta la mirada y separa las manos, jugueteando de nuevo con los dedos, antes de volver a centrarse en mi mirada y colocar su palma sobre mi puño una vez más.

—Si existe la más mínima posibilidad de que esto sea cierto, tenías que saberlo, Skye. Había decidido no contártelo, pero entonces dijiste que estabas enamorada de él. No puedo permitir que te hagan daño.

—Braden nunca le haría daño a nadie. Si acabó con esa relación, seguro que fue por un buen motivo. —Mis palabras suenan seguras. Casi demasiado. ¿Estoy intentando convencerme a mí misma? Si Betsy está diciendo la verdad, ¿el hecho de que Addie se negara a hacer algún tipo de práctica sexual era un buen motivo para dejarla?

¿O se trata simplemente de una mentira? Betsy no me está mintiendo. Me está diciendo la verdad tal y como la conoce. Pero la «verdad» proviene de Addie y ella podría haber mentido.

El silencio se cierne sobre nosotras, casi se puede ver de lo denso que es. Al final, Betsy retira su mano de la mía.

—Por favor, dime que no he cometido un error, Skye.

—No lo has hecho, pero no estoy segura de qué hacer con esta información.

—Hagas lo que hagas, te pido que no me menciones.

—Claro. Te doy mi palabra.

Betsy suspira, aliviada. ¿De verdad le tiene tanto miedo a Addison? Al fin y al cabo, Addison le hace publicaciones promocionales para su negocio de forma gratuita, en teoría porque Betsy sabe que Addie, básicamente, acosó a Braden hace diez años.

A menos que haya algo más que Betsy no me esté contando...

—¿Qué más sabes? —le pregunto.

Se detiene unos segundos, mirando su plato.

Después, todavía sin mirarme a la cara...:

—Nada. Eso es todo.

—Betsy...

—Ya te he contado mucho más de lo que debía. Por favor, no insistas.

Aunque tengo un nudo en el estómago, asiento. Está claro que no tenía por qué contarme todo esto y lo ha hecho por mí, para evitar que me rompan el corazón. Nunca me he sentido insegura con Braden. Siempre se cercioraba de tener permiso para hacer todo lo que hacía. Ni siquiera tengo una palabra de seguridad. ¿Qué le hizo a Addie para que se asustara tanto? ¿Estará Addie avergonzada por todo lo que pasó? ¿Qué papel jugó ella en todo el asunto? Ya sé que ella fue quien lo persiguió al principio. De hecho, fue mucho más allá de una simple persecución. Lo acosó.

—Gracias por confiar en mí —le digo.

Me ofrece una sonrisa cariñosa.

—Me caes bien. Creí que tenía que...

—Lo sé. Gracias de nuevo.

Tira distraídamente de un hilo suelto de su blusa.

—¿Qué vas a hacer ahora?

Suspiro.

—La verdad es que no estoy segura. Aun así, tengo que enfrentarme a Braden y tratar el tema.

Se le abren los ojos de par en par y le tiemblan los labios.

—No te preocupes —me apresuro a añadir—. Puedes confiar en que mantendré tu nombre al margen.

—Skye, esa mujer tiene ojos y oídos en todas partes. —Betsy se levanta—. Espero no haber cometido un error. Tengo que volver a abrir. No puedo permitirme perder ni una venta. —Sale de la estancia y entra en la tienda.

Yo también me levanto.

No tengo miedo de Addison Ames.

Sin embargo, las palabras de Betsy son como cuchillos invisibles que arañan la capa superficial de mi piel.

2

Mis pies, al parecer por voluntad propia, me llevan al edificio de las oficinas de Braden. Paso a toda velocidad por el mostrador de recepción hacia los ascensores con el «¡señora!» de la recepcionista resonando en mis oídos.

Ignoro su súplica y cojo el ascensor hasta su planta, pasando por delante de otra recepcionista, para llegar al despacho de Braden.

—¡Señora!

Los pasos de unos tacones de aguja me siguen, pero tengo una misión. Una misión para enfrentarme al hombre al que quiero.

La secretaria de Braden se levanta cuando me acerco.

—Hola, señorita Manning. ¿Puedo ayudarla?

—He venido a ver a Braden.

—Está atendiendo una llamada telefónica en este momento.

—Pues lo esperaré en su oficina. Gracias.

—Lo siento. No puedo dejar que le moleste.

—No voy a molestarle.

Sigo caminando. La necesidad de llegar a su oficina me abruma. Sí, debería parar. Sí, debería escuchar a su secretaria. Sí, debería hacer muchas cosas.

—Señorita Manning...

Paso junto a ella, con el corazón latiéndome mientras el miedo se desliza en mi interior. Agarro el pomo de la puerta del despacho de Braden, lo giro, pero no entro.

«Basta, Skye. Abre la puñetera puerta y entra».

Empujo la puerta y entro.

Braden está sentado en su escritorio, de espaldas a mí, con el móvil en la oreja.

Me aclaro la garganta.

Se gira y se le abren los ojos de par en par.

Señala el teléfono y luego apunta con la cabeza a una silla.

No me muevo. No estamos en el dormitorio, a pesar de lo que ocurrió la última vez que estuve aquí. No he cedido el control en este despacho. Además, ahora mismo no podría quedarme quieta ni aunque quisiera.

Al fin, dice por teléfono:

—Discúlpeme un momento, por favor. —Luego, se dirige a mí—: Skye, estaré contigo en unos minutos. Esto es importante.

—¿Vas a dejarme si no hago lo que quieres?

«¡Mierda. Mierda. Mierda! No quería soltarlo así».

Su semblante se ensombrece. He despertado a la bestia. Debería estar asustada, pero no lo estoy. No sé si estoy enfadada, triste o enamorada.

Sí, lo estoy. Las tres cosas.

—Esto es importante —vuelve a decir, pero desliza la mirada hacia mis manos inquietas, que no puedo dejar de retorcer, antes de volver a su llamada—. Oye, Ken, voy a tener que posponer estas negociaciones. Ha surgido algo que requiere toda mi atención.

Braden termina la llamada y se levanta. ¡Dios! Parece aún más alto y aterrador de lo normal. Está enfadado. Realmente enfadado.

Y jodidamente atractivo.

—¿De verdad acabas de acusarme de ser tan superficial como para romper contigo si no haces lo que quiero en la cama?

Me quedo con la boca abierta.

—Por supuesto que no.

—Es justo lo que acabas de decir.

—No, yo no he dicho eso.

—Acláramelo entonces.

—Yo...

¡Mierda! Para ser alguien que presume de tener el control, estoy mostrando todo lo contrario viniendo aquí con una historia de hace diez años que ni siquiera sé si es cierta. Esto no se acerca para nada a la conversación que he ensayado en mi cabeza. Excepto que lo es en cierto modo. Cuanto más me acercaba al edificio de Braden, más rápido caminaba y más me enfadaba.

No. Eso no es cierto. Más asustada estaba. Asustada de perder al hombre al que quiero.

—Habla entonces, Skye. Al parecer tienes mucho que decirme.

—Esto no es culpa mía —le digo—. No me quieres contar lo que pasó entre Addison y tú. ¿Qué otra opción tenía que intentar averiguarlo yo misma?

Braden me mira fijamente durante lo que parece mucho tiempo, pero en realidad son solo unos segundos. No puedo interpretar su expresión, lo que me asusta aún más.

Por fin habla:

—Tienes que tomar una decisión muy importante, Skye. —Sale de detrás de su escritorio, como la Guadaña que viene a por mi alma—. Tú eliges si decides confiar o no en mí.

¿Confiar en él? ¿Confiar en que no dejó a Addie porque no hizo lo que él quería? La confianza no es mi problema. He bajado la guardia con Braden. Le he dado el control. Lo he hecho porque confío en él.

—¿Alguna vez —pregunta—, en todo el tiempo que llevamos juntos, no te has sentido segura conmigo?

—¿Física o emocionalmente? —Me arrepiento al instante de mis palabras.

—De cualquiera de las dos formas —responde en voz baja.

—No.

—¿Has sentido alguna vez que rompería contigo si te negabas a hacer algo que yo quisiera?

—No, pero...

—Entonces, ¿de qué va todo esto?

—De ti. Y de Addie. De cómo terminó vuestra relación.

—Sigue sin ser asunto tuyo.

—¡Lo es! Porque... ¿y si me haces lo mismo?

—Estoy perdiendo la paciencia.

Me llevo las manos a las caderas.

—¿Qué pasó? ¿Qué le hiciste a Addie?

—Ya hemos hablado de eso.

Es evidente que está al límite, pero no puedo parar. Esto es importante. Nosotros somos importantes.

—Ella no ha vuelto a ser la misma desde entonces. ¿Fuiste... violento con ella?

Se acerca. Desprende tensión. Tensión... y energía sexual.

—¿De dónde has sacado eso?

—No... No te lo puedo decir.

—Ya veo. Quien te haya dicho eso, ¿sabe algo de primera mano?

—No.

—Pero estás dispuesta a condenarme por lo que te ha dicho. A ser juez y parte.

Tiene razón.

Dejo caer la cabeza.

—No. La verdad es que no. Pero también me da miedo volver a confiar en alguien de nuevo.

Me levanta la barbilla.

—Aunque te contara todo lo que pasó entre Addison y yo, nunca sabrías toda la verdad. Siempre habrá partes de mí que son privadas, como hay partes de ti que también lo son. Nunca podrás saber toda la verdad sobre una persona.

—Eso no es lo que quiero.

Entonces se ríe. Una carcajada grande y sarcástica que resuena en todo el despacho.

—Skye, eso es justo lo que quieres. Quieres tenerlo todo bajo control.

Abro la boca para responder, pero la cierro al instante. ¿Cómo puedo rebatir eso? Tiene razón. Al cien por cien.

—No debería decirte esto, pero sí, yo dejé a Addison. Tenía mis razones. Si no es suficiente para ti, supongo que deberíamos seguir por caminos separados.

—Hay algo más, Braden.

—No hay nada más, Skye. Esta conversación ha terminado. —Deja caer la mano.

Me estremezco. No tengo frío, pero la autoridad de su voz... me hace temblar.

—Ella... Ella no ha vuelto a ser la misma. O no lo fue hasta que empezó a triunfar con su Instagram.

—He dicho que esta discusión ha terminado.

Me encojo de manera involuntaria.

—¿Ahora me tienes miedo?

No, no le tengo miedo. Al contrario, se me tensan los pezones contra el áspero encaje de mi sujetador. Un cosquilleo aparece entre mis piernas. Separo los labios sin darme cuenta, lamiéndolos.

—No te tengo miedo. Pero ¿debería, Braden? ¿Lo hizo Addie?

—Lo que pasó entre Addie y yo es pasado. Éramos niños. Ninguno de los dos sabía lo que estaba haciendo. En lo que nos estábamos metiendo.

—Entonces ¿por qué...?

Suspira, pasándose los dedos por el pelo.

—¿Por qué, Skye? ¿Por qué? ¿Por qué has tenido que escarbar en mi pasado hasta que ha afectado a lo que tenemos? ¿Por qué quieres arruinarlo? Ya te he dicho que no voy a hablar de ello. No tiene nada que ver con lo que tú y yo tenemos.

Braden se da la vuelta y se queda mirando por el ventanal, como si estuviera buscando respuestas. Tiene los ojos entrecerrados. Parece casi... triste.

Nunca lo he visto así. Las ganas de consolarlo me abruman. Me acerco y le acaricio una mejilla.

—Braden —le digo—, ¿qué pasó?

Se encuentra con mi mirada. Sus ojos azules rebosan... ¿Eso es arrepentimiento?

—¿Se hizo daño? —pregunto.

No responde y sé que he tropezado con el principio de la verdad.

—¿Por qué no usó una palabra de seguridad?

Se pasa la mano por la frente y luego se frota las sienes.

—No lo sé, Skye, pero ojalá lo hubiera hecho.

3

Ahora no sé más que antes.

Solo que Braden lamenta lo que pasó entre Addie y él. Lo que sea que provocara su ruptura.

Y necesito saber qué es.

—No voy a hablar más sobre esto, Skye —dice con brusquedad. El arrepentimiento de sus ojos se ha transformado en su mirada estoica habitual.

—Pero yo...

—He dicho que no voy a hacerlo. Lo que ocurrió en el pasado no tiene nada que ver con el presente. Contigo y conmigo. Te quiero, Skye, pero tengo mis límites.

Su confesión amorosa calienta de repente mi interior. Nunca lo he dudado, pero me encanta oírlo. A veces es un poco parco en palabras.

—Yo también te quiero —respondo.

—Bien. —Me agarra por los hombros—. Debería poseerte con violencia, aquí mismo, en este despacho. Debería hacerte gritar tan fuerte que mis empleados pensaran que te estoy torturando.

Inhalo con esfuerzo. ¿Por qué me excita esto tanto?

Lo quiero. Lo quiero todo. Quiero sus labios en los míos, sus manos en mi cuerpo, su polla dentro de mí, embistiendo, embistiendo, embistiendo...

Pero afloja su agarre.

—Yo no soy así, Skye. Me gusta tener el control en el dormitorio. Me gusta llevar a una mujer a su límite. Y sí, a veces eso implica algo de violencia. Pero solo con consentimiento.

—Yo... te doy mi consentimiento, Braden. Poséeme. Poséeme ahora mismo y con tanta violencia como quieras.

—No creas que no lo estoy deseando. Estoy duro como una puta roca, pero nunca te follaré con rabia.

—Pero... te has enfadado conmigo antes, y hemos...

—No se trata de un simple enfado, Skye. No es que vengas para admitir que has robado una carta. Se trata de que lo has hecho a mis espaldas, intentando averiguar algo que no es de tu incumbencia porque esto no tiene nada que ver conmigo. Piensas que yo podría hacer algo... —Se frota las manos sobre la frente y se le enrojecen las mejillas.

—Pero no es eso lo que pienso, Braden. Solo quiero la verdad.

—Entonces no tenemos nada más que hablar. Hasta que no lo olvides, no tendremos futuro. Esto demuestra que yo tenía razón: no debería tener relaciones.

Me retumba el corazón. Lo ahoga todo hasta que lo único que oigo es su latido, el rápido rugido que hace estremecer a mi alma.

No me muevo.

No hablo.

—¿Por qué sigues ahí de pie? —me pregunta—. No tenemos nada más de que hablar, y tengo mucho trabajo.

—¿Y qué pasa si me niego a irme?

Se le oscurece el azul de sus iris. Puede hacer que me vaya. Lo sé. Puede llamar a seguridad o puede arrojarme sobre un hombro y deshacerse de mí él mismo. La idea de que eso ocurra no debería excitarme, pero, ¡madre mía!, lo hace.

El silencio se instaura en la habitación. Él no se mueve. Yo tampoco lo hago.

¿Estamos en un punto muerto?

Ninguno de los dos cede el control, hasta que se acerca a mí, me agarra por los hombros y estrella sus labios contra los míos.

Ya tengo los labios separados e introduce la lengua en mi boca. El beso es rudo y frenético. Rudo y frenético y, sí, furioso. Braden exuda rabia. Braden y su beso.

Presiono los pezones contra su pecho y todo mi cuerpo palpita al ritmo de mi corazón. Estoy mojada. Mojada y preparada.

Entonces separa su boca de la mía.

—¡A la mierda! —dice—. Quítate la camisa, Skye. Quítate la camisa y siéntate en mi silla.

Inhalo una bocanada de aire y me dirijo a su silla con las piernas tambaleantes. Me desabrocho la camisa, intentando ir despacio pero moviéndome deprisa porque no puedo esperar a lo que tenga planeado. No me ha pedido el sujetador, pero me lo quito de todos modos y lo tiro al suelo. Mis tetas ya están calientes y sonrosadas.

Braden aspira una bocanada de aire.

—¡Joder, Skye! Tienes las tetas más bonitas del mundo.

Se desabrocha el cinturón, se baja la cremallera de los pantalones y saca su bonito y duro miembro.

—Me voy a follar esas tetas, Skye. Quiero correrme en todo tu pecho y dejarte un puto collar de perlas.

Se acerca a mí y desliza su pene entre mis pechos. Está caliente, muy caliente, y cuando la cabeza de su erección se acerca a mis labios, saco la lengua y lamo la punta.

—¡Joder! —dice. Vuelve a bajar la polla y luego la desliza hacia arriba una vez más—. Junta tus tetas, Skye. Apriétalas y juega con tus pezones mientras te las follo.

Ahora estoy mojada. Mojadísima. Aunque me encanta sentir su erección entre mis pechos, la quiero dentro de mí. La necesito en mi sexo. Pero llevo pantalones vaqueros. Pantalones vaqueros, zapatos y calcetines.

Si me hubiera quitado toda la ropa y no solo la camisa y el sujetador...

Sigue deslizándola entre mis pechos y yo sigo pasando la lengua por la punta con cada embiste.

Después empuja hacia arriba con más fuerza, deslizando la punta entre mis labios. Ahora me está follando la boca y, joder, lo deseo más que nunca. Lo necesito dentro de mí. Pero no puedo decírselo porque tengo la boca llena con su polla.

Por suerte, él parece tener la misma idea. Me la saca de la boca y me levanta por los hombros.

—Los pantalones, Skye. Quítate esos putos pantalones. Ahora.

Miro hacia la puerta. ¿Estará cerrada con llave? ¡Joder! Ni me importa. Necesito a Braden dentro de mí, y lo necesito ahora.

Enseguida me deshago de los zapatos, los calcetines y los vaqueros molestos. Me da la vuelta.

—Pon una rodilla encima de la silla, Skye.

Obedezco, y se apresura a introducir su polla dentro de mí.

Dejo escapar un lento gemido. Todo. Todo y nada a la vez. Braden dentro de mí es todo lo que necesito ahora, y lo quiero más cerca. Miro por encima de mi hombro y le agarro de la corbata, tirando de él hacia mí. Introduzco mi lengua entre sus labios. Me folla mientras nos besamos, gimiendo en mi boca.

Mis tetas cuelgan, golpeando mi pecho desnudo. Rompe el beso y me las agarra, apretando cada pezón.

Estoy muy a punto. Pero necesito que me toque el clítoris.

¡Espera! Tengo dos manos. Solo necesito una para sostener mi peso en la silla. Llevo la otra hacia abajo, hacia mi vulva...

—¡No!

Me congelo. Me sigue palpitando el cuerpo; sigo deseando que me toque los pezones.

—Hoy no vas a correrte —me dice Braden.

Me muerdo el labio inferior y vuelvo a bajar la mano.

—He dicho que no. —Me agarra las dos manos por detrás, sujetándolas con una de las suyas, y luego se afloja la corbata burdeos y se la quita del cuello. Enseguida me ata las muñecas a la espalda—. Cuando digo que no, Skye, quiero decir que no.

—También has dicho que no me follarías con rabia. —Por ese comentario, recibo una rápida bofetada en una nalga. El calor punzante se irradia a toda mi vulva, haciendo que mi clítoris palpite aún con más fuerza. Entonces me mete la polla otra vez.

Cada embestida me pone más caliente. Cada vez que me pellizca el cuello, deseo más y más saltar al vacío. Pero estoy subiendo, subiendo, subiendo...

Todavía está enfadado. Puedo sentirlo por la forma en la que se introduce dentro de mí. Ya no juega con mis pezones. Solo me folla.

—¡Maldita sea, Skye! —dice, su voz baja en mi oído—. ¡Maldita sea lo que me haces!

Dejo escapar un suave gemido.

—¿Sabes las ganas que tengo de comerte ahora mismo? ¿Comer toda esa crema tuya y chupar tu clítoris hasta que te corras en mi cara? ¿Crees que me divierte no dejar que te corras? ¿De verdad lo crees? —Me da otra palmada en el culo—. Contéstame. ¡Joder, contéstame!

—Yo... Yo...

Vuelve a bajar la mano a mi culo.

Estoy tan cerca... Tan cerca, joder, pero no voy a correrme. No puedo. No hasta que él me deje.

Él controla mis orgasmos. Antes de él nunca los había tenido, y ahora los controla todos.

—Por favor, Braden. Por favor, deja que me corra.

Como si fuera una respuesta, me da una última embestida fuerte y siento cómo se libera dentro de mí.

—¡Te quiero, joder! No debería, pero lo hago. —Se queda dentro de mí durante un momento eterno. Cuando por fin se retira, me pone un pañuelo en la mano. Después de limpiarme, me doy la vuelta, desnuda, y me encuentro con su mirada.

—Ya hemos acabado —se limita a decir—. Debía poseerte una vez más.

—¿Me estás echando de tu oficina? —Trago saliva mientras mi corazón se desploma—. ¿O de tu vida?

—Las dos cosas.

Dos puños invisibles me aplastan el corazón. No lo he pensado bien. En mi necesidad de saber la verdad —en mi necesidad de control—, he demostrado una absoluta falta de control.

Braden regresa a su escritorio.

—Te quiero —le digo.

—Yo también te quiero. —Se aclara la garganta—. Pero el amor no es nada sin confianza, Skye.

Me estremezco, asintiendo.

—Tienes razón. Lo siento. Confío en ti, Braden. No habría llegado tan lejos como lo he hecho sin confianza. Por favor, no quiero perder lo que tenemos.

No dice nada.

Ni una sola palabra.

El reloj hace tictac.

¿Ha cambiado de opinión? ¿Me dará otra oportunidad?

Al final...

—Entonces ven a mi casa esta noche, como estaba previsto. Christopher te recogerá a las seis y media.

Asiento.

—De acuerdo.

—Y, Skye...

—¿Sí?

—Prepárate para cualquier cosa.

4

«Prepárate para cualquier cosa».

Salgo del despacho de Braden en silencio y murmuro una rápida disculpa a su secretaria.

Mi corazón se acelera al volver a mi apartamento. Hace horas que no reviso mi Instagram y eso no es propio de mí, pues soy una nueva *influencer* y necesito ganar seguidores a diario. La noticia de Betsy me ha descolocado por completo. Rápidamente, respondo a varios comentarios, borro otros cuantos y luego reviso mi correo electrónico. Nada que necesite mi atención inmediata, gracias a Dios.

Me quedan unas horas para ir a casa de Braden. Está enfadado conmigo con razón y, a decir verdad, yo también estoy bastante molesta conmigo misma. Addison es una mentirosa. ¿Por qué estuve a punto de aceptar su palabra antes que la del hombre al que quiero? Él rompió la relación, ¿y qué?

Se lo compensaré. Pero ¿cómo?

Quiero seguir buscando información. Pero no, no voy a pasar la tarde intentando descubrir cosas sobre Braden y Addison. Ya no sé dónde buscar.

Salgo rápidamente del apartamento. Sin saber a dónde voy, acabo en Crystal's Closet, una *boutique* de lencería local. Es extraño.

Casi nunca me aventuro a entrar en este tipo de tiendas. Pero aquí estoy, así que me pongo a curiosear.

A curiosear a fondo.

No pienso ni por un segundo que la lencería sexi compensará lo que le he hecho a Braden esta tarde, pero tal vez sea un buen comienzo.

—¿Puedo ayudarla a buscar algo? —me pregunta una dependienta.

—No, gracias.

—De acuerdo, avíseme si necesita cualquier cosa. —Sonríe.

Le devuelvo la sonrisa y luego le digo:

—La verdad es que sí necesito ayuda, pero me da vergüenza.

—No hay por qué avergonzarse. ¿En qué puedo ayudarla?

—Busco algo... sumiso.

—Tenemos unos preciosos bustieres de cuero en la parte de atrás. ¿Le gustaría echar un vistazo?

El calor se apodera de mis mejillas.

—Sí, por favor.

Sigo a la dependienta hasta el fondo de la tienda. No solo hay bustieres de cuero, sino también medias de rejilla, tacones de aguja con plataforma y una gran variedad de juguetes.

Braden tiene sus propios juguetes, y ni se me ocurre pensar que le gustara alguno de estos. Estoy segura de que no hace sus compras en Crystal's Closet.

—Tenemos algunos tangas de cuero, pero yo creo que un tanga de encaje negro queda mejor con uno de estos bustieres.

—Estoy pensando que tal vez... —Me sonrojo de nuevo—. Estoy pensando que tal vez sea mejor sin ningún tanga.

—Buena idea —dice con otra sonrisa—. No creo que la mayoría de las parejas se quejen. ¿Cuál es su talla de sujetador?

—Noventa y cinco C.

Alcanza un bustier de la estantería.

—Pruébese este. Creo que realzará su figura.

Tomo la prenda y me dirijo a un probador. Miro a mi alrededor. ¿Habrá cámaras ocultas o alguien vigilando? No me sorprendería. Estas cosas no son precisamente baratas. Tengo el dinero que he ganado con Susanne Cosmetics, pero ¿estoy siendo ridícula al contemplar la posibilidad de gastar parte de él en un bustier de cuero de doscientos dólares?

¿Lo apreciará Braden? Le gustan los juguetes, sí, pero ¿y si decide arrancarme esto como me arrancó el vestido?

Por supuesto, también sustituyó el vestido.

Me quito la blusa y el sujetador y me miro en el espejo. El bustier no es un corsé. No necesito ayuda para tirar de las cuerdas. Tiene un sutil elástico que ayuda a ajustarse a la mayoría de las siluetas. Me rodeo con él y cierro los ganchos por delante. Tardo un momento en mirarme al espejo.

Cuando por fin miro mi reflejo, los ojos se me abren de par en par.

Es sexi. Muy sexi.

Siempre llevo un buen escote, pero este es mejor que el mejor sujetador *push-up*. Los laterales se ajustan a mis curvas, llegando hasta mis vaqueros de tiro medio, pero dejando unos dos centímetros de piel a la vista.

—¿Cómo va todo ahí dentro? —pregunta la dependienta.

—Bien —le contesto—. Voy a llevarme este. Es perfecto.

—Estupendo. ¿Quiere que le traiga algo más al probador?

Las medias de rejilla se me vienen a la mente. Y los tacones de aguja con plataforma. Pero cuando vuelvo a mirar mi reflejo, me doy cuenta de que estaré mucho más sexi con este bustier y unos vaqueros que tropezando por la alfombra con medias de rejilla y tacones de aguja.

—No, creo que esto será todo por hoy.

—Perfecto. Nos vemos en la caja registradora.

Me quedo mirando mi reflejo durante unos segundos más. Doscientos dólares es mucho dinero por una prenda que es probable que nunca lleve en público. Contemplo la posibilidad de llamar a Tessa, pero ya sé lo que me va a decir.

«Suéltate el pelo, Skye. Diviértete».

Me sonrío.

Luego, sigo el consejo de Tessa al pie de la letra. Me suelto el pelo de la coleta, sacudo la cabeza y lo dejo caer sobre los hombros.

Sí, esto es muy sexi.

Estoy deseando enseñárselo a Braden.

De vuelta en mi apartamento, no puedo resistirme. Me pongo el bustier una vez más y luego reviso mi maquillaje, retoco mi tinte labial Cherry Russet de Sussane. Crystal's Closet no me ha ofrecido dinero por promocionar sus productos, pero ¿qué más da? Al principio pensé que no me lo pondría en público, pero me tapa lo suficiente. Por suerte, mis brazos son lo bastante largos como para conseguir una buena foto que incluya la franja de dos centímetros de piel expuesta entre el cuero y el *denim* de mis vaqueros. Escribo al instante una publicación.

¡Mirad mi nueva compra de @crystalsclosetboston!
#bustiersexi #crystalscloset #cherryrussetdesusanne
En menos de diez minutos, estoy inundada de respuestas.

¡Braden Black es un hombre afortunado!

¡Qué buen escote!

¡Estás fantástica!

¡Danos el número de referencia, por favor! A mi novio le encantará.

Compruebo la etiqueta que ya he arrancado del bustier y respondo rápidamente con el número de referencia mientras los comentarios y los me gusta siguen llegando.

Vuelvo a observar mi reflejo en el espejo.

«¡Menuda impostora!».

Jadeo. ¿De dónde han salido esas palabras? Las oigo con la voz de Addie, aunque no ha comentado mi publicación. No soy ninguna impostora. Además, este bustier es muy favorecedor. Nadie puede negar eso.

Borro al instante la idea de mi mente, agarro una chaqueta para cubrir el bustier y voy a la panadería. Braden no ha dicho nada sobre la cena, pero las seis y media de la tarde suele significar que vamos a tomar algo. Me llevo una de mis *baguettes* favoritas.

Después de comprar el pan, vuelvo a mi apartamento y compruebo mi publicación.

¡Anda! Ha subido como la espuma. ¡Casi mil me gusta!

Y una barbaridad de comentarios. Les echo un vistazo por encima con rapidez, buscando posibles comentarios que borrar. Addie sacaría provecho de esto, pero no encuentro ni rastro de ella. Estupendo. Ha estado callada durante los últimos días. Está claro que no quiere que la bloquee igual que yo tampoco quiero que lo haga ella. Tenemos que mantenernos informadas la una de la otra.

¿Es posible que algún día sea una *influencer* tan grande como Addison Ames?

«¡Menuda impostora!».

Vuelvo a ignorar las palabras una vez más.

Christopher no tardará en venir a recogerme, así que voy a mi habitación y me peino el pelo rápidamente. Me encanta sentirlo sobre mis hombros desnudos. ¿Le gustará a Braden mi bustier?

Entonces llaman a la puerta. Me pongo una vez más la chaqueta de ante marrón oscuro antes de contestar.

Christopher está de pie, vistiendo su habitual traje negro.

—Buenas noches, señorita Manning.

—Ya hemos hablado de esto antes. Llámame Skye, por favor.

—Vale, Skye.

—Estoy lista —digo, pero entonces—: ¡Ah! Espera un momento. He comprado una *baguette* para cenar.

La agarro de la mesa y sigo a Christopher hasta el Mercedes aparcado fuera del edificio.

—¿Cómo está Penny? —le pregunto. Echo mucho de menos a mi cachorrita, pero mi regalo de Braden tiene que vivir en su ático, ya que en mi casa no se permiten mascotas.

—Tan adorable como siempre, aunque es muy traviesa. Sin duda está manteniendo a Sasha a raya.

Sonrío.

—¿La has llevado de paseo?

—Hemos dado varios paseos cortos. Solo tiene dos meses, así que no tiene mucha capacidad de atención, pero tiene que aprender a hacer sus necesidades fuera.

—Estoy deseando verla.

Nos quedamos en silencio durante el resto del viaje. Me doy cuenta de que estoy empujando, de forma inconsciente, con los dedos de los pies el suelo del asiento trasero, intentando que Christopher conduzca más rápido. Estoy ansiosa por ver a Penny, pero aún más que eso, estoy cargada de electricidad por ver a Braden.

No puedo creer que haya estado a punto de arruinar lo que tenemos.

«Prepárate para cualquier cosa».

Esas fueron las palabras de Braden cuando salí de su despacho. Se me endurecen los pezones contra el cuero de mi bustier.

«Prepárate para cualquier cosa».

Es probable que quiera castigarme por irrumpir en su despacho, interrumpir una llamada telefónica importante y luego lanzarle acusaciones.

No es menos de lo que merezco.

La anticipación se apodera de mí cuando Christopher entra en el aparcamiento subterráneo del edificio de Braden.

Se apodera de mí mientras caminamos hacia el ascensor.

Se apodera de mí mientras subimos al ático.

Se apodera de mí cuando la puerta del ascensor se abre en casa de Braden. Espero que Sasha y Penny corran a recibirme.

Pero no lo hacen. ¿Dónde están?

Me vuelvo hacia Christopher para preguntarle, pero ya no está allí. ¿Cómo puede haberse desvanecido en el aire?

—¿Braden? —lo llamo titubeante.

Silencio.

—¿Christopher? ¿Annika? ¿Marilyn? —Puede que haya más personas que trabajen aquí, pero desconozco sus nombres—. ¿Penny? ¿Sasha?

De nuevo, silencio.

Suspiro, entro en la cocina y coloco la *baguette* en la encimera de la isla. No hay olor a comida y la encimera está reluciente. Abro la puerta del frigorífico. Solo alimentos básicos, ninguna cena esperando que la calentemos. No hay bebidas servidas.

¿Este es mi castigo? ¿Sin cena? ¿Sin perros?

¿Sin Braden?

Salgo de la cocina y me dirijo a la habitación de Braden. Llamo a la puerta, pero nadie responde. Así que giro el pomo de la puerta despacio y entro.

—¿Braden?

Otra vez me encuentro con el silencio, así que entro en la habitación. Inhalo. Un aroma. No sé a qué huele.

La cama está hecha y, cuando miro hacia arriba, veo que se han retirado los restos de su arnés. Se ha aplicado masilla y pintura fresca sobre los agujeros del techo donde antes colgaba el artilugio. Eso es a lo que huele. A pintura fresca.

Una pizca de alivio me recorre. No me entusiasmaba la perspectiva de estar atada con un arnés y suspendida sobre la cama de Braden. Sin embargo, está claro que hoy le han quitado el artilugio. Es posible que incluso después de nuestra reunión en su despacho. ¿Por qué?

—¿Braden? —vuelvo a llamarlo.

Me dirijo al baño, que también está vacío. Abro su gigantesco vestidor, pero solo me recibe la ropa y el olor de su zapatero de cedro.

Es obvio que me está esperando, de lo contrario Christopher no habría venido a buscarme.

—¿Qué está pasando, Braden? —pregunto en voz alta.

Como la habitación está vacía, me estremezco cuando recibo una respuesta.

5

—Sube las escaleras.

Es la voz de Braden, pero ¿de dónde procede? Debe de haber un altavoz en alguna parte que no sabía que existía. Por supuesto que habrá un sistema de intercomunicación, solo que no me había dado por buscar uno hasta ahora.

—Braden, ¿dónde estás?

—Sube las escaleras —vuelve a ordenar en un tono que resulta inquietante.

Sin embargo, aún no salgo de la habitación. Quiero saber dónde está el altavoz. Enciendo todos los interruptores de la luz y me revuelvo, buscando en cada grieta y hendidura su altavoz oculto. ¿Hay también una cámara? ¿Puede verme?

Es probable. Lo que significa que me está observando mientras me muevo deprisa intentando encontrar el origen de su voz.

Me detengo de repente. No estoy quedando muy bien. Respiro hondo, exhalo y salgo del dormitorio de Braden, cerrando la puerta tras de mí.

Vuelvo a entrar en el salón. El hueco de la escalera (el hueco de la escalera en el que nunca he puesto un pie) se alza contra la pared del fondo como una montaña entre Braden y yo. Nunca he estado en la segunda planta. El salón, la cocina, el despacho y el dormitorio están en la primera, junto con un par de habitaciones más.

¿Qué podría haber en la segunda planta?

Tal vez una sala de reuniones. Una gran sala de conferencias incluso. Un gimnasio en casa. Tal vez una sauna y un *jacuzzi*. Pues claro que sí. El multimillonario podría tener una segunda planta llena de muchas cosas que a la gente normal como yo ni siquiera se le pasaría por la cabeza.

No hay ninguna razón para estar indecisa al subir las escaleras. Ninguna razón en absoluto.

Pero...

¿Por qué quiere que suba a una gran sala de conferencias o a un gimnasio en casa?

«Prepárate para cualquier cosa».

Seguro que no se refería a una reunión o a una sesión de entrenamiento.

Me he leído *Cincuenta sombras de Grey*. Ya sé que a Braden le gustan los juguetes. ¿Y si tiene uno de esos cuartos de juegos ahí arriba? ¿Y si quiere...?

La escalera parece palpitar con un latido propio.

Al mismo tiempo que mi pulso.

Camino hacia el primer escalón despacio. De forma metódica. Parece que no me acerco hasta que la punta de mi zapato toca de verdad el primer escalón.

Subo, todavía despacio, pero no lo suficiente porque llego a la cima de la escalera demasiado pronto.

Aparece un pasillo y, al encender el interruptor de la luz, veo pétalos de rosas de color rosa esparcidos por la alfombra negra de felpa. Llevan a una puerta cerrada al final del pasillo.

«Prepárate para cualquier cosa».

Me late con fuerza el corazón.

Avanzo a zancadas, siguiendo los pétalos de rosas dejados por una florista fantasma. Rosa sobre negro, como algo dulce e inocente que se dirige hacia algo oscuro y misterioso.

Soy la inocente niña de las flores y esa puerta cerrada que tengo delante es el oscuro misterio que anhelo.

Doy otro paso y luego otro...

Me vibra el móvil en el bolsillo trasero de los vaqueros.

¿En serio? ¿Justo ahora?

Saco el teléfono del bolsillo y lo miro. Es Tessa. Por mucho que quiera contestar y pedirle consejo, rechazo la llamada. Ahora estoy en esto. Braden me espera y me ha advertido que esté preparada para cualquier cosa.

Ya le he dado el control en la oscuridad. Por supuesto, no tengo ni idea de lo oscuro que puede llegar a ser. Cómo de oscuro quiero que se vuelva.

El móvil vuelve a sonar y de nuevo rechazo la llamada de Tessa. Pongo el teléfono en silencio y me lo vuelvo a meter en el bolsillo.

Continúo caminando hasta que la puerta detiene mi avance.

Paso las yemas de los dedos por la madera de caoba barnizada. La puerta es igual que todas las del ático palaciego de Braden. ¿Por qué debería temerle a una puerta?

¿Debería llamar?

¿O entrar directamente?

Golpeo con suavidad.

—Adelante, Skye.

Respiro hondo, preparándome para lo que podría esperarme al otro lado. ¿Habrá colocado Braden su arnés dentro de esta habitación? ¿Encontraré una mesa de cuero, con ataduras, correas y cosas que ni siquiera puedo imaginar? ¿Me atará y me vendará los ojos, usará una de esas barras de separación entre mis piernas?

Y estas son las únicas cosas que conozco. ¿Qué más puede haber detrás de la puerta? Cosas de las que nunca he oído hablar, que nunca imaginé en mis sueños más oscuros.

Al final, no puedo esperar más. Abro la puerta y cierro los ojos sin querer.

—Abre los ojos.

Dudo y después los abro poco a poco. Los colores me saludan primero. Colores borrosos. Hay un tono rojo oscuro. Hay negro. Hay marrón.

Despacio, la habitación se enfoca y yo suelto un jadeo.

Esto no es una mazmorra. Es un dormitorio. Un dormitorio precioso.

—¿Te gusta? —Braden se presenta ante mí con un pantalón de vestir azul marino y una camisa blanca abotonada, sin corbata. Sin la corbata burdeos de la que le agarré hoy. La corbata burdeos con la que me ató. ¿Se la volvería a poner después de que me fuera de su oficina? Me mojo solo de pensar en nuestra tarde.

—Me... Me encanta, pero, Braden...

—Es tuyo.

—¿Mío? Ya tenemos un dormitorio, Braden.

—Yo tengo un dormitorio, Skye. Este dormitorio es el tuyo.

—Pero... yo quiero dormir contigo.

—Y lo harás. Puedes dormir en mi cama conmigo o también puedo dormir en tu cama contigo. Pero necesitas tu propio espacio, Skye. Un armario propio y un baño que sea tuyo. —Ladea la cabeza—. Pensé que te gustaría. He estado trabajando en ello durante un tiempo.

—¿Un tiempo? No nos conocemos desde hace tanto.

—Ya tenía la habitación. Solo tenía que decorarla. Si no te gusta lo que he hecho, puedes rehacerlo. Es para ti.

—Me dijiste que estuviera preparada para cualquier cosa esta noche.

—Sí.

—¿Qué pasa con...? —Mi estómago termina la frase soltando un gruñido.

Se ríe.

—Tienes hambre.

—¿Tú no?

—Sí, pero no de comida.

Me muerdo el labio inferior.

—¿Dónde están las perras?

—Arriba.

—Ya estamos arriba. —Miro hacia arriba—. Hay una claraboya.

—Tengo una tercera planta que ocupa solo una parte del espacio de mi primera y segunda planta. Eso explica que haya una claraboya. Mis empleados viven ahí arriba. Christopher, Annika y algunos más. Cada uno tiene dormitorio y baño propios.

—¿Y Marilyn? —tengo que preguntarlo. La cocinera personal de Braden es una rubia explosiva.

Sacude la cabeza.

—Marilyn prefiere venir al trabajo.

Dejo escapar un suspiro de alivio sin querer. A Braden no se le escapa. Levanta el lado izquierdo de sus labios.

—Supongo que debería darte de comer —dice—. Tengo mucho planeado para esta noche y necesitas reponer fuerzas. Ya he pedido comida para llevar. Debería estar aquí en unos minutos.

Por supuesto. Comida para llevar. Tenía que haber pensado en eso, pero estaba demasiado ocupada flipando con lo que Braden había planeado.

—¿Quién va a abrir la puerta? Christopher acaba de desaparecer.

—Mis empleados saben cuándo deben desaparecer. Les pago muy bien para que desaparezcan cuando yo quiera.

Me estremezco.

—Me has dicho que estuviera preparada para cualquier cosa.

—Así es.

—Pensaba que te referías a...

Baja los párpados un poco.

—¡Oh, sí!

—Pero el dormitorio... Lo que había encima de tu cama...

—Ya te lo dije. Llevaba tiempo queriendo deshacerme de eso, así que lo he hecho.

Asiento.

El teléfono de Braden suena y le echa un vistazo rápido.

—Ya ha llegado nuestra comida y está preparada en la cocina. Vamos a darte de comer.

Asiento.

—Quítate la chaqueta —añade—. Puedes colgarla en tu armario.

Mi chaqueta. Sonrío con disimulo. Casi me había olvidado del bustier que llevo debajo. Bajo la cremallera poco a poco, dejando a la vista el cuero negro. Me encojo de hombros para quitarme la prenda de ante y dejar que se deslice hasta el suelo.

Braden abre los ojos de par en par y suelta un gemido vibrante en su pecho.

Amplío mi sonrisa.

No dice nada. Solo me agarra y pega su boca a la mía. Me sujeta por los hombros y me besa con fuerza. Mis piernas se vuelven de gelatina, pero él me estabiliza y profundiza el beso. Mis pezones están tan duros, y mi entrepierna... ¡Dios! Estoy mojada y preparada y...

Detiene el beso y me aparta un poco.

—Estás muy sexi, Skye —me dice con rudeza.

—¿Te gusta?

No responde con palabras, solo con la mirada. Con esos ojos azules ardientes que me devoran. Los pezones se me ponen aún más duros si cabe.

Se aclara la garganta cuando dejo caer la mirada hacia el bulto de su entrepierna.

Y espero que podamos comer rápido.

6

No hablamos mucho durante nuestra comida de sashimi y tempura. A pesar de que estoy hambrienta, no como en exceso. Estoy demasiado emocionada por lo que Braden ha planeado. Tan emocionada que se me caen los palillos no una, sino dos veces.

Cuando por fin salimos de la cocina, no me lleva a su dormitorio, sino a su despacho.

—Siéntate. —Señala uno de los sillones de cuero situados frente a su escritorio.

—Vale... —Me siento.

—No pensaba tener esta conversación esta noche —dice, tomando asiento tras su escritorio—, pero por tu comportamiento de hoy me parece necesario.

—Vale... —vuelvo a decir, sin saber qué esperar.

—Te deseo. Estoy duro como una puta roca ahora mismo, mirándote con ese top de cuero. Podría follarte de tres maneras diferentes en los próximos tres minutos. Eso es lo mucho que te deseo.

No puedo evitar una sonrisa. El cuero vuelve a rozarme los pezones y me retuerzo contra la humedad que tengo entre las piernas.

—Pero, antes de seguir adelante, hay algo que deberías saber sobre mí.

—¿El qué?

Entrecierra un poco los ojos, clavando su mirada ardiente en la mía.

—Nunca le he dicho «Te quiero» a ninguna mujer antes de ti.

Aunque intento contener mi sorpresa, abro los ojos sin querer.

—¿Te sorprende?

—Por supuesto que sí. Mírate. Eres Braden Black. Las mujeres te persiguen desde hace más de diez años. Aretha Doyle y todas las demás.

Me dedica una leve sonrisa.

—Eso no significa que me haya enamorado de ninguna de ellas.

Me caliento por todas partes, me hormiguea la piel. No estoy segura de si se debe a su sonrisa o a sus palabras. Las palabras me alegran, pero esa sonrisa... Esa sonrisa que veo tan pocas veces... Aun así, las palabras me encienden.

«Braden me quiere. Nunca le ha dicho "te quiero" a otra mujer, pero me lo ha dicho a mí».

Va en serio. Va muy en serio.

Le devuelvo la sonrisa.

—No sé qué decir. Excepto que me siento halagada.

«Y muy muy feliz».

—No te pido que digas nada. Solo escúchame, Skye.

Asiento con la cabeza.

—Está bien.

—Obviamente, puedes deducir que no digo esas palabras a la ligera. Y no lo hago, pero te las he dicho a ti, y te las he dicho por una razón.

Enarco las cejas.

Vuelve a dedicarme esa leve sonrisa.

—Lo sentía de verdad.

Dejo escapar un suspiro que no me había dado cuenta de que había estado conteniendo. Un suspiro de alivio. Vuelvo a retorcerme contra el cosquilleo que siento entre mis piernas.

—No tengo la costumbre de decir cosas que no siento, Skye.

—No creía que lo hicieras.

Su sonrisa desaparece.

—Así que cuando digo que no hablo de lo que pasó entre Addison y yo, lo digo en serio.

¡Vaya! Volvemos a esto. Tampoco es que me sorprenda. Fui yo quien sacó el tema y ahora tengo que lidiar con las consecuencias. Es justo.

—Bien. No estás abriendo la boca para rebatirme. Yo diría que es un progreso.

—No estoy segura de lo que debería decir, Braden. Siempre me preguntaré lo que ocurrió entre Addison y tú. Siempre me preguntaré por qué cambió tanto después de vuestra relación.

—Conoces a Addison —me contesta—. Sabes qué clase de persona es. ¿Y no puedes entender por qué podría mentir sobre mí? ¿O, por ende, sobre cualquier otra persona?

—Admito que tienes razón —le respondo.

—Tú más que nadie deberías saber que Addison tiene mucho temperamento cuando cree que la han traicionado. Ella es una luchadora y no pelea de forma limpia.

—Vale, admito que me acusó de intentar robarle el protagonismo, cosa que nunca pretendí hacer. De hecho, no puedo. Ella está tan por encima de mí, que bien podría estar en otra galaxia. Pero nunca ha dicho ni ha dado indicios de que yo le hiciera daño de alguna manera.

—No, no lo ha hecho. En este momento, no tienes algo que ella quiera. A pesar de tu rápido éxito, ella no ha perdido a ninguno de sus seguidores. Pero te está vigilando, Skye. Sé que lo hace.

Frunzo el ceño. ¿Quiere decir que Addie está vigilando mi Instagram? ¿O se refiere a algo más?

—¿Cómo lo sabes?

Su mirada se oscurece.

—Porque yo la estoy vigilando a ella.

Se me pone la piel de gallina, como si la hubieran congelado como una de esas pechugas de pollo del Sam's Club.

—Hace años que vigilo a Addison —me dice—. Es inteligente y astuta, pero tiene una debilidad.

Arqueo las cejas en forma de pregunta.

—Su vanidad —explica—. Su necesidad de atención.

—Es la heredera de un hotel. Le han dado todo desde que nació. Por supuesto que es vanidosa.

—Cierto, y cuando siente que esas cosas corren peligro, ataca.

—¿Por qué? ¿Por qué te atacó?

—Eres tan inteligente como ella, Skye. Más, creo yo. Puedes responder a la pregunta tú misma.

Tiene razón. Asiento con la cabeza.

—Ella te quería. Conozco la historia, Braden. Partes de ella, al menos. No paró de perseguirte y tú al principio la rechazaste, pero luego no, y eso es lo que os llevó a...

—Te estás acercando peligrosamente a la línea roja, Skye. No voy a hablar de estas cosas.

—Si no hablas de ello, ¿qué otra opción tengo que buscar la información en otro lugar?

Sacude la cabeza, burlándose.

—¡Dios mío! Vas a acabar matándome más pronto que tarde. Te sientas ahí, con una pinta tan exquisita... Poniendo a prueba mi paciencia... —Se pasa los dedos por su precioso pelo—. Tienes la opción de confiar en mí, Skye. Tienes la opción de olvidarte de todo esto.

Suspiro. Quiero replicarle, encontrar algún error en sus palabras. Pero no puedo. Tiene razón. Lo que pasó entre Addison y él no tiene nada que ver con él y conmigo. El hecho de que Addie y yo tengamos una historia tampoco tiene nada que ver con nosotros, aparte de que probablemente no lo habría conocido de no ser por Addison.

—Me has cedido el control en la cama. Necesito que renuncies al control en esta situación también. Mientras insistas en presionarme sobre Addison, siempre habrá un problema de confianza entre nosotros. No voy a tener una relación con una mujer que no confía en mí.

Asiento. Tiene razón. Tengo que abandonar esta misión de investigación.

Si no lo hago, podría perder al hombre al que quiero.

El único problema es que va en contra de mi naturaleza inquisitiva. Va en contra de mi naturaleza controladora.

—Lo intentaré, Braden.

—Intentar no significa nada. O lo haces o no lo haces. ¿Vas a renunciar a esta ridícula búsqueda de información o no?

Sé qué respuesta me llevará a la cama de Braden. La cama de Braden es donde quiero estar. Su naturaleza controladora ya me invade, me calienta y me moja.

Pero si Braden cree que puedo abandonar cualquier búsqueda de información, es que no me conoce muy bien. Cualquier respuesta que le dé no importará. Porque él me conoce y sabe la verdad.

—Sí —respondo, sonriendo—. Puedo dejarlo. Puedo intentarlo, al menos.

Braden me devuelve la sonrisa.

—Ya veo —dice finalmente.

Luego, se pone de pie.

Sale de detrás de su escritorio y se cierne sobre mí, como una montaña alta que me protege del sol.

—Ponte de pie —me ordena.

Separo los labios y le obedezco.

—¡Dios! Esos labios... —Su voz vuelve a ser áspera—. ¿Te he dicho lo sexi que estás con esa cosita de cuero?

—Es un bustier —le contesto, teniendo cuidado de no tartamudear mientras él me mira como si fuera un caramelo.

—Ya me has visto antes hacer jirones un vestido.

Asiento.

—No creo que mis dedos sean lo bastante fuertes como para romper el cuero.

Asiento de nuevo.

—Así que te pediré que lo hagas tú. —Se gira hacia su escritorio, agarra unas tijeras y me las entrega.

Pongo la boca en forma de «O». Acabo de pagar doscientos dólares por este bustier. De ninguna manera voy a cortarlo yo misma.

—Cógelas, Skye.

—Braden, yo...

—Te he dicho que las cojas.

Me tiembla la mano cuando me adelanto y agarro las tijeras. El acero está frío contra la cálida palma de mi mano.

—Ten cuidado —dice—. No te cortes tu cremosa piel.

Estoy temblando. Temblando de verdad. No estoy segura de confiar en mí misma para tener las tijeras tan cerca de mi piel en este momento.

—¿Confías en mí, Skye?

Asiento vacilante.

—Entonces dame las tijeras.

Se las devuelvo temblando. Él sonríe y me mete las tijeras por encima del ombligo, justo en el precioso cuero negro.

Cierro los ojos. No puedo evitarlo. Me encanta este bustier y he pagado mucho dinero por él hace tan solo unas horas.

—Abre los ojos —ordena, con su voz sombría y contundente.

Yo vacilo.

—Ahora.

Mis ojos se abren de golpe, casi únicamente por la intensidad de su voz.

—Mira mis manos, Skye.

Dejo caer mi mirada hacia sus manos, que sostienen las tijeras. Aprieta los dedos contra el pulgar, haciéndole un corte de cinco centímetros al cuero. No puedo evitarlo. Aspiro una bocanada de aire. Mi precioso bustier estará hecho jirones antes de que me dé cuenta. Doscientos dólares tirados a la basura.

—¿Por qué te está resultando tan duro? —me pregunta.

—Porque lo acabo de comprar. Lo he comprado para estar sexi para ti.

—Y estás sexi. Al igual que te veías sexi en ese vestidito negro. Y me excita muchísimo cortarte esto. —Baja los párpados e inhala—. Estoy duro como una roca, Skye. Estoy muy enfadado contigo, pero te deseo tanto que no puedo ver con claridad. —Corta otro centímetro del cuero—. ¿Tienes idea de lo que me haces? Nunca he estado tan enfadado con alguien y al mismo tiempo tan excitado. Me haces cuestionarme cosas. No solo sobre mí, sino sobre la vida. Es... desconcertante.

¿Desconcertante? ¿Está desconcertado mientras tiene unas tijeras contra mi piel?

«Confía en él».

—Nunca he querido una relación —continúa—, pero desde la primera vez que te vi, intentando recoger un condón del suelo, con las mejillas rojas de vergüenza, quise follar contigo. Esperaba que un polvo te sacara de mi mente, pero creo que los dos sabemos cómo salió aquello. —Corta otro centímetro.

Las hojas de acero están frías contra la piel caliente de mi abdomen. Y descubro, para mi total y absoluta sorpresa, que me estoy excitando aún más.

—No me gusta sentirme desconcertado, Skye. En absoluto. Pero de alguna manera, me enamoré de ti de todos modos. No tenía intención de hacerlo, pero lo he hecho. —Vuelve a cortar, acercándose a mis pechos.

—Braden...

Se encuentra con mi mirada, con sus ojos azules en llamas.

—Es mi momento, Skye. Mi momento de tener el control. No vuelvas a hablar hasta que yo te lo diga.

Mi piel está ardiendo. Incluso las frías hojas de las tijeras desatan el calor en mi interior. Mis pezones se endurecen y empujan contra el cuero que los ata. Vuelvo a pensar en las pinzas para los pezones y en los labios de Braden alrededor de ellos.

—Voy a follarte aquí, Skye. En el despacho de mi casa. Y nunca me he follado a una mujer aquí. Nunca he querido hacerlo. Pero quiero follarte, y quiero hacerlo ahora.

Las tijeras cortan entre los pechos y el bustier cae al suelo enmoquetado.

No siento ninguna pérdida. Ahora no. Claro, mis doscientos dólares han desaparecido, pero mis pechos se han liberado. Ya están hinchados y rojizos, con los pezones apuntando a la boca de Braden.

Sin embargo, un pensamiento pasa por mi mente. Dice que nunca se ha tirado a una mujer en este despacho.

¿Se habrá follado a otras mujeres en el despacho de su oficina?

Mis pensamientos vuelan hasta la tarde, a cuando yo estaba con una rodilla en el sillón de cuero de Braden, agarrándole de la corbata y haciendo que me besase.

Entonces su polla estaba dentro de mí, tentándome...

Pero no me corrí.

Él no dejó que me corriese.

¿Me dejará hacerlo esta noche?

—¿Skye? —me llama.

No digo nada.

—Puedes hablar solo por esta vez.

—¿Qué?

Arquea una ceja.

—Pareces pensativa.

—Es que... nada.

—Cuéntamelo.

—Solo me preguntaba... —«Si me ibas a dejar correrme esta noche». No, no quiero decir eso. Ahora no— si alguna vez has hecho el amor con una mujer en tu otro despacho. Aparte de mí, quiero decir.

Se encuentra con mi mirada.

—Sí, lo he hecho.

Su respuesta no es inesperada, pero aun así me pilla desprevenida.

—¡Ah!

Su expresión es ilegible.

—¿Eso te decepciona?

—Por supuesto que me decepciona.

Me contengo para no resoplar como una colegiala celosa. Es mucho mayor que yo. Por supuesto que ha tenido sexo con otras mujeres en su oficina. ¿Por qué debería sorprenderme?

—Sabes que no eres mi primer polvo, Skye.

—Lo sé. Es solo que... ¡Joder! No lo sé.

—Te acabo de decir que nunca me he follado a nadie en este despacho.

—Ya lo sé. Y he arruinado totalmente el momento, ¿no?

—No. —Su voz se oscurece—. No lo has hecho.

7

—Quítate el resto de la ropa —me ordena— y después inclínate sobre el escritorio. No digas ni una palabra.

No dudo ni un milisegundo. Me quito rápidamente los vaqueros, los zapatos y los calcetines, la misma ropa que llevaba esta tarde en su despacho.

Solo pensar en ese placer vespertino hace que mi cuerpo palpite y esté preparado.

Braden, por supuesto, sigue vestido. Parece ser su *modus operandi* y, por alguna razón que no acabo de entender, me gusta estar desnuda mientras él sigue vestido. Me enciende todo el cuerpo, hace que se me endurezcan más los pezones y que me palpite el clítoris.

—No te has inclinado sobre el escritorio —me recuerda.

Me giro y le obedezco, inclinándome sobre la fría caoba. Pronto el calor de mi cuerpo calienta la madera.

—Te ves deliciosa —dice—. Totalmente deliciosa.

La seda toca una de mis muñecas. No lleva corbata. ¿De dónde ha salido? El pensamiento desaparece en dos segundos porque no me importa. Va a atarme de nuevo, lo que significa que no podré tocarme el clítoris. ¿Sigo estando castigada?

—Braden...

—Silencio —responde—. A partir de ahora, no vuelvas a hablar hasta que yo te diga que puedes hacerlo.

Asiento y cierro los ojos, apoyando la cabeza en el escritorio.

Pasan unos segundos y entonces el cuerpo ardiente de Braden empuja contra el mío. Se ha quitado la camisa y la sensación de su cálido pecho en mi espalda me tranquiliza. Me hace desearlo aún más.

Después, desliza las cálidas yemas de sus dedos por mi hombro, bajando por mi costado, hasta llegar a mi culo. Se mueve hacia arriba, pasando los dedos por mis nalgas y luego entre ellas.

—Te das cuenta de que este cuerpo me pertenece, ¿verdad? Entero. Incluso esto. —Empuja contra mi culo.

Jadeo con brusquedad. Ya ha hablado de sexo anal; de hecho, incluso ha usado un dilatador anal conmigo, pero no en mi culo.

—No te preocupes —me dice—. No probaremos eso esta noche. No hasta que estés lista.

Exhalo un suspiro de alivio, aunque una ola de decepción me recorre.

—Quiero que te relajes, Skye. Ahora voy a comerte el coño. Voy a meter la cara entre tus nalgas y a lamer cada rinconcito dulce que hay en ti.

Suena perfecto. Dejo escapar un gemido bajo. Entonces su lengua está entre mis piernas y lame como un gato que bebe leche. Me lame los pliegues, pareciendo ignorar a conciencia mi clítoris, y luego mete la lengua dentro de mí. Como si me follara con la boca. Me tiemblan las piernas, pero el escritorio sostiene mi peso, así que no me flaquean.

Empiezo a escalar la cima, sabiendo muy bien que no llegaré a la cumbre a menos que él me lo permita. Aun así, lo que me está haciendo es increíble. Su cálida lengua se desliza por mi interior, y entonces...

Jadeo cuando me la desliza por el culo.

Me gusta.

Es diferente, y me gusta. Ahora sé que Braden me follará por ahí algún día. No hoy, ni mañana, pero algún día... y la idea me emociona.

Su lengua abandona entonces mi piel y yo gimoteo por la pérdida. La sustituye por un dedo, que recorre el pliegue que hay entre mis nalgas.

—El sexo anal tiene algo muy especial, Skye. Está la intimidad, por supuesto, y la confianza. Ambas cosas lo hacen especial, pero también hay otra cosa que va más allá de la intimidad y la confianza. ¿Sabes lo que es?

Técnicamente no me ha dicho que pueda hablar, así que solo intento sacudir la cabeza contra la dureza del escritorio.

—Es un tabú —explica—. Algo prohibido. Y por eso lo anhelo. Me encanta lo prohibido, Skye.

Tiemblo, mi mejilla y mi pecho se pegan a la madera.

—¿Estás... asustada?

Sacudo la cabeza lo mejor que puedo mientras la tengo apretada contra el escritorio, pero no me convenzo a mí misma, lo que automáticamente significa que no convenzo a Braden.

—Nunca te obligaré a hacer nada —me dice.

Abro la boca para decirle que lo sé, pero luego la cierro de repente. No me ha dicho que pueda hablar.

—Buena chica.

Su voz es cálida ahora. Me imagino que está sonriendo.

Vuelve a empujar su lengua contra mi culo mientras me introduce dos dedos en el sexo.

¡Joder! Estoy tan cerca... Empujo mi pelvis contra la dura madera de su escritorio, buscando con desesperación cualquier tipo de estimulación para mi clítoris.

Sin éxito.

Braden parece decidido a que no me corra esta noche. También está decidido a seguir llevándome al límite, a que me vuelva loca. Está funcionando. Estoy lista, caliente y preparada para correrme.

Aprieto los ojos, intentando disfrutar del momento, de lo que está haciendo en mi cuerpo, sin desear un orgasmo.

—Tu coño es increíble —dice—. No me canso de él. Tu sabor embriagador, la suavidad, el color púrpura rosado. Y, joder, esa humedad. Es todo tan bonito...

Quiero responderle. También quiero decirle lo increíble que es. Después quiero rogarle que me deje correrme. Pero no lo hago. No me ha dado permiso para hablar.

Lo cual, aunque me molesta, también me hace sentir algo contrario a lo que debería.

¿Aliviada?

¿En la gloria?

¿Qué es lo que siento exactamente cuando le entrego mi control a Braden, el hombre al que quiero?

Liberada. Me siento totalmente liberada.

Lo que no tiene sentido, ya que he renunciado al control.

Cierro los ojos, deleitándome con sus dedos y su lengua recorriendo mis partes más íntimas. Entonces se detiene. Se detiene de repente, pero en algún lugar de la niebla de mi emoción, oigo el tintineo de su cinturón, la bajada de su cremallera.

Entonces está dentro de mí, embistiéndome, embistiéndome, embistiéndome...

Tomándome con la parte de su cuerpo que me da el placer más intenso que he conocido. Empuja con fuerza, embiste más fuerte, y al fin mi clítoris choca contra la madera, empezando a crear lo que necesito...

Hasta que me agarra de las caderas y tira de mí hacia delante, impidiendo la fricción que tanto ansío.

Sigue decidido. Decidido a no dejarme llegar al clímax.

Lloriqueo y gimo. Es una pérdida que siento en lo más profundo, pero aun así él está dentro de mí, llenándome, completándome.

¡Y vaya que si me completa! Me completa muy bien.

«Te quiero, Braden».

Las palabras zumban en mi cabeza, aterrizando en el fondo de mi garganta, deseando brotar con desesperación.

Las retengo. No puedo forzarlas a salir. Su voluntad sobre mí es así de fuerte.

Su control sobre mí ya no me asusta. No. Ahora, mientras me deleito con cada embestida, me doy cuenta de la verdad.

Deseo su control. ¡Joder, lo anhelo! Aunque suene contradictorio, encuentro la libertad en él.

Al final se corre, cayendo sobre mi espalda desnuda y gimiendo. Una gota de sudor de su frente se desliza por mi cuello.

Se mantiene en su sitio por un momento y yo me deleito con nuestra unión.

Cuando se retira, me acaricia los dos cachetes del culo.

—Cada vez que estoy contigo es mejor que la anterior, Skye. Cada puñetera vez.

Asiento con la cabeza. Todavía no me ha dado permiso para hablar.

—Tengo muchos planes para nosotros. Ahora que me has dado el control en la oscuridad. Pero también necesito tu confianza.

«Confío en ti. No habría sido capaz de ceder el control si no lo hiciera».

Pero las palabras vuelven a quedarse en mi cabeza.

No me ha dado permiso para hablar.

Puedo jugar a este juego tan bien como él. No hablaré hasta que él me diga que puedo hacerlo, lo que significa que tampoco obtendrá la rendición total que busca.

Llegados a este punto, suele dejarme hablar. ¿Ha olvidado su orden? No importa. No hablaré.

—Nunca había entrado en mis planes enamorarme —dice después de un minuto, su voz retumbando contra mi piel—. No tengo tiempo para el amor, Skye. Es probable que no sea el tipo de novio que necesitas o te mereces. Y, por supuesto, el matrimonio nunca será una opción.

Algo me aprieta el corazón. ¿Matrimonio? Tengo veinticuatro años. No he pensado en el matrimonio, pero por supuesto, en algún lugar de mi cabeza, me imaginaba que me casaría algún día.

Una sensación de pérdida me invade. ¿Quiero casarme con Braden? Su afirmación me deja un nudo en la garganta.

Sin embargo, no hablo a pesar de mi deseo de empezar una discusión sobre el matrimonio.

No nos conocemos desde hace tanto tiempo. El matrimonio es algo muy lejano de todos modos. Aun así, me gustaría pensar que será una posibilidad.

Me trago las palabras y los sentimientos y me quedo callada.

—Ya puedes vestirte —dice Braden mientras se levanta.

Su calor me abandona y un frescor me recorre la espalda. Me levanto de mi posición en el escritorio. Tengo las caderas agarrotadas por haber estado tanto tiempo agachada.

Mi bustier está hecho unos inútiles jirones de cuero. Pero me pongo el resto de la ropa. ¿Y ahora qué? Todavía no me ha dado permiso para hablar, así que soy inflexible.

«No hablaré».

Aguardo.

Espero sus instrucciones, pero en lugar de dármelas, se sube la cremallera del pantalón y se abrocha el cinturón. El estoico Braden ha vuelto. ¿Va a echarme?

No, no lo hará. Me dijo que no volvería a echarme de su casa, y no puedo imaginarme a Braden rompiendo una promesa, a menos que termine nuestra relación del todo.

Claro que hoy ha estado a punto de ponerle fin en su oficina.

Así que ¿ahora qué?

Sigo esperando sus instrucciones.

Pero no llegan. En su lugar, dice:

—Estoy agotado y tengo una reunión mañana por la mañana temprano. Buenas noches, Skye.

Sale del despacho y cierra la puerta tras de sí.

«Prepárate para cualquier cosa».

¿Esto es lo que ha planeado? ¿Abandonarme? ¿Y su mensaje anterior?

«Todo está listo para esta noche. ¿Tú lo estás?».

Por supuesto, eso fue antes de que...

¿Y ahora qué? ¿Debo quedarme aquí? ¿Pasar la noche en su despacho?

No, no voy a hacerlo. Soy libre de irme, por supuesto. Lo más probable es que Christopher esté encantado de llevarme a casa. También puedo irme al nuevo dormitorio que Braden me enseñó antes. O puedo ir a la habitación de Braden y acurrucarme con él.

Tres opciones.

Sin embargo, hay un problema.

Braden todavía no me ha dado permiso para hablar. ¿Se ha dado cuenta de su error?

Se me dibuja una sonrisa en la cara.

Claro que lo sabe. Esto es una prueba. Una puñetera prueba.

Estupendo. Nunca he suspendido un examen en mi vida, y no pienso empezar ahora. Puedo eliminar dos de mis opciones rápidamente. No iré a reunirme con Braden en su dormitorio, porque será difícil no hablar allí. Tampoco iré a buscar a Christopher para pedirle que me lleve a casa, porque eso requerirá el uso de mi voz.

El motivo por el que me ha dado mi propia habitación, precisamente esta noche, en la que estuvo a punto de acabar con nuestra relación, se vuelve de repente muy claro.

Recojo los jirones de mi bustier y salgo del despacho de Braden, dirigiéndome al salón y luego subiendo las escaleras, los pétalos de rosas de color rosa siguen iluminando el camino hacia mi dormitorio. Vuelvo a sonreír para mis adentros.

«Braden Black, has encontrado la horma de tu zapato».

8

Me despierto con el sol entrando por la claraboya de mi lujosa habitación en el ático de Braden. Curiosamente, me siento más descansada que en mucho tiempo. Podría decir que es el caro colchón. Podría decir que es la almohada, que parece ajustarse a mi cuello y a mi cabeza. Podría decir que ha sido por un montón de cosas, y probablemente cada una de ellas haya jugado un papel.

Pero ¿cuál es la verdad? El hecho de haber pasado la prueba de Braden.

Hasta ahora, al menos. ¿Cómo se supone que voy a pasar el día sin hablar? Tengo que ser capaz de responder al teléfono si alguien me llama con una oferta. Supongo que puedo responder a cualquier oferta por correo electrónico.

Sin embargo, todavía tengo que llegar a casa. Pedirle a Christopher que me lleve requerirá que use la voz. Supongo que podría usar la aplicación de Uber, pero una vez que llegue el conductor, es probable que tenga que hablar.

Tengo que pensar en algo. Tengo que ganar.

¿Seguirá Braden aquí? Sinceramente, no tengo ni idea. Mi teléfono está en la mesita de noche, donde lo conecté anoche. Lo alcanzo para ver la hora y...

Hay un trozo de papel blanco encima de un joyero de terciopelo. Dejo el teléfono y despliego el papel.

«Buen trabajo, Skye. Ya puedes hablar. Espero que te guste tu regalo. Braden».

Sonrío. Como sospechaba, Braden sabía exactamente lo que estaba haciendo.

Y he superado su prueba con éxito.

Al parecer, también me he ganado una recompensa, aunque no la llama como tal en su nota. Lo llama «regalo», así que elijo verlo como tal. Un regalo de un hombre a la mujer a la que quiere. Mi corazón se hincha cuando agarro la caja, acariciando su textura aterciopelada, y la abro.

¡Unos pendientes! Me quedo boquiabierta ante su belleza. Son unos sencillos pendientes de rubí engastados en oro blanco, pero su claridad es soberbia. Me encantan nada más verlos. Son discretos y elegantes, algo que yo misma elegiría para mí.

Sonrío mientras el calor me invade. Braden ha elegido algo que sabía que me iba a gustar. Con su dinero, podría haber comprado la pieza de joyería más ostentosa del mundo, pero me ha regalado algo hermoso por su sencillez.

Me quedo mirándolos un momento, pensando en algo detenidamente.

Este es mi primer regalo de Braden. Vale, sustituyó el vestido de Tessa que había destrozado y me ha montado una habitación encantadora en su casa para que la use, pero esto...

Esto es porque sí, y me encantan aún más. Me los pongo al instante.

Es probable que Braden ya esté en su oficina. Después de todo, dejó la nota y los pendientes antes de que me despertara.

Miro alrededor del bonito dormitorio. Pensaba ordenarme que no hablara, así que me dio un lugar en el que pudiera quedarme sin tener que usar mi voz.

«Bien hecho, Braden».

No puedo evitar añadir algo dentro de mi cabeza... «Y bien hecho, Skye».

Sin embargo, todavía tengo un problema. No tengo sujetador ni camisa. He dormido con mi traje de cumpleaños, así que me levanto, me acerco al armario y lo abro.

Está lleno de ropa. Vuelvo a sonreír. Ha pensado en todo.

Me doy una ducha rápida y me visto con mis vaqueros de ayer y una camisa del armario. Luego, bajo la escalera y me reciben Sasha y mi adorable Penny. Me deleito con sus besos de perro y saludo a Annika, que está limpiando el polvo del salón. Me asomo al despacho de Braden, pero no está. ¡Mierda! Quería agradecerle los pendientes en persona. Supongo que tendré que llamarlo por teléfono. Entonces, me dirijo a la cocina.

Marilyn está limpiando los fogones.

—Buenos días —la saludo.

—Buenos días, señorita Manning. ¿Qué puedo ofrecerle para desayunar esta mañana?

—¡Ah! No sé.

—El señor Black dice que puede tomar lo que quiera. —Sonríe—. Puedo prepararle tortitas o gofres. Incluso tengo arándanos frescos. Beicon, huevos, tostadas... Lo que quiera.

—¿Qué tal un café?

—Marchando. Solo, ¿verdad?

—Sí.

Me pone una taza de café solo humeante delante de mí y tomo asiento en la isla.

—Supongo que tomaré unos huevos revueltos y una tostada.

—¿Está segura? Con estos arándanos se harían unas tortitas estupendas.

—No quiero molestarte.

—De verdad que no es ninguna molestia, señorita Manning.

—Skye, por favor.

—Está bien, Skye. —Sonríe.

Y decido que me gusta Marilyn. Al principio no estaba tan segura. Pero parece ser que ella no va detrás de Braden y él no va detrás de ella.

—De verdad, solo los huevos y las tostadas. —Sonrío.

—Enseguida.

Entonces, entra Christopher.

—¿Queda café, Marilyn?

—Claro. Te traeré una taza.

—Buenos días, señorita Manning —dice.

—Skye —respondo con rotundidad.

—Es verdad, Skye. —Sonríe—. ¿Necesitas que te lleve a casa?

—Sí, por favor. Pero no hasta que desayune.

—¿Quieres que te prepare algo, Christopher? —le pregunta Marilyn.

—La verdad es que lo que sea que estés haciendo ahora huele muy bien.

—Huevos revueltos y tostadas para Skye. No hay problema en añadir algunos más. —Saca dos huevos más del cartón.

—Estupendo. —Christopher se sienta a mi lado en la isla—. Podemos irnos después del desayuno.

Tomo un sorbo de café.

—Me parece perfecto. ¿A qué hora se ha ido Braden esta mañana?

—Temprano. Lo he llevado al aeropuerto.

Intento ocultar mi sorpresa.

—Me dijo que tenía una reunión temprano.

—Y la tiene. En Los Ángeles.

Vuelvo a ocultar mi sorpresa. ¿Por qué no me ha dicho nada? Puedo preguntarle a Christopher, pero entonces quedará claro que Braden no me ha contado a dónde iba y, por alguna razón, no quiero que Christopher o Marilyn sepan que no estoy al tanto del paradero de Braden.

—¡Ah! —respondo.

—Vuelve esta tarde. Esta vez ha volado en avión comercial. El avión privado tiene programada una cita de mantenimiento.

Asiento, dándole otro sorbo a mi café. De todos modos, Braden no me ha dicho nada sobre esta noche. ¿Lo veré? No tengo ni idea.

Braden es mi novio (el hombre al que quiero y que me quiere, y que me dejó un precioso regalo esta mañana) y, sin embargo, estas dos personas saben más de él que yo. Más sobre su agenda, al menos.

—Lo llamaré más tarde. —Tomo un bocado de los huevos del plato que Marilyn ha puesto delante de mí.

Christopher sonríe, toma una tostada y le da un mordisco.

Rebaño todo el plato para quedar bien, pero los huevos y las tostadas que olían tan bien mientras se cocinaban me saben a serrín. Incluso los magníficos pendientes de rubí me pesan en las orejas.

—Muchas gracias, Marilyn. —Me paso la servilleta por los labios y me pongo de pie—. Estoy lista para marcharme, Christopher.

Aunque todavía me irrita no haber sabido que Braden se iba a ir a Los Ángeles, cuando estoy de vuelta en mi apartamento, no puedo borrarme la sonrisa de la cara. Sí, estoy satisfecha conmigo misma. Le he ganado a Braden en su propio juego. Sin embargo, tengo una cosa clara.

El próximo juego será más difícil.

¿Y por qué estamos jugando? Se supone que estamos enamorados. Pero no puedo negar el placer que siento ahora mismo. Tal vez este juego tenga que ver algo con eso. Y he ganado. He pasado su prueba.

Cojo mi teléfono para darle las gracias por los pendientes, pero me sale su buzón de voz.

«Ha llamado a Braden Black. Por favor, deje un mensaje y le devolveré la llamada lo antes posible».

—Hola, Braden —le digo por teléfono, aún sin poder borrar la sonrisa de mis labios—. Soy yo. Muchas gracias por los pendientes de rubí. Me encantan. De hecho, los llevo ahora mismo. Son perfectos. Llámame. Te quiero.

Enciendo el ordenador. Hay unos cuantos correos electrónicos nuevos desde la última vez que revisé mi teléfono. Uno es de Eugenie de Susanne Cosmetics.

Skye, ¡hola!
¿Estás disponible para volar a Nueva York a primera hora de la semana que viene? Dímelo y te enviaré un billete en primera clase. El departamento de marketing de redes sociales está muy ilusionado por conocerte en persona y hablar de lo que creemos que será una asociación beneficiosa para ambas partes.
Saludos,
Eugenie

Braden rara vez hace planes conmigo con un día de antelación, y mucho menos con una semana. La única excepción fue la gala del Boston Opera Guild. Pero... es mi novio. Estamos juntos. ¿Debería consultarlo con él antes de aceptar la invitación de Eugenie?

Por otro lado, esto es trabajo. Esto es mi vida ahora, y él no me ha consultado a mí antes de volar a Los Ángeles esta mañana.

Escribo al instante una respuesta a Eugenie aceptando la invitación. El billete electrónico llega a mi bandeja de entrada unos minutos después.

No puedo evitar sonreír. Estoy haciendo fotos. Es cierto que la mayoría de ellas son selfis en las que aparezco con un tinte labial, pero al menos estoy haciendo fotos y me pagan por ellas. Estoy haciendo lo que me gusta y, además, tengo tiempo para hacer el tipo de fotos que me apasionan, ya que no estoy atada a un trabajo convencional.

Mi correo electrónico suena: es de Tammy, de New England Adventures. Resoplo.

Querida Skye:

Apreciamos tu interés en convertirte en embajadora en las redes sociales de nuestra empresa. Sin embargo, lamentamos tener que rescindir nuestra oferta según la sección 4A(3) del contrato que te enviamos.

Atentamente,

Tammy Monroe

Nada que no esperara. De alguna manera, Addison se ha enterado de la oferta que me ha hecho la empresa y se ha metido en medio para quitármela. No me iban a pagar mucho, muy por debajo de lo que pide Addison, así que o bien recibieron una nueva inyección de dinero, o bien Addison aceptó hacer sus promociones por cacahuetes, como diría ella.

Sí, es así de mezquina. Ya me ha hecho saber lo que piensa de que me convierta en *influencer*. Me imagino que le quedará cuerda para rato.

Braden se ofreció a encargarse de ello por mí, pero lo rechacé. Si voy a hacer esto, lo haré por mi cuenta.

«¡Menuda impost...!».

Mi teléfono interrumpe mis pensamientos. No reconozco el número.

—¿Diga?

—¿Hablo con Skye Manning?

—Sí.

—Fantástico. Buenos días, Skye. Mi nombre es Heather Thomas y soy la gerente de Crystal's Closet Boston. En menos de veinticuatro horas desde que subiste una publicación a Instagram usando uno de nuestros bustieres, hemos tenido treinta y cinco personas que han entrado pidiendo comprar uno.

—¡Madre mía! Me alegro de que la publicación haya ido bien para vuestro negocio.

—Ha ido tanto bien como mal para el negocio. Ahora estamos sin existencias, pero eso nunca es malo. Acabamos de enviar a los clientes a nuestra tienda en línea y, si la cosa sigue así, esta tarde nos quedaremos sin existencias también allí.

No sé qué decir. Por suerte, Heather continúa.

—No hace falta decir que estamos entusiasmados. La verdad, no tenía ni idea de que una publicación de Instagram pudiera tener tanta repercusión.

—Me alegro de que estéis contentos.

—Genial, porque nos encantaría que hicieras otra publicación. En realidad, una serie de publicaciones patrocinadas llevando el bustier.

Me quedo con la boca abierta. Ya no tengo el bustier. Braden se encargó de cortarlo en pedazos.

—De acuerdo... ¿Por qué no voy y hablo contigo sobre lo que estáis buscando? —«Y también encuentro la manera de contarte que mi novio destrozó la prenda».

—Eso sería fantástico. ¿Qué tal si comemos hoy?

Es un poco tarde. El almuerzo es en una hora.

—Me vendría mejor cenar.

Aunque Braden podría estar esperando cenar conmigo. Por supuesto, no ha mencionado nada sobre la cena. Ahora mismo está en Los Ángeles y, aunque Christopher me dijo que estaría en casa esta tarde, puede que no haya tenido en cuenta la diferencia horaria. Esto es trabajo. ¿Por qué no debería cenar con Heather para hablar de negocios?

—Cenar sería fantástico —dice—. Haré una reserva. ¿Tienes alguna preferencia?

—No, como casi de todo. Solo envíame la información por correo electrónico y me reuniré contigo.

Me apresuro a darle mi dirección de correo electrónico.

—Fantástico —responde ella—. Estoy deseando conocerte en persona.

—Yo también lo estoy deseando —le contesto—. Muchas gracias por tu llamada.

Termino la llamada dándome una palmadita mental en la espalda por no usar la palabra «fantástico». Que está claro que es la palabra favorita de Heather.

Planes para la cena hechos. Una tiene que comer después de todo. Y la semana que viene vuelo a Nueva York.

Todo esto es tan increíble... Hace apenas unas semanas era asistenta de Addison Ames. Ahora soy una *influencer* de Instagram en ciernes y Braden Black está enamorado de mí.

Es totalmente surrealista.

Ahora, ¿qué hago hasta la cena? Me pongo mi ropa de deporte, agarro una botella de agua y una de mis cámaras y me dirijo al estudio para asistir a una clase rápida de yoga. Después, paseo por la ciudad durante una hora, haciendo fotos. A continuación, me paro a tomar un café y un sándwich, hago una publicación rápida gratis y llamo a Tessa.

—¡Estás de broma! —dice con entusiasmo—. ¿Vas a hacer de modelo de ropa en Instagram para Crystal's Closet?

—No voy a hacer de modelo —contesto—. No pienso llevar nada demasiado arriesgado.

—¿Cómo lo sabes? Puede que quieran que luzcas bragas y tangas.

No puedo evitar soltar una carcajada.

—No lo creo.

—¿Y si eso es lo que quieren? Tienes muy buen cuerpo, Skye.

—Gracias, pero dudo que quieran a una aficionada como yo.

—¿Y si eso es justo lo que quieren?

Me muerdo el labio inferior.

—No lo sé, Tess. No puedo rechazar precisamente el dinero ahora mismo.

—Hablando de dinero, ¿qué va a decir tu novio multimillonario de que te expongas a todo el mundo en Instagram?

Se me hace un nudo en el estómago. He estado tan emocionada por la oportunidad que no he caído en los sentimientos de Braden, solo he pensado que es su maldita culpa no haber hecho planes para cenar conmigo. ¿Habrá visto la publicación de Instagram? ¿Es por eso por lo que me cortó el bustier?

«Yo no comparto, Skye».

Aunque técnicamente nunca me ha dicho esas palabras, en el fondo sé la verdad que hay en ellas.

¿Eso incluye mirar? Le dio un ataque cuando me encontró con Peter Reardon en la gala de MCEE.

—Braden no es mi dueño —digo.

—Braden es todo lo macho alfa que se puede ser —me contesta Tessa—. Y no se me ocurre ningún hombre que quiera que su novia pose en las redes sociales ligerita de ropa.

—No lo hago para llamar la atención —respondo—. Lo hago para ganar dinero.

Tessa vuelve a estallar en carcajadas.

—¿Tienes idea de lo que acabas de decir?

Un nuevo nudo en el estómago.

—Sí, lo sé. Quizás debería flagelarme.

Me río, nerviosa, de mi propia broma.

—Mejor aún, estoy segura de que Braden estará encantado de azotarte.

Me pongo rígida. No le he contado a Tessa que a Braden le gusta dominar en la cama. Entonces, ¿por qué su declaración es tan profética?

Betsy. Seguro que Betsy le ha hablado de los gustos de Braden.

—¿Skye? ¿Te he perdido?

—No, estoy aquí. Te haré saber cómo va la reunión con Heather.

—¿Dónde está Braden?

—Está en Los Ángeles por negocios.

—Eso te viene bien. Ni siquiera tiene que saber de tu pequeña cena con Crystal's Closet.

«Excepto que se supone que regresará esta tarde». Pero no le digo eso a Tessa.

—Supongo que sí —digo finalmente—. Tengo que darme prisa. Debo buscar algo presentable dentro de mi armario para una cena de negocios. Y para una reunión de negocios en Nueva York la semana que viene.

—¿Dentro de tu armario? ¿Para Nueva York? Tenemos que hacer algunas compras.

Tessa tiene razón. No tengo nada que ponerme para Nueva York. Llevaba vaqueros y blusas para trabajar con Addison. ¿Y ahora que trabajo por mi cuenta? Me pongo lo que sea. El vestidito negro que Braden encargó hacer o un bustier de cuero negro...

—Me acabas de acojonar —le digo.

—No tengas miedo. Esto es genial. Es una oportunidad para ir de compras.

—Sabes que no soy adicta a las compras como tú.

—Si lo que te preocupa es el dinero, no lo hagas. Soy la mejor para encontrar gangas.

—Cierto.

Tessa y yo tenemos casi el mismo presupuesto y ella siempre parece llevar ropa de un millón de dólares cuando solo se ha gastado cien.

—Este fin de semana —dice— eres mía.

Casi puedo verle los ojos saliéndosele de la cara a través del teléfono.

—Vamos a ir a todas las tiendas *outlet*, además de Ross y T. J. Maxx.

No es mi intención, pero gimoteo. Para Tessa, ir de compras es una aventura que dura todo el día, parecida a un parque de atracciones. ¿Para mí? Es como sentarse a ver una mala película. Con una cita que te mete mano. Y palomitas sin suficiente mantequilla.

Tessa se ríe.

—Nos lo pasaremos bien. Piensa en todas las fotos estupendas que podrás hacer para tus publicaciones en las redes sociales.

—Ninguna empresa me va a pagar por publicar sobre la compra de ropa barata.

—Sí, puede que tengas razón. —Se ríe de nuevo—. Nos divertiremos de todos modos. Y te garantizo que, para cuando termine contigo, estarás lista para Nueva York y más allá.

—Genial. Eso sigue sin ayudarme esta noche.

—Esta noche es fácil. Ponte el bustier que compraste en la tienda.

Excepto que el bustier ya no existe. Pero no se lo digo a Tessa. Es demasiado personal.

—Sí, ya se me ocurrirá algo —le contesto.

—Llámame después de la cena. Me muero de ganas por saber qué tipo de trato te ofrecen.

—Vale.

Cuelgo la llamada, me dirijo a mi armario y examino las prendas que cuelgan.

Esto me va a costar un poco.

9

Heather Thomas posee una belleza única. Tiene un aire a Morticia Addams, pero le sienta bien. Va vestida toda de cuero negro, incluso los pantalones, y aunque no es tan pálida por naturaleza como Morticia, su barra de labios de tono rojizo tirando a negro la hace parecer así.

Se levanta cuando el metre me lleva a su mesa en la parte trasera del Union Oyster House. Es curioso, no he estado aquí desde que cené con Braden en nuestra primera cita. Es uno de mis restaurantes favoritos.

Sin embargo, cuando veo a Heather, me siento como una niña con mi vestido azul marino y mis zapatos negros. Claro, yo parezco profesional, pero Heather parece la diosa de la muerte.

—¡Skye! —Y tira de mí para darme un abrazo.

Vale, es de las que dan abrazos. Puedo lidiar con ello. Pero su mirada oscura no pega mucho con lo de dar abrazos.

Se separa.

—¡Vaya! Estás fantástica. Y tengo que decir que rellenas nuestro bustier como nadie que conozca.

Lo primero que hace es halagar mi delantera. Interesante comienzo para una reunión de negocios.

—Siéntate, por favor. —Señala la silla que el metre me ofrece—. Tengo muchas ganas de hablarlo todo contigo.

—Gracias. Yo también estoy deseando que hablemos. —Tomo el menú del metre. No es que lo necesite. Me sé este menú de memoria.

—Me encanta el marisco —dice Heather—. Es sencillamente fantástico. Has dicho que comes de todo, así que espero que te guste tanto como a mí.

—Sí, me encanta. No comí mucho marisco mientras crecía.

—¿Ah, no?

—No. Me crie en la zona rural de Kansas. El estado de la carne y el maíz.

—¿De verdad? —Enarca las cejas—. Pareces muy... urbanita.

—Llevo aquí desde la Universidad. Vine a estudiar a la Universidad de Boston y me quedé.

—Espléndido. Simplemente fantástico. —Cierra su menú—. He estado hablando con la empresa y estamos muy contentos de que te incorpores, Skye.

Me obligo a sonreír.

—Gracias. Aprecio vuestra confianza en mí.

—En mi opinión, eres la próxima gran *influencer*. He repasado todas tus publicaciones, y tus fotos para Susanne Cosmetics son simplemente fantásticas. —Heather despliega su servilleta y se la coloca en el regazo.

—Gracias.

—Eres muy guapa, pero no de una manera inaccesible. ¿Sabes lo que quiero decir?

Creo que quiere decir que no soy Addison Ames. Lo que supongo que es algo bueno, aunque Addie es preciosa.

—Claro. Supongo.

—Créeme, es un cumplido. —Heather hace un gesto con las manos, agitando sus uñas negras—. Llevas en el mundillo... ¿Cuánto? ¿Dos semanas como mucho? Y la gente te adora. Por supuesto, el hecho de que seas la novia de Braden Black es la guinda del pastel.

¿La guinda del pastel? La única razón por la que a alguien le importa lo que tengo que decir es porque soy la novia de Braden Black. Lo cual me molesta, pero como tengo que ganarme la vida, lo tengo que aceptar.

—¿Qué tipo de colaboraciones buscáis? —le pregunto.

—Es probable que sea similar a lo que estás haciendo para Susanne. Como sabrás, Crystal's Closet tiene una línea de cosméticos, pero no queremos competir con Susanne. Estamos interesados en ti para otras líneas de productos.

—¿Ah, sí? ¿Para cuáles?

—Para nuestra línea de ropa, por supuesto. Y nuestra línea de productos sensuales para el dormitorio —dice esto último arqueando las cejas.

Me ruborizo.

—No estoy del todo segura de lo que quieres decir.

Heather se ríe; una risa alegre que no encaja con su mirada oscura.

—No es nada demasiado arriesgado. Sobre todo el bustier, como te comenté por teléfono.

—Voy a ser totalmente sincera contigo, Heather —contesto—. No estoy segura de sentirme cómoda con...

Me quedo boquiabierta y el corazón me empieza a latir a doble velocidad.

Braden está caminando hacia nosotras.

—¿Qué ocurre? —me pregunta Heather.

—Braden. Está aquí.

—¡Fantástico! Me encantaría conocerlo.

En cuestión de segundos, está de pie junto a la mesa.

—Skye —dice.

—Hola, Braden. Esta es Heather Thomas.

Heather le tiende la mano, todavía sentada.

—Es fantástico conocerle, señor Black.

Braden le estrecha la mano.

—Encantado de conocerle también. Espero que no le importe, pero necesito robarle a Skye durante unos minutos.

—Por supuesto que no. ¿Le gustaría unirse a nosotras?

—Gracias. Me encantaría. Pero primero necesito hablar con Skye a solas.

Heather le dedica a Braden una sonrisa deslumbrante. Más bien, lo que sería una sonrisa deslumbrante si no fuera por su barra de labios casi negra, que la hace parecer un poco amenazante.

—Por supuesto. Tómese todo el tiempo que necesite. Voy a pedir un cóctel. Skye, ¿quieres algo?

—Los dos tomaremos un Wild Turkey, solo —dice Braden.

—Fantástico. Yo me encargo.

—¿Skye? —Braden se encuentra con mi mirada; sus ojos azules echan fuego.

—Muy bien. —Me pongo de pie—. Discúlpame, Heather. No tardaremos mucho.

Ella asiente y yo sigo a Braden fuera del restaurante.

—¿Qué está pasando? —me pregunta.

Jugueteo con las manos.

—Bueno, estamos cenando, Braden.

No le hace gracia.

—Ya sabes a lo que me refiero.

—Tú y yo no teníamos planes para cenar, así que cuando Heather me ha preguntado si podía quedar, le he dicho que sí.

—Christopher te ha dicho que estaría en casa esta tarde.

—Lo ha hecho, pero, a riesgo de repetirme, tú y yo no habíamos hecho ningún plan para cenar.

—Le has dicho a Christopher que me llamarías más tarde.

—Lo he hecho. Te he llamado para agradecerte los pendientes, que me encantan, por cierto, y no me has devuelto la llamada.

Su mirada me quema.

—Estás jugando conmigo otra vez, Skye.

¿Jugando? ¿Realmente quiere ir por ahí?

—¿En serio? ¿Jugando? Te he llamado, Braden. No me has devuelto la llamada. ¿Y qué hay del juego que jugaste conmigo anoche? ¿Lo de impedirme hablar?

—Eso no fue un juego.

—No. Era una prueba. —Cruzo los brazos sobre el pecho.

—Skye...

—Una prueba, Braden. Eso es exactamente lo que fue. Y la pasé.

El pequeño comienzo de una sonrisa se dibuja en las comisuras de sus labios.

—Lo hiciste.

No puedo evitar una sonrisa de satisfacción.

—Y ahora me la estás devolviendo.

Sacudo la cabeza.

—Te equivocas.

Una risa ronca emerge de su garganta.

—No me equivoco. Sabías muy bien que quería cenar contigo esta noche.

—¿Cómo se supone que iba a saberlo?

—Christopher te ha dicho que estaría en casa esta tarde.

—Sí. Christopher me lo ha dicho. Has sido tú el que no me ha dicho nada, Braden. Ni siquiera sabía que habías ido a Los Ángeles hasta que Christopher me lo ha contado.

—Christopher solo te dice lo que yo le digo que te diga.

—¿Y porque Christopher se digna a decirme que estarás en casa esta tarde, debo asumir que quieres cenar conmigo?

—No conviertas esto en una discusión sobre la literalidad de las palabras —dice—. Sabías muy bien que quería cenar contigo esta noche y por eso has aceptado la invitación de la señora Thomas.

—He aceptado su invitación porque tiene trabajo para mí.

—No.

—Sí. Ella tiene trabajo y yo necesito trabajar. Estoy desempleada, ¿te acuerdas?

—Me has entendido mal. Lo que quiero decir es que no, no vas a trabajar para Crystal's Closet.

—¿Y por qué no?

—Porque... lo que tú y yo hagamos en el dormitorio es asunto nuestro.

Me quedo boquiabierta.

—Braden, yo nunca...

—¿Por qué crees que te corté ese puto bustier anoche?

—Porque te gusta arrancarme la ropa. Lo has dejado muy claro.

Una vez más, la sonrisa insistente le tira de las comisuras de la boca, pero la mantiene a raya.

—No te lo voy a negar, pero había formas más fáciles de quitarte un bustier de cuero que cortarlo con unas tijeras.

—¿Entonces?

—Entonces... me estaba asegurando de que no te hicieras otra foto con él puesto.

Así que sí que había visto la publicación. Es interesante que no lo haya mencionado.

—¿Por qué? No enseñaba nada, y me veía bien. Heather dice que se agotaron los bustieres después de esa publicación.

Resopla.

—Claro que sí. Pero no vas a publicar más fotografías llevando un bustier.

—¿Y qué tal un tanga? —digo de manera sarcástica.

Un gruñido sombrío zumba en su pecho. ¡Oh, oh! He despertado a la bestia. Se me hace un nudo en el estómago. El Braden oscuro. El Braden que me hace desear cosas que hasta ahora no me había planteado. Como ahora mismo me gustaría que me follara aquí, justo en la acera frente al Union Oyster House.

—Tu cuerpo es solo para mis ojos. —Me mira fijamente.

Aprieto los muslos para sofocar mi deseo.

—Necesito el trabajo.

Entonces se ablanda, me toma la mejilla y me pasa el pelo por detrás de la oreja.

—Sabía que estarías preciosa con esos rubíes.

Suspiro con suavidad. No puedo evitarlo. Puedo estar indignada un minuto y luego, con un solo roce suyo, me derrito como la mantequilla.

—¿Cuánto te han ofrecido?

—Todavía no lo sé. Has interrumpido nuestra conversación.

—Muy bien. —Me toma de la mano—. Volvamos y veamos lo que la señora Thomas tiene que ofrecerte.

10

Heather se levanta cuando llegamos a la mesa.

—Me he tomado la libertad de pedir que se añadiese un cubierto para usted, señor Black.

—Llámeme Braden.

—Fantástico. Yo soy Heather.

Braden asiente.

—Por favor, toma asiento.

Heather se sienta y Braden le empuja la silla. Me hace lo mismo a mí. Siempre es un caballero, o aparenta serlo, al menos. No ha sido muy caballeroso sacarme de mi reunión de negocios.

—Nuestras bebidas estarán aquí en un segundo —dice Heather.

«¡Gracias a Dios!». Pero no lo digo.

—Heather —le comenta Braden—, tengo entendido que estás interesada en contratar a Skye para algunas publicaciones en las redes sociales.

—Sí, por supuesto. Estamos muy ilusionados con la incorporación de Skye.

—Muy bien. —Se aclara la garganta—. ¿Cuánto estáis dispuestos a ofrecerle?

Abro la boca, pero no me sale ni una palabra. Braden se ha apoderado de mi negociación y yo se lo permito. No quiero hacerlo, pero la verdad es que no se me ocurre nada. Discutir con él delante de Heather me hará parecer poco profesional e infantil. Pero dejar que tome el control me hará parecer que no tengo nada que decir sobre mi propia carrera.

Estoy entre la espada y la pared.

—No somos una empresa tan grande como Susanne Cosmetics —responde Heather—, pero me han autorizado a empezar con una serie de tres publicaciones a cambio de dos mil dólares.

—Es un buen comienzo —comenta Braden—. ¿Qué productos queréis promocionar?

—Ya le he contado a Skye que estamos interesados en que muestre algunas de nuestras prendas, además de algunos productos seleccionados de nuestra línea de juguetes íntimos.

—Ya veo. ¿Así que le estáis pidiendo a Skye que pose en ropa interior con esposas?

No puedo evitarlo. Tengo que intervenir aquí.

—¡Braden!

—Todos sabemos qué tipo de prendas vende Crystal's Closet —dice Braden—. Y también sabemos qué tipo de juguetes venden.

—Braden —interviene Heather—, te aseguro que todo se hará con mucho gusto.

—Seguro que sí, ya que Skye se encargará de la fotografía.

—La verdad es que... la empresa quiere que contratemos a un fotógrafo profesional.

—Skye es fotógrafa profesional.

—Sí, seguro que sí, pero verás, buscamos más bien fotografías profesionales, no selfis.

—Soy *influencer* de Instagram —replico—. Hago mis propias fotos. La fotografía es lo que me metió en este negocio. Te aseguro que soy muy capaz de hacer algo más que selfis.

¡Maldita sea! ¿Por qué no me habré traído mi portafolio?

—Con el debido respeto, Skye —responde Heather—, todos los presentes en esta mesa sabemos cómo te metiste en este negocio.

Así que Morticia tiene un lado no tan adorable después de todo.

—¿Qué estás insinuando exactamente? —pregunto con firmeza, aunque ya sé lo que está insinuando exactamente.

—Eres una mujer preciosa y conoces el negocio porque has trabajado para Addison Ames. Ahora estás saliendo con el soltero más codiciado de Boston. ¿Crees que a alguien le importaría lo que tienes que decir si no fueras la novia de Braden Black?

Esta vez se me hacen diez nudos en el estómago. Estoy sorprendida por que se atreva a decir eso. Si está intentando que haga negocios con ella, esta no es la forma de conseguirlo.

Aquí está la guinda del pastel. Sabía que era una mierda.

Quiero rebatirle. ¿El único problema? Que sus palabras son ciertas. Absolutamente ciertas. Y lo sé. La única razón por la que alguien está interesado en lo que tengo que decir es por el hombre que se sienta en esta mesa. Intento olvidarme de ese hecho, pero siempre está ahí, casi burlándose de mí. «¡Menuda impostora!».

—Te aseguro —dice Braden— que Skye es una mujer inteligente y sabe lo que hace. Tendrá éxito en cualquier proyecto, conmigo o sin mí.

No me sorprende que Braden haya salido en mi defensa. Puede que incluso crea en sus palabras.

Pero la verdad es que Heather tiene razón.

Todos lo sabemos.

—Sinceramente —dice Heather, ahora sonriendo—, no importa el motivo. Queremos trabajar contigo, Skye.

—Entonces haré mis propias fotografías.

—Y no posará con ningún juguete ni con ropa interior —añade Braden—, bustieres y corsés incluidos.

No me entusiasma que Braden se meta en la negociación, pero no digo nada porque estoy de acuerdo con él. No voy a ser modelo de ropa interior ni de BDSM. De ninguna manera.

—Puedo estar de acuerdo con la restricción de la ropa interior —responde Heather—, pero la empresa tenía muy claro que quería que los juguetes formaran parte de las publicaciones.

—Entonces lo siento —contesto—. Estoy de acuerdo con Braden. Me encantaría posar con vuestra línea de ropa y hablar sobre ella, pero no puedo publicar fotos mías usando vuestros juguetes.

—Déjame que te lo aclare —dice Heather—. No necesitas usar los juguetes. No te estoy pidiendo que hagas nada pornográfico. Solo que sostengas un juguete y digas algunas palabras sobre él.

—No —respondo—. Lo siento.

—Lo consultaré con la empresa entonces y les haré saber tus condiciones. —Mira su teléfono—. ¡Vaya! Tengo que irme. Siento mucho interrumpir nuestra reunión. Esto debería pagar vuestra cena. —Pone varios billetes de cincuenta dólares sobre la mesa.

Braden los recoge y se los devuelve.

—Por favor, guárdate el dinero.

—No pasa nada.

—Insisto.

Braden le pone los billetes en la mano.

—Está bien, si insistes. Que tengáis una cena fantástica.

Se levanta de forma apresurada y se le cae la servilleta al suelo.

¿Una cena fantástica? Si todavía no hemos pedido...

Una vez que Heather no puede oírnos, miro a Braden a los ojos.

—Tenemos que hablar.

Examina su menú.

—¿Sobre qué?

—Sobre esto. Sobre que metas la nariz en mis asuntos.

—Skye, si se trata de que poses medio desnuda con un látigo de cuero, no hay duda de que es asunto mío. Además, no te iban a dejar hacer tus propias fotos.

—Y yo iba a negociar eso.

—Pagan menos que Susanne.

—Son una empresa más pequeña que Susanne. Estoy empezando en esto. Tengo que conformarme con lo que puedo conseguir.

—Sacó las garras, Skye.

No puedo negar sus palabras. Cuando Heather se sintió acorralada, hizo saber lo que en realidad pensaba de mí. El problema es que tiene razón. Tanto Braden como yo lo sabemos. Solo que no me apetece repetirlo en este momento. El camarero viene y toma nuestra comanda. Braden pide una docena de ostras con media concha y yo no puedo evitar una sonrisa.

—¿Alguna otra novedad, Skye?

—No. Estoy bastante segura de que acabo de despedirme del contrato de Crystal's Closet.

—Es mejor que no te asocien con una empresa que vende ropa interior sexi y juguetes íntimos. —Se aclara la garganta—. ¿Seguro que no hay ninguna otra novedad?

—Sí.

—¿Algún... viaje inminente, tal vez?

¡Mierda! El viaje a Nueva York a principios de la semana que viene. ¿Cómo sabe eso?

—¿Quieres explicarme cómo te has enterado? ¿Has hackeado mis correos electrónicos o mi teléfono?

—Por supuesto que no. Eso sería una violación de nuestra confianza. ¿Quieres explicarme por qué no me has hablado del viaje?

—¿La verdad? Se me había olvidado. Estoy sentada aquí desde que irrumpiste en medio de mi reunión con una potencial fuente de ingresos y echaras a perder todo el trato. Ir a Nueva York la semana que viene no es lo primero que tengo en mente. —Me encuentro con su mirada—. Ahora, ¿puedes explicarme cómo sabes lo de Nueva York?

—Eugenie me ha llamado.

—¿Qué? —Siento un arrebato de ira.

—Me ha llamado para decirme que te vas a reunir con ella a principios de la semana que viene, quiere llevarnos a cenar y me ha preguntado qué restaurantes me gustan.

—¿Cómo que qué restaurantes te gustan? ¿No debería estar más interesada en los restaurantes que me gustan a mí?

Diez nudos más en el estómago. Ya sé que Braden es la única razón por la que alguien está interesado en mí.

—Por supuesto, pero ella sabe que no conoces Nueva York. Yo sí.

Buen intento.

—¿Y asumió que vendrías conmigo?

Braden suspira.

—Skye, deja de hacer esto más grande de lo que es.

—Heather tiene toda la razón —digo—. A nadie le importa una mierda lo que yo piense. Solo les importa lo que piense la novia de Braden.

Asiente.

—Eso es una parte importante. Lo sabías desde el principio.

No se equivoca. Lo sé. Cuando me ofrecieron cinco mil dólares por hacer un par de publicaciones en Instagram, lo asumí.

¿Ahora? Me molesta, como un mosquito que me pica la piel.

Pero una necesita ganarse la vida.

—Supongo que me vas a decir que estarás al mando de mi reunión con Susanne.

—La verdad es que no. Tendré reuniones todo el día en la ciudad también por negocios. ¿Recuerdas que tengo negocios?

Un golpe en el estómago. En otras palabras, mi incipiente negocio de *influencer* no es nada comparado con la corporación de mil millones de dólares de Braden.

De nuevo, no está equivocado. Pero sigue siendo un idiota.

Me pongo de pie.

—Se me ha quitado el hambre de repente.

—Siéntate, Skye. Deja de ser insolente.

—Está bien. —Obedezco y me siento—. Entonces deja de ser condescendiente.

Esa sonrisa vuelve a asomarle por la comisura de la boca, pero siempre es así de decidido.

—Trato hecho.

Como si fuera una señal, llegan nuestras ostras.

—Es hora de que aprendas a sorber una ostra, Skye.

11

A la sexta ostra, ya he aprendido a sorber.

Y estoy cachonda perdida.

Ver a Braden chupar una ostra de media concha y pasarla por su lengua es un espectáculo muy sexi. El hombre tiene una boca letal. Cojo mi teléfono y le hago una foto.

—No estarás pensando en publicar eso, ¿verdad? —dice después de tragar.

—De hecho, eso es exactamente lo que estoy pensando hacer. —Me río—. Ser *influencer* no va solo de subir publicaciones patrocinadas.

—Estaría encantado de posar en un selfi contigo —responde—, pero ¿sorbiendo ostras? Ni de coña.

Resoplo con suavidad.

—Vale.

Me acerco a su lado de la mesa, hago un selfi rápido y vuelvo a sentarme en mi silla.

¡Sorbiendo ostras con @bradenblackinc!
#unionoysterhouse #sorbiendoostras
#lasmejoresdeBoston

Pulso «Publicar». Después, al ver que se traga otra, le pregunto:

—¿Vas a probar, aunque sea una, solo con un toque de limón?

—Lo siento, pero me gusta la salsa de cóctel.

—Tienes una manchita en la comisura de la boca —le digo.

Inclina hacia arriba las comisuras de la boca y se quita la salsa con la servilleta.

Este hombre es muy atractivo.

—Braden...

—¿Sí?

—No iba a aceptar el trato con Heather.

—Ya lo sé.

—Entonces, ¿por qué te has metido en medio?

—Porque sé de negocios. Crystal's Closet no es la mejor empresa, y no quiero que tengas nada que ver con ellos.

—Acabas de decir que sabías que no iba a aceptar el trato.

—Sé que no ibas a aceptar el trato tal y como ella te lo había propuesto la primera vez. Pero las dos podríais haber llegado a un acuerdo.

Me acabo mi *bourbon*.

—¿Qué hay de malo en cómo llevan su negocio?

—Tienen algunas inversiones cuestionables.

—¿Como cuáles?

—Basta con decir que mantienen una cantidad sustanciosa de sus activos en bancos de las Islas Caimán, lo cual es una enorme señal de alerta.

—¿Por qué?

—Los bancos de las Islas Caimán son paraísos fiscales. No es que sea algo malo. Yo mismo tengo inversiones allí. Pero los bancos de las Islas Caimán también se toman muy en serio la confidencialidad. De ahí la señal de alerta.

—¿Y eso qué significa?

—Blanqueo de dinero, Skye.

—Esa es una acusación muy grave, Braden.

—No estoy acusándoles de nada. Solo te digo que es una señal de alerta. Si mi novia va a promocionar ropa sexi, quiero asegurarme de que la empresa para la que lo hace no tiene señales de alerta.

Sonrío de forma pícara.

—Así que ¿no pasa nada si publicito ropa sexi? ¿Pero sí si llevo ropa interior y bustieres?

—¿De verdad quieres tener esta conversación en público?

—Sí —digo rotundamente—. Porque es mi cuerpo, así que yo decido. Si quiero promocionar ropa sexi, promocionaré ropa sexi.

—¿Aunque prefiera que no lo hagas? —Me clava su mirada azul.

—¿Por qué no? Aquella publicación de *GQ* te mostraba en calzoncillos, ¡por el amor de Dios!

Esa risa estridente que oigo tan pocas veces sale de su garganta como las campanas de las fiestas.

—Skye, ya te lo he dicho antes. Eres un desafío.

Sonrío. Sí, sigo siendo solo una *influencer* en ciernes gracias a quien es mi novio, pero me siento mejor.

Braden me considera a mí un desafío.

A mí. A Skye Manning, una granjera de Kansas.

Él sí que es el desafío definitivo, y voy a resolverlo. Lo haré.

—Agárrate de los travesaños del cabecero, Skye.

Ya estoy desnuda, por supuesto. Braden se deshace de mi ropa en cuanto llegamos a su casa. Espero que me ate a los travesaños como suele hacer, pero, en lugar de eso, vuelve del cajón de su cómoda con dos tipos diferentes de ataduras. Las fija a cada travesaño que hay en las esquinas del cabecero.

—Dame la mano.

Alargo la mano derecha hacia él. La asegura abrochándola con un brazalete de cuero, que está unido a una gruesa cuerda de cuero, y luego al travesaño exterior. Esto es diferente. Mis brazos estarán extendidos haciendo una «Y» pero tengo algo de movimiento. ¡Qué interesante!

Asegura mi otra muñeca al otro lado del cabecero.

—Hazme saber si sientes algún dolor —dice Braden—. Esto no debería ser doloroso, aunque te estirarás y usarás algunos músculos que no estás acostumbrada a usar.

—Vale.

—Esta es una de mis posturas favoritas, Skye. He esperado mucho tiempo para probarla contigo. —Vuelve a caminar hacia la cómoda, pero luego se gira hacia el armario contiguo. Lo abre.

Me quedo sin aliento.

La primera vez que vi esta habitación, me pregunté por qué un hombre con un vestidor gigante necesitaría un armario.

Ahora lo sé.

El armario está lleno de... utensilios. Braden vuelve a la cama con lo que parece ser un taburete, solo que no es lo bastante alto si una persona que no es muy alta lo utiliza para alcanzar algo. La parte superior está acolchada con cuero negro.

—Levanta las caderas —ordena.

Obedezco y desliza el taburete debajo de mí.

Luego me mira, lamiéndose los labios de forma sutil.

—¡Qué bonito!

No digo nada, solo tiro sin darme cuenta de las ataduras que me sujetan.

—Ten cuidado —dice—. Tu instinto es tirar, pero si estiras demasiado los músculos, mañana te dolerán. No es un dolor terrible ni nada, pero te sentirás como si hubieras levantado mucho peso.

—De acuerdo.

Obligo a mis brazos a que se relajen.

—Tengo una maravillosa vista de tu coño desde aquí —comenta—. Ya veo lo mojada que estás para mí.

Mi cuerpo se estremece. Braden, por supuesto, sigue completamente vestido, como siempre. Pero tiene un aspecto delicioso. Sus labios llenos y firmes, y sus manos con esos hermosos y gruesos dedos. Los quiero dentro de mí.

Me agarra una pierna por el tobillo.

—Quiero ver lo flexible que eres. Voy a estirarte esta pierna y si empieza a tirarte con demasiada fuerza, dime que pare.

No soy tan flexible como Tessa (ella me supera todos los fines de semana en yoga), pero aun así soy lo bastante flexible. Mantengo las piernas rectas, y no es hasta que mi pierna y mi cuerpo forman un ángulo agudo que le digo que se detenga.

—¡Qué bien! —Repite con la otra pierna—. Genial, la verdad. Voy a poder atarte las piernas en muchas posiciones distintas.

Siento un cosquilleo. Nunca me ha atado las piernas y, aunque la idea me intriga, con los brazos atados, la única forma que tengo de tocarlo es con las piernas. Puedo rodearle la espalda con ellas, deslizar mis gemelos sobre los cachetes de su culo, pasarle los pies por sus duros muslos y gemelos.

—Esta noche no —dice—. Tenemos que ir poco a poco. Quiero ver cómo te va con esta nueva forma de atarte los brazos. Recuerda que tienes que estar relajada.

Vuelvo a dar un tirón. No me había dado cuenta, pero tiene razón. Relajo a conciencia los brazos una vez más, intentando pensar que son gomas elásticas.

—Me pregunto... ¿Debería vendarte los ojos esta noche?

¿Me está pidiendo mi opinión? No tengo ni idea, así que no digo nada.

—Creo que te dejaré conservar el sentido de la vista esta noche —añade—. Quiero que veas cómo te follo. De hecho, quiero que lo veas todo.

¿Se supone que debo responderle? No me ha dicho que no hable.

—Haz lo que quieras —contesto.

—Buena respuesta. —Sonríe un poco mientras se afloja la corbata—. Ahora voy a desnudarme para ti, Skye. Despacio. Quiero que observes cada movimiento deliberado que hago y quiero que me digas lo que sientes mientras me observas.

—Vale. Ahora mismo siento que te quiero dentro de mí.

—Eso es fácil. Sabes que siempre llegamos a eso. Concéntrate en tu sentido de la vista esta noche, Skye. Te he dicho que quiero que lo veas todo. Dime lo que te provoca verme.

Asiento, moviendo de forma inconsciente las caderas. De alguna manera, la ligera elevación me hace moverme mejor.

Braden lanza la corbata por encima del respaldo de la silla y se desabrocha la camisa para mostrar su camiseta de tirantes blanca. Se pasa la camisa de vestir de algodón por encima de los hombros, girándolos.

Respiro con fuerza.

—Me encantan tus hombros. Son tan anchos y bronceados...

No responde, solo se pasa la camiseta por la cabeza y la tira.

Mis pezones están duros y anhelan sus dedos, sus labios, sus dientes.

—No me estás diciendo lo que te provoca verme, Skye.

—Tengo los pezones muy duros —contesto—. Quiero que me los toques, que me los beses y me los chupes.

Se desabrocha el cinturón y se quita los zapatos. A continuación, se baja la cremallera de los pantalones, los desliza por las caderas y se los quita. Se queda solo en calzoncillos y calcetines. Su bulto es enorme.

—Braden, eres impresionante. Te deseo tanto ahora mismo...

Se quita los calcetines al instante, se baja los calzoncillos y se deshace de ellos también.

Su polla sobresale larga, dura y gruesa.

—Estoy tan mojada, Braden... Estoy mojadísima. Te necesito dentro de mí. Necesito tus labios en mis pezones.

Se acerca a la cama y se sienta.

—Mírame.

Me encuentro con su ardiente mirada azul.

—No apartes tus ojos de los míos —me ordena—. Mírame. Mírame a los ojos mientras te follo. Esta noche se trata de ver, Skye. ¿Me entiendes?

Asiento.

—Dime lo que ves.

—Te veo a ti, Braden. Veo tus preciosos ojos azules mirándome. Nunca me he sentido tan hermosa como cuando me miras.

—Porque lo eres. Eres muy hermosa.

—Y tú eres increíble.

—Quiero que mires ahora. Sin sentir, sin oír, sin hablar, sin oler ni saborear. Solo mira.

—De acuerdo, Braden.

Me roza, ignorando por completo mis pechos.

—Braden...

Me da un ligero golpe en el muslo.

—Te he dicho que no hablaras.

Asiento con la cabeza. Sí, lo ha hecho. Puedo apañármelas para no hablar. Pero ¿cómo se supone que no voy a oír ni oler?

¿Cómo se supone que no voy a sentir?

Pasa un poco los dedos por la parte superior de mis muslos. Me estremezco. Siento como si las alas de una mariposa revolotearan sobre mí.

Pero se supone que no debo sentir.

«Concéntrate en lo que ves», me digo.

Sus manos son grandes y varoniles. Y me están tocando. Sus magníficas manos están tocándome los muslos. Es una visión preciosa, y empiezo a entender lo que me está pidiendo.

Se inclina y roza ligeramente con sus labios mi ombligo. Ahora me doy cuenta de por qué utiliza un contacto tan suave. Quiere que me concentre en lo que veo.

Sus labios se fruncen un poco cada vez que me besa. Llenos, firmes y de color rosa oscuro. Después, se coloca entre mis piernas y cierra los ojos. Me tomo un segundo para apreciar su masculina belleza. Inhala y se le dibuja una ligera sonrisa. Le gusta mi olor. Ya lo sé, pero verlo en su cara lo hace mucho más profundo.

Entonces abre los ojos y están ardiendo.

Solo ver el efecto en sus ojos despierta nuevas necesidades en mi cuerpo. Ya estoy mojada, mis pezones ya están tiesos, pero la visión de Braden deseándome obliga a cada célula de mi cuerpo a cobrar vida.

Estoy caliente. Mis caderas se levantan, casi por sí solas, mientras busco que me llene. Todo por ver el efecto que tengo en sus ojos.

Me separa más las piernas y baja la cabeza. Sus ojos arden y un gemido vibra dentro de mí.

Vuelve a inhalar y mi cuerpo responde, con cosquilleo y anhelo.

Entonces...

Me suena el teléfono, una melodía apagada que sale de mi bolso en la mesita de noche.

12

—Ignóralo —me ordena.

Obedezco y, curiosamente, aunque me pregunto quién me llamará a estas horas, soy capaz de dejarlo pasar.

Eso no es propio de mí.

No puedo apartar la vista de Braden. La gloria de verle, de concentrarme en la belleza de sus movimientos, me atrae.

Baja los labios y me da un rápido mordisquito en el clítoris.

Me sacudo sin poder controlarme. Se supone que no debo sentir, pero ¿cómo no voy a hacerlo? Aun así, intento concentrarme en lo que veo. Los labios de Braden me rodean el clítoris. Vuelve a morderme y luego otra vez más. Su lengua se desliza sobre mi clítoris y baja hasta que ya no puedo ver sus movimientos.

¿Qué puedo ver? Sus ojos. Sus preciosos ojos azules entrecerrados que nunca se apartan de los míos.

Me lame los pliegues y, aun así, me concentro en su mirada. Él está muy, pero que muy, concentrado en mí. ¿Cómo no me había dado cuenta de eso antes? ¿Cuánto le pone darme placer?

¿Me dejará correrme esta noche? ¿Y qué pasaría si lo hago? ¿Significará eso que le estoy desobedeciendo? Porque no puedo correrme sin sentirlo. Eso es completamente imposible.

Aun así, me mira, desliza su lengua en mi interior y luego mete un dedo dentro de mi vagina.

Para de lamerme, dejando mi clítoris solo. Sigo haciendo lo que me pide.

Lo miro.

Lo observo.

Mis jugos brillan en su barbilla y en sus labios. Los músculos de su antebrazo se tensan y se contraen mientras me mete los dedos. Su polla está dura entre sus piernas.

¿Debo decirle lo que veo?

No, me ha dicho que no hablara.

¿Cómo puede ser que hasta ahora no haya comprendido lo poderoso que es el sentido de la vista? Cuando lo separo de los demás sentidos, toma el control y mi cuerpo responde. Distraída, tiro de las ataduras y luego me acuerdo de aflojar la tensión.

Espero que hable, pero no lo hace. Braden suele ser muy hablador cuando hace el amor, pero entonces me doy cuenta de lo que está haciendo. Me dijo que no escuchara, solo que viera. Me está ayudando.

Sonrío y lo miro. Aunque no me devuelve la sonrisa, retira el dedo y se mueve rápidamente para introducir su miembro en mi interior. Se levanta y apoya las manos en el cabecero de la cama. No hay beso. Por mucho que me guste que me dé un beso cuando me folla, no lo voy a recibir.

No puedo ver nada cuando me besa.

Nos ha colocado a la perfección para que pueda mirarle directamente a los ojos mientras me folla, pero también puedo levantar el cuello y ver cómo entra y sale de mí.

Y, ¡madre mía!, es una vista preciosa.

Su enorme polla desaparece del todo dentro de mi cuerpo y, aunque me siento muy completa, dejo de lado esa sensación y me concentro tan solo en la visión de él encajado dentro de mí.

Es embriagador. Realmente embriagador.

Entonces se retira y me maravilla su longitud y su grosor, que pueda acogerlo dentro de mi cuerpo con tanta comodidad, con tanto erotismo, de hecho.

Va despacio, lo que no es habitual en él. Lo hace para que yo pueda mirar. Para que pueda ver la belleza de nuestros cuerpos uniéndose.

No me dice que mire.

Ya no tiene que hacerlo, porque no puedo apartar la mirada.

Vuelve a introducirse en mí poco a poco, mantiene nuestros cuerpos unidos durante unos segundos mientras le miro a los ojos y luego se retira, también muy poco a poco. Grabo la imagen en mi mente, la cabeza de su polla acariciando mis labios, pero entonces...

—¡Joder! —gruñe y me embiste con fuerza.

Se acabó el ir despacio, pero sigo observando cómo aprieta sus caderas y me folla con fuerza. Una embestida, y otra, y otra, y otra, hasta que...

Se introduce profundamente dentro de mí y, aunque se supone que no debo sentir, no puedo evitarlo. Palpita dentro de mí. Observo su rostro, la transpiración que aflora en la línea de su frente y humedece su negro cabello. Tiene los ojos cerrados y un sutil escalofrío le recorre el cuerpo.

Este es el aspecto de Braden cuando se corre. Siempre lo he sabido, pero nunca me he tomado el tiempo de apreciarlo, de verlo.

Hasta ahora.

Termina su clímax y se quita de encima. Se acuesta boca arriba y cierra los ojos, con la respiración entrecortada.

¿Se me permite hablar ahora? Se supone que estoy viendo, aunque anhelo inclinarme hacia Braden y presionar mis labios contra su frente.

Aunque estoy atada, así que no puedo usar los brazos ni las manos. Mis caderas siguen elevadas y, sin mis brazos, no puedo mover el pequeño taburete.

Así que lo observo. Hago lo que se me indica. Lo miro.

Su cuerpo brilla con una sutil transpiración y su polla sigue semidura. Mantiene los ojos cerrados y su respiración es rápida. Minuto a minuto, se ralentiza hasta que respira con normalidad, con los ojos aún cerrados.

Me doy cuenta de lo mucho que se lo ha currado para darme esto. Para planear nuestra postura de manera que pudiera ver cada aspecto de nuestro encuentro sexual.

Y creo que lo quiero aún más.

Un suave ronquido sale de su boca. Braden está dormido, pero no me ha desatado. Tampoco me dijo que podía hablar. ¿Y ahora qué? Puedo dormir así, pero en algún momento tendré que levantarme para ir al baño.

Por suerte, soy flexible. Estiro la pierna y empujo la pantorrilla de Braden con los dedos del pie. Nada. Vuelvo a hacerlo, esta vez obteniendo una respuesta.

Sus ojos se abren de golpe.

—¿Skye?

Asiento.

Sonríe, esa amplia sonrisa es la recompensa más dulce, porque la veo muy de vez en cuando.

—Ahora puedes hablar.

—Ha sido increíble, Braden, pero no creo que pueda dormir atada así.

—Nunca esperaba que lo hicieras. —Se sienta y me desengancha con habilidad.

Sacudo los brazos y me froto las muñecas.

—No tienes la piel irritada, ¿verdad?

—No lo creo. Solo estoy un poco agarrotada.

—Lo has hecho muy bien —dice—. ¿Lo has disfrutado?

Asiento.

—Pues sí. La verdad es que sí.

—¿Y eso te sorprende?

—Un poco. Ha sido difícil desconectar mis otros sentidos, en especial la parte de los sentimientos. Pero cuando me he obligado a hacerlo, he podido ver la belleza que existe entre nosotros. Y ha sido hermoso, Braden.

—El sexo no se basa solo en orgasmos, Skye.

¡Qué bien lo sé! Nunca había experimentado un orgasmo hasta que llegó Braden, y él no siempre es tan generoso a la hora de provocármelos. Lo cual, curiosamente, me excita aún más.

—¿Dónde has aprendido todo esto? —le pregunto.

—¿Qué quieres decir?

—Ya sabes, el *bondage*. La percepción sensorial y la privación. Todo lo que haces. Me has abierto los ojos a muchas cosas.

—Seguro que estás pensando que tengo una respuesta muy elaborada para esa pregunta —dice—. Pero no la tengo. Me gusta el sexo. Me gusta ir más allá. Disfruto siendo dominante en la cama y disfruto dándole placer a mi pareja.

—Pero me has mostrado cosas que nunca habría imaginado.

—Eso es porque veo el panorama general. Hay más cosas en el sexo que el mete y saca. Mucho más. Y, Skye, solo acabamos de empezar.

13

—Voy a cenar con mi familia el sábado por la noche —me dice Braden durante el desayuno.

Detengo el tenedor con los huevos revueltos a mitad de camino del plato a mi boca. No me va a invitar a ir con él, ¿verdad? La idea me asusta un poco más de la cuenta. Pero estamos saliendo y nos queremos. Las personas que van en serio suelen conocer a los padres del otro. Lo que significa que un viaje a Kansas podría ser posible en un futuro.

—De acuerdo. —No sé qué más decir.

—Cenamos juntos una vez al mes. Me gustaría que vinieras y trajeras a Tessa.

—¿A Tessa?

—Sí. Mi hermano no tiene el mejor gusto en mujeres. Creo que podrían congeniar muy bien.

—Espera, ¿acabas de insultar a mi amiga?

Niega con la cabeza.

—Por supuesto que no. Tessa me cae bien. Creo que a Ben le puede gustar. Por lo menos, estoy seguro de que a mi padre sí.

—Un momento, un momento —digo—. ¿Con quién esperas que se lleve bien? ¿Con Ben o con tu padre?

Bobby Black es viudo. Un viudo multimillonario gracias a las propiedades de sus hijos. Y sigue siendo un hombre muy guapo.

—¡Por el amor de Dios, Skye! Podría ser su hija. A quien me gustaría que conociera es a Ben.

—Era una pregunta válida —me explico—. Tu padre es muy atractivo. Quiero decir, sois como dos gotas de agua.

—No tanto. Mi padre y Ben tienen los ojos marrones. Yo he sacado los ojos azules de mi madre.

—Los tres estáis como para parar un tren —le digo.

Sus labios se curvan un poco hacia arriba.

—¿Como para parar un tren?

—Hazme caso, eso es un cumplido. Y si quieres que lleve a mi mejor amiga para que conozca a tu hermano, tiene que hablar su mismo idioma.

—Mi hermano no tiene ningún problema con las mujeres —replica Braden—. Tan solo parece elegir a las equivocadas.

—Tendrá algo de competencia. Tessa se ha estado viendo con Garrett Ramírez desde que se enrollaron en la gala de MCEE.

Los ojos de Braden se abren un poco más. Solo un poquito, pero lo noto.

—¿Van en serio? —pregunta.

Pongo los ojos en blanco.

—¿Estás de coña? Tessa nunca ha ido en serio en su vida. Pero Garrett es un gran partido.

La mandíbula de Braden se relaja, como si se sintiera aliviado.

—No es tan buen partido como mi hermano.

—Braden, puede que tu hermano sea un gran partido, pero tengo la clara impresión de que no quiere que lo atrapen.

La mayoría también habría dicho eso sobre Braden hace unas semanas.

Pero yo sí lo he atrapado.

No puedo evitar una sonrisa socarrona.

—No, no quiere. Pero, como dices, Tessa no va en serio. Me gustaría ver a mi hermano con una buena mujer trabajadora. No con las perdedoras que trae a casa.

—¿Perdedoras? —Sacudo la cabeza—. Bueno, al menos no has dicho «cazafortunas». O *sugar babies*.

—Intentaba ser más políticamente correcto —dice—, pero tus palabras son igual de acertadas.

—Seguro que no quieres decir que tu hermano tiene que pagar.

Braden suelta una risita.

—Pues claro que sí. Tal vez no va dejando billetes en la mesita de noche, pero gasta mucho dinero en las mujeres con las que sale.

Pincho un trozo de beicon.

—¿Y eso es malo? Creo recordar que mandaste hacer una réplica de un vestidito negro para mí.

—Porque te destrocé el vestido, Skye. Además de eso y de un par de pendientes, que vi y me imaginé en tus bonitas orejas, ¿he intentado comprarte de alguna manera? —Toma un sorbo de café.

—No, nunca me he sentido de esa forma, así que dudo que eso sea lo que hace tu hermano.

—Mi hermano es extravagante —dice Braden—. Le gusta colmar de regalos caros a las mujeres de su vida.

Dejo escapar una risita.

—No me imagino a Tessa rechazando regalos caros.

—¿Tessa solo sale con hombres ricos?

Me trago mi bocado de beicon.

—Por supuesto que no.

—Entonces es perfecta para Ben. Él atrae a las cazafortunas porque lo va lanzando por ahí.

Alcanzo mi taza de café.

—Supongo que todo depende de si Tessa está disponible. Puede que tenga planes con Garrett este fin de semana.

—¿No sería mejor que la llame y la invite yo?

—No, quiero hacerlo yo. —La verdad es que tener a Tessa allí cuando conozca al padre y al hermano de Braden por primera vez me ayudará a estar mucho menos nerviosa. Sin embargo, no se lo digo a Braden—. ¿Qué pensará Ben de todo esto?

—Me da igual. No pienso decírselo.

Dejo caer el tenedor con los huevos en el plato con un estruendo.

—Espera un momento. ¿Vas a llevar a tu nueva novia a casa para que conozca a tu familia por primera vez y, además, vas a llevar a una amiga para tu hermano sin decírselo antes? Por mucho que me guste tener a Tessa conmigo, no creo que eso sea lo correcto.

Se detiene a pensarlo mientras se acaricia la barbilla.

—Tienes razón.

—Si quieres juntarlos y ver si se llevan bien, ¿por qué no salimos los cuatro algún día?

—Muy bien. Me has convencido. Iremos solo nosotros dos a la cena familiar.

Se me dibuja una amplia sonrisa en la cara. Braden no se deja convencer fácilmente por nadie. Pero muchos hombres no saben cómo emparejar a dos personas. Quizás sea consciente de sus limitaciones.

—¿Todavía quieres que vaya? —pregunto, sin saber qué respuesta quiero que me dé.

—Claro que sí. Supongo que si voy a tener una novia, mi padre debería conocerla.

Vuelvo a sonreír. Buena respuesta. Conocer a la familia es algo bueno, ¿no?

—¿Qué hay de tus padres? —pregunta.

—Viven en Kansas.

—Pues iremos a Kansas. O los traemos aquí. Lo que prefieras.

—Quieto parado. —Levanto las manos en señal de rendición—. Vamos a encargarnos primero de tu padre y de tu hermano, ¿vale?

—Me parece bien. —Muerde un poco de un trozo de beicon—. Ponte algo... elegante.

¿Elegante? Es decir... ¿que no sea sexi? Mi confusión debe de ser evidente, porque se ríe y me dice:

—Vaqueros no. Pantalones de vestir o una falda y una blusa. Cualquiera de los dos está bien.

—Vale. ¿Qué te vas a poner tú?

—Seguramente pantalones y chaqueta, sin corbata.

—Muy bien. Y, por favor, que no se te olvide que me voy a Nueva York el domingo por la noche.

Trago un sorbo de café.

—*Nos* vamos a Nueva York el domingo por la noche.

—¿Vas en el mismo vuelo?

—Yo sí, pero tú no. Vamos a tomar mi *jet*.

—Pero Eugenie me ha enviado los billetes...

—Me he tomado la libertad de cancelarlos y reembolsarle el dinero a Eugenie.

Siento cómo me hierve la sangre. Braden no tenía derecho a hacer eso.

Pero es típico de Braden.

—El *jet* privado te resultará mucho más cómodo —dice con despreocupación, como si fuera lo más normal del mundo.

—Es un vuelo de una hora, y me había enviado un billete de primera clase.

—Créeme, el *jet* sigue siendo mucho más cómodo.

Tuerzo los labios.

—Braden, nunca he renunciado a mi control fuera del dormitorio.

—No estoy interfiriendo en tu control.

Me pongo de pie, con la sangre hirviéndome por todo mi cuerpo de forma desmesurada.

—Anoche te apropiaste de la reunión y ahora has cancelado mi vuelo para la reunión de la semana que viene. Eso es interferir en mi control.

—¿Quieres que este nuevo paso profesional sea un éxito? —pregunta.

—Pues claro que sí.

—Soy el hombre de negocios más inteligente que puedas encontrar. La mayoría de la gente mataría por mis consejos.

—Quiero tus consejos. De verdad que sí. Aprecio el éxito que tienes y admito que sabes mucho más de negocios de lo que yo nunca sabré. Pero entrometerte en mi reunión de negocios no es ofrecerme ningún consejo. Tampoco lo es cancelar un billete de avión.

Él también se pone de pie, imponiéndose sobre mí. Por alguna razón, parece más alto y sus ojos se han oscurecido hasta alcanzar ese azul en llamas que me resulta tan familiar. Es su aspecto justo antes de besarme.

Y quiero ese beso. No me besó anoche.

Doy un paso atrás.

Él da un paso adelante.

—¿Qué haría falta, Skye, para que me dieras el control de todo en tu vida?

«Una propuesta de matrimonio y un gran anillo de compromiso, para empezar».

No digo esto, por supuesto, porque no lo quiero decir en serio. Nunca le daré el control a Braden sobre toda mi vida. Le he dado el control en el dormitorio y no me arrepiento. Me ha enseñado algunas experiencias increíbles e intensas. Pero mi carrera es mía.

«Que no tendrías si no fuera por él».

Obligo a las palabras de mi subconsciente a que salgan de mi cabeza, pero me dejan pensativa. No sobre si son ciertas. Ya sé que lo son. Pero me hacen preguntarme si Braden ha estado orquestando mi nueva carrera desde el principio.

Me pidió seguirme en Instagram y yo accedí a su petición. Me etiquetó en una foto la primera noche que salimos. A partir de ahí todo fue creciendo.

¿Ha previsto todo esto? Es probable que su pasado con Addie le diera motivos para saber cómo reaccionaría ella.

Por supuesto, también me dio un buen consejo cuando no estaba segura sobre si ser *influencer*. Me dijo que podía utilizar mi plataforma para mostrar a la gente mis fotografías. Para hacer fotos que les conmovieran.

¿Ha formado todo esto parte de su plan todo el tiempo?
Abro la boca para preguntárselo...
Pero me silencia con un beso.

14

Mis labios ya están separados y él me introduce la lengua. Yo respondo. Todos los pensamientos que he tenido sobre Braden tomando el control de mi carrera en ciernes se desvanecen en una cálida brisa.

Porque este beso... Este es el beso que anhelaba anoche, pero que no conseguí.

Ya me estoy mojando para él, mis pezones se endurecen y mi cuerpo se despierta acalorado.

Le rodeo el cuello con los brazos, disfrutando de sus músculos. Dejo que mis dedos se desplacen hasta su cara, rozando las puntas de su barba incipiente. Me agarra por el culo y me atrae hacia él para que su duro bulto me apriete el bajo vientre.

Acaba con el beso con un fuerte sonido. Solo me está hablando con sus ojos, que se clavan en los míos. Luego, me da la vuelta, me obliga a ponerme contra la isla de la cocina, me empuja rápidamente el chándal y la ropa interior por debajo de las caderas y, en lo que parece un instante, me mete la polla.

Gimo contra la invasión, que la siento muy apretada al tener las piernas juntas.

—Me gusta el control, Skye —me susurra al oído mientras bombea dentro de mí cada vez con más fuerza—. ¿Acaso no te he dado placer en la cama?

—Sí —gimo, con mi voz casi como un sollozo.

—¿Sería tan malo cedérmelo en otros aspectos? —Siento su cálido aliento contra mi cuello y mi oreja.

Embiste contra mí, follándome duro y rápido. Mi clítoris golpea contra la encimera y voy de camino al orgasmo. Sí, de camino, escalando la montaña. Veo la cima en la distancia, acercándose, acercándose, acercándose...

—Contéstame, Skye —dice contra mi cuello.

«Contéstame».

¡Qué fácil es decir que sí, dejar que este hombre increíble lo controle todo! Sabe de negocios y puede llevarme a la cima con facilidad.

«Sí, sí, sí».

Pero las palabras no llegan a mis labios. En su lugar, fuerzo mis caderas hacia atrás, dejando escapar un gemido anhelante al perder la fricción en mi clítoris.

He renunciado a un orgasmo.

Pero es una declaración. Una respuesta a su pregunta.

No le cederé el control del resto de mi vida a nadie.

Ni siquiera a Braden Black.

Ni siquiera estoy segura de que eso sea lo que quiere en realidad.

Más tarde, en casa, me siento ante el ordenador portátil para revisar mis publicaciones. Braden no habló mucho después de que no respondiera a su pregunta en voz alta. Me dio un rápido beso en la mejilla y me dijo que tenía que hacer una conferencia en el despacho de su casa, así que Christopher me llevó a la mía. Pero conozco a Braden. Seguirá presionándome, así que tengo que ser fuerte.

¿Ser fuerte me hará perderlo?

Estoy perdidamente enamorada de él. No me cabe duda.

Todavía no conozco sus secretos más íntimos. No sé la historia completa de lo que pasó entre Addison y él. Pero he tomado la decisión de confiar en él. Por difícil que sea, tengo que abandonar esta búsqueda de información sobre su pasado. El primer paso es ir a ver a Betsy y agradecerle lo que intentó hacer y asegurarle mi amistad. Además, puedo comprarle alguna chuchería a Penny, así que me dirijo a la Bark Boutique.

Betsy está ocupada, puede que porque es la hora de comer. Hay al menos diez clientes deambulando, lo que significa que no podré hablar con ella pronto. Le sonrío y la saludo con la mano, luego recorro los pasillos, escogiendo algunas cosas para Penny.

Los clientes se van a medida que otros entran. Para cuando tengo la oportunidad de hablar con Betsy, mi cesta de la compra está llena de chucherías para Penny y Sasha. Demasiadas, de hecho. Le daré algunas a Rita, la perra de Tessa. Lo que me recuerda que Tessa me ha llamado tres veces y no le he devuelto la llamada. Lo archivo en el fondo de mi mente.

Al fin llego a la caja registradora.

—Me alegro de verte, Skye. —Betsy no me mira a los ojos.

—Yo también. Parece que tienes un buen día.

—Voy tirando. También estoy a punto de poner en marcha mi tienda de pedidos en línea. Después de que Tessa hiciera los números y parecieran buenos, contraté a un asesor de páginas web y *marketing*.

—¡Eso es estupendo!

Y me da una idea. Nunca había pensado en contratar a un asesor de *marketing* para mi propio negocio en ciernes. La verdad es que aún no he ganado lo suficiente como para justificar el gasto, pero sin duda lo tendré en mente.

—Esta compra es bastante grande —dice, pasando las cosas por la caja registradora.

—Nada es lo bastante bueno para mi nueva cachorrita.

Al fin me mira a la cara.

—No puedo contarte nada más.

—No te lo estoy pidiendo.

Ella mira hacia abajo.

—No sé nada más, Skye.

El cuento de siempre. No estoy segura de si la creo, pero no he venido aquí para pedirle más información. Confío en Braden.

Sonrío.

—Está bien, Bets. Lo entiendo. ¿Estás libre para cenar? Yo invito.

—La verdad es que he quedado con Tessa para cenar. Vamos a repasar algunos números más y luego iremos a una discoteca que le gusta.

Me resisto a poner los ojos en blanco. Salir de discotecas. No es lo que más me gusta.

—Estoy segura de que podrías venirte con nosotras —dice.

—La cena suena muy bien. Lo más seguro es que pase de ir a la discoteca.

Betsy sonríe.

—Me ha dicho lo que piensas de las discotecas. De hecho, hemos quedado con algunos chicos allí. Con Garrett, ese chico con el que ha estado saliendo de vez en cuando, que va a traer a un amigo.

—¿Peter Reardon?

—Creo que dijo que se llamaba Peter.

Asiento.

—Llamaré a Tessa para ver si le importa que me cuele en vuestra cena.

—No le importará.

—Seguro que no, pero debería comprobarlo de todos modos.

Betsy me da mi recibo.

—Bien, nos vemos esta noche entonces. Tessa puede decirte dónde es.

—Gracias. Hasta luego.

Le envío un mensaje de texto a Tessa al instante, preguntándole si no le molesta que me una y disculpándome por no haberla llamado antes.

No pasa nada con las llamadas. Solo quería saber
qué tal estabas. ¡Por supuesto que puedes venir a la
cena! Te habría preguntado yo misma, pero es
viernes por la noche y supuse que estarías con
Braden.

¡Ah, sí! Braden. Puedo ocuparme fácilmente de eso. Le envío un
mensaje de texto.

Voy a cenar con Tessa esta noche. ¿Te veré más
tarde?

No hay respuesta. Bueno, dijo que estaría ocupado con conferencias todo el día.

Le envío un mensaje rápido a Tessa y le digo que quedaré con
ella en el restaurante a las seis y media.

He renunciado a un orgasmo esta mañana para demostrarle a
Braden que no voy a dejar que controle todos los aspectos de mi
vida.

Podemos empezar con las cenas de los viernes por la noche.

15

Betsy y yo llegamos al restaurante al mismo tiempo. Tessa nos envía un mensaje a las dos diciéndonos que llegará unos quince minutos tarde.

No puedo evitarlo. En secreto me alegro porque me da algo de tiempo para charlar con Betsy a solas.

Betsy no parece tan ansiosa como yo.

—He hablado con Braden —le cuento.

Ella arquea las cejas.

—No te preocupes. He mantenido tu nombre en secreto, aunque debo decirte que se lo he contado a Tessa.

Esboza una pequeña sonrisa.

—Está bien. Me imaginé que lo harías. Lo único que sé es lo que Addie me contó.

Asiento.

—Lo entiendo. Has hecho lo que haría una amiga. Has tratado de ayudarme, de evitar que me hicieran daño. Te lo agradezco más de lo que crees.

—Nunca querría que te hicieran daño. Somos amigas desde hace poco, pero significa mucho para mí.

Agarro mi servilleta y me la pongo sobre el regazo.

—También significa mucho para mí. Solo quiero que sepas que he hablado con Braden y que me siento bien con nuestra relación. Y también que sepas que, aparte de a Tessa —y te puedes fiar de su palabra—, nunca le contaré a nadie más quién me lo dijo.

—No te habría dicho lo contrario.

—Sé que ha sido difícil para ti traicionar la confianza de Addie.

—Apenas lo he hecho —responde—. Pero, por si acaso era cierto, no quería que estuvieras en peligro.

—¿Por si acaso? —Arrugo la frente—. Entonces, ¿significa eso que una parte de ti cree que Addie no está diciendo toda la verdad?

—No lo sé. —Betsy sacude la cabeza—. Addie es una heredera mimada. Las dos lo sabemos. No duda en mentir para conseguir lo que quiere.

Tomo aire.

—No me voy a morir si Braden me deja algún día. No soy Addie. —Aunque la idea de que Braden me deje hace que me entren ganas de vomitar—. Es más, creo que Addie podría haberte mentido.

—Puede ser, sobre todo si Addie cree que se pasó con ella. —Betsy da un sorbo a su agua—. Como te dije, estaba bastante obsesionada con él.

—¿Addie te contó algún detalle? Ya sabes, ¿sobre lo que estaban haciendo? ¿Qué fue lo que la perturbó tanto?

—No. Y ni siquiera puedo imaginarme en qué estaban metidos.

Yo sí puedo hacerlo. Más o menos. A Braden le gusta el sexo más depravado. A mí también, la verdad. No lo supe hasta que conocí a Braden, pero ha sido revelador. Me ha abierto los ojos y ha sido muy gratificante.

Pero Braden siempre tiene mucho cuidado. Se asegura de que le dé mi consentimiento verbal y siempre me pregunta si estoy cómoda cuando me ata.

Por supuesto, lo que pasó entre Addison y él ocurrió hace diez años.

Puede que entonces no tuviera tanto cuidado.

—Fuera lo que fuese lo que haya pasado entre ellos —digo—, Braden no le hizo daño.

—Bueno —replica Betsy—, tú lo conoces mejor que yo.

Asiento. Tiene razón. Yo lo conozco mejor.

El único problema es que... hace diez años no lo conocía. Pero he prometido confiar en él.

Tessa llega, seguida de las bebidas que Betsy y yo pedimos para las tres, y me tomo un minuto para comprobar el móvil. Apenas le queda batería. ¡Oh, oh! Debería haberlo enchufado antes de salir. No es un buen movimiento para alguien que espera ganarse la vida usando las redes sociales. No hay ningún indicio de que Braden haya visto mi mensaje de antes y, entonces, como si fuera una respuesta, el teléfono se pone negro y se apaga.

Casi espero que Braden aparezca en el restaurante para apropiarse de esta cena como ha hecho con las demás.

Pero no lo hace.

Y eso me empieza a molestar.

¿Me castigará más tarde? No tengo ni idea, porque no sé dónde está ni si piensa verme esta noche. Como no sé nada de él, tomo una decisión rápida.

—Quiero irme con vosotras esta noche.

Tessa le da un sorbo a su margarita.

—¿De discotecas?

—Sí. ¿Por qué no?

Se ríe.

—Porque odias ir de discotecas, Skye.

—Ya, pero llevas años intentando que salga más a menudo. ¿Por qué no hacerlo esta noche?

Tessa sonríe.

—Sí, ¿por qué no? Nos lo pasaremos en grande. Aunque...

—¿Qué?

—Betsy y yo hemos quedado con Garrett y su amigo Peter.

—Está bien. Ni que fuera a enrollarme con alguno.

Mis palabras no pueden ser más ciertas. No tengo ningún deseo de estar con ningún hombre excepto con Braden.

Aunque miro mi vestimenta. Llevo unos vaqueros ajustados, una blusa de seda y sandalias de cuña. No es un atuendo para ir de discotecas. Tessa lleva uno de sus modelitos rojos y Betsy lleva una minifalda vaquera y una blusa de lentejuelas. Muy lejos de su *look* bohemio habitual. Tessa debe de haberla llevado de compras.

—Da igual. Tampoco voy vestida para ir de discotecas.

—¿Estás de coña? Vas fantástica —responde Tessa—. Además, tu idea no es ir a ligar. Solo venir a pasar el rato.

—Vale.

¿Por qué no? Braden no me controla, por mucho que le guste pensar que lo hace. Han pasado cuatro horas desde que envié el mensaje y mi teléfono se ha quedado sin batería. Es hora de imponerse.

Además, si publico en Instagram dónde estoy, Braden puede aparecer y apoderarse de la noche, como hizo en la gala de MCEE.

La aprensión me sube por la columna vertebral. ¿De verdad quiero hacer esto? Puedo pedir prestado un cargador para pasar las próximas horas. Mi teléfono es mi vida como la *influencer* en ciernes que soy. También es mi línea directa con Braden.

«Imponte, Skye».

«No, Skye, no lo hagas. Sabes que quieres que te controle».

¿Qué cojones? La contradicción se enrosca en mi interior, pero sé lo que tengo que hacer.

Empujo el teléfono sin batería al fondo de mi bolso justo cuando llega nuestra comida.

—Chicas —anuncio—, soy toda vuestra esta noche.

16

Una vez dentro del barullo, recuerdo por qué odio las discotecas. El ruido. Las multitudes. El chapoteo de las bebidas. Además, soy consciente todo el rato de que mi teléfono sin batería está en el fondo del bolso. No he dejado de pensar en él ni un minuto.

¡Joder! Sé exactamente lo que significa. Braden me está controlando.

Aunque Betsy y Tessa se tomaron dos margaritas cada una con la cena, yo solo me tomé un *whisky bourbon*, sabiendo que mi presencia en la discoteca iba a requerir que me bebiera alguna más dentro. ¿El problema? Que no puedo acercarme a la barra.

En serio, odio las discotecas.

Sigo a Tessa y a Betsy a través de la muchedumbre hasta una mesa en la esquina, lejos de la pista de baile. Nunca sabré cómo Garrett y Peter han conseguido una mesa. Es una mesa para cuatro y ¿adivina quién es la persona desparejada que se queda fuera?

¿Ha sido realmente una buena idea ? Miro a mi alrededor. Voy mal vestida y, aunque eso no me molesta, sí que me hace destacar.

Tessa se desliza sobre el regazo de Garrett, riendo y señalando el asiento vacío.

—¿Ves? Hay mucho espacio para ti, Skye.

Me siento de mala gana. Lo bueno de tener una mesa es que un camarero viene a tomar la comanda de las bebidas. Bien. Ya no tengo que abrirme paso a codazos hasta la barra. Pido un Wild Turkey solo. Tessa y Betsy piden otro margarita y Garrett y Peter beben cerveza Guinness, la misma que bebieron aquella noche en la gala de MCEE. Y no tengo ni idea de por qué lo recuerdo.

Mi teléfono sin batería en el fondo del bolso parece vibrar como una baliza de localización.

Podría marcharme. Irme a casa y enchufar el teléfono. O tan solo preguntar si alguien en la mesa tiene un cargador portátil. A lo mejor Tessa tiene uno.

¡Mierda!

No voy a ceder el control de mi día a día. A nadie, ni siquiera a Braden Black.

Betsy y Peter están charlando, a pesar de que hay demasiado ruido para oír nada, y Tessa se acurruca con Garrett, todavía encima de él.

Menos mal. De todos modos, odio conversar en un ambiente ruidoso.

Llegan nuestras bebidas y doy un largo y lento sorbo, dejando que el *bourbon* me cubra la garganta con su ardor picante.

Algo me acaricia la oreja.

—Pareces estar un poco sola por aquí.

Miro hacia arriba. Un hombre guapo de pelo rubio arena se agacha a mi lado.

—Estoy bien.

—Seguro que lo estás, cariño, pero no hace falta ser un detective para ver que eres la tercera en discordia. —Se ríe—. O más bien la quinta.

—¿Y tú que sabrás? Tal vez esté pensando en hacer un trío.

—Si es así, cariño, me gustaría conocerte mejor. ¿Quieres bailar?

—Es muy amable por tu parte, pero no, gracias.

—Si te gustan los tríos, conozco a alguien que se apuntaría.

No puedo evitar soltar una carcajada sonora.

—Estaba bromeando.

—¡Vaya! ¡Qué pena! Aunque tampoco me importaría hacer un dúo.

—Lo siento. Estoy con alguien.

—Vale, lo entiendo. Pero todavía puedes bailar, ¿no?

Echo una mirada rápida a las dos parejas; una se está besando y la otra se ha acercado más en los últimos minutos.

—Gracias, pero no.

La música se detiene y luego comienza un animado ritmo latino. Tessa levanta la cabeza de su sesión de besos con Garrett.

—¡Madre mía! Me encanta esta canción. Tenemos que bailar. —Se levanta y tira de Garrett con ella—. ¡Venga, todos arriba!

—¿Ves? —dice el tipo—. Vamos.

—No estoy muy segura...

Sin embargo, antes de que pueda resistirme, Tessa y los demás me arrastran a la pista de baile. El rubio se ha unido de alguna manera a nuestro baile en grupo.

—¿Cómo te llamas? —pregunta.

—Skye —contesto casi gritando para que se me oiga por encima del ruido—. ¿Y tú?

—Marty.

La música es rápida y, a los pocos minutos de intentar seguir los movimientos de Tessa, me empiezo a sofocar con los vaqueros. Por eso las mujeres no llevan vaqueros a las discotecas. Pero los hombres sí. ¿No sudan más los hombres que las mujeres? Marty parece bastante cómodo y la verdad es que baila muy bien. Mucho mejor que yo. Intento no pensar en el calor que tengo y disfrutar.

Cuando termina la canción y empieza otra lenta, le digo:

—Gracias. Creo que me sentaré en esta.

Marty me atrae hacia su cuerpo.

—Una más, ¿vale? Los dos necesitamos enfriarnos un poco.

El sudor me cae por el cuello, ojalá me hubiera recogido el pelo.

—Gracias, pero no.

Sin embargo, Marty no parece oírme. Comienza a moverse lentamente al ritmo de la música. Me alejo.

—Lo siento, ya he tenido suficiente por esta noche. Ha sido un placer conocerte.

—¿Puedo invitarte a una copa? —me pregunta Marty.

—Gracias, pero no. Estoy bastante cansada y creo que voy a irme de aquí.

—Me has leído la mente. He traído mi coche. No me importaría llevarte a casa.

—Marty, te he dicho que estoy saliendo con alguien.

—Me estoy ofreciendo a llevarte a casa. No me estoy ofreciendo a llevarte a la cama. Solo intento ser amable.

Cuando regresamos a la mesa, me vuelvo hacia él.

—Gracias por la oferta, pero llamaré a un Uber.

Me hace una reverencia.

—A su servicio.

—¿Qué quieres decir con eso?

—Soy conductor de Uber. Verás que tengo la pegatina en mi coche.

—No es posible que estés de servicio ahora mismo. ¿No has estado bebiendo?

—No.

—Pero te has ofrecido a invitarme a una copa.

—Eso no significa que fuera a pedir una para mí. Solo necesitas hacer clic en el teléfono. Si no me crees, búscame en la aplicación. Soy BostonMarty352. Puntuación de cuatro coma nueve puntos.

Mi teléfono. Para conseguir un Uber necesitaré un teléfono que no se haya quedado sin batería. ¡Uy! Estoy tentada. Me muero por ver si Braden me ha enviado un mensaje de texto y, la verdad, no me hará daño averiguar si BostonMarty352 es de fiar.

Marty saca su teléfono y sonríe.

—Tan solo pide uno. Creo que podría estar en tu zona.

Tessa y Garrett siguen en la pista de baile, y Betsy y Peter se están acurrucando el uno con el otro. No han tardado mucho.

Sí, realmente quiero salir de aquí. Una noche en casa viendo Netflix suena muy bien ahora mismo. Se me da bien calar a las personas y Marty parece buena gente. Además, es conductor de Uber. No tengo ni idea de por qué quiere irse de la discoteca ahora mismo. Pero ir con él significa que no tengo que esperar a que alguien me recoja.

Le doy un golpecito a Betsy en el hombro. Ella levanta la vista y me mira.

—¿Me prestas tu teléfono para llamar a un Uber?

—¿Ya te vas?

—Sí, pero mi teléfono se ha quedado sin batería durante la cena. Marty dice que es conductor de Uber, pero quiero asegurarme de que es de fiar.

Betsy saca su teléfono del bolso.

—Claro. Aquí tienes.

Me apresuro a abrir la aplicación de Uber, cierro sesión con la cuenta de Betsy e inicio con la mía. Efectivamente, ahí está Marty. Escribo mi solicitud de transporte, mientras Marty mira su teléfono.

—Lo tengo —dice, mostrándome su teléfono.

Y así es. BostonMarty352 en un Honda Civic negro está a un minuto de distancia.

—Perfecto —replico—. Estoy lista para irme en Uber. Incluso voy a añadir una generosa propina, ya que no he tenido que esperar.

—Me parece bien.

Sonríe y salimos de la discoteca. Ha aparcado a una manzana de distancia en un aparcamiento de la ciudad. La pegatina de Uber está en la ventanilla trasera de su coche, un Honda Civic negro. Está limpísimo por dentro, lo que también da credibilidad a su historia de Uber. Los coches de muchos hombres son una pocilga por dentro.

Me abre la puerta y subo al asiento del copiloto. Normalmente me siento en el asiento trasero, pero a Marty le parece bien.

Coloca su teléfono en el pequeño soporte y nos ponemos en marcha.

—Parece que te llevaré a casa en unos veinte minutos —dice—, a menos que quieras ir a otro sitio. Como... ¿a mi casa, tal vez?

¡Oh, oh! Es hora de planear mi huida. El problema es que ya nos estamos moviendo.

—Quiero que me lleves a mi casa —afirmo con rotundidad.

—Vale, vale. No puedes culparme por intentarlo.

—¿Por qué no te paras y pido otro Uber?

—No seas así —responde—. Te he dicho que iba a llevarte a casa y eso voy a hacer. Tan solo estoy bromeando.

Marty está conduciendo la ruta a mi apartamento. A menos, por supuesto, que viva cerca de mí y ahí sea a donde nos dirigimos.

—Llévame a casa, Marty —repito.

—Está bien.

Veo un cable de un cargador colgado entre los dos asientos. Lo agarro.

—¿Te importa?

—Para nada. Todo tuyo.

Saco mi teléfono del fondo del bolso y lo enchufo al cargador de Marty.

17

Mi boca se convierte en una «O».

No tengo ningún mensaje de Braden.

Ninguno. Ni uno.

El teléfono de Marty zumba a través de su aplicación de GPS.

—Lo siento, tengo que responder. Hola —dice a través de su manos libres.

Estoy hirviendo de rabia. No es que espere que Braden pase todos los viernes por la noche conmigo, pero debería haberme devuelto el mensaje. ¿Se puede saber por qué no lo ha hecho? Si le gusta tanto el control, debería estar enviándome mensajes todo el tiempo.

Diez minutos después, Marty se detiene delante de mi edificio de apartamentos.

—Espera un minuto, Dave. —Marty se vuelve hacia mí—. ¿Quieres que aparque y te acompañe?

—No, estoy bien. Muchas gracias por traerme.

—No hay problema. Ahora sabes que soy de fiar. Vengo mucho por aquí, así que búscame la próxima vez que necesites un Uber.

—Lo haré. Gracias otra vez. —Hago lo posible por parecer alegre mientras desconecto el teléfono y salgo del coche.

Pero no estoy alegre.

Estoy cabreadísima.

Me hierve la sangre cuando entro en el edificio. Me hierve la sangre cuando llamo al ascensor. Me hierve la sangre cuando subo a mi piso y me hierve la sangre cuando estoy delante de la puerta, buscando la llave en el bolso. No la encuentro; puede que porque la tiré al fondo cuando tuve que sacar el puñetero teléfono. Suspiro y me apoyo en la puerta.

—¡Mierda! —grito cuando la puerta se abre contra mi peso y caigo en mi apartamento, aterrizando de culo.

¿He dejado la puerta sin cerrar? No puede ser. Nunca me he dejado la puerta sin cerrar en mi vida. Pero debo de haberlo hecho, y parece ser que también me he olvidado de apagar las luces.

Me pongo de pie, me quito los vaqueros y...

—Hola, Skye.

Casi vuelvo a perder el equilibrio. Braden está sentado en mi sillón, con las piernas cruzadas.

—¿Cómo has entrado aquí? —le pregunto.

—Tu cerradura es una mierda —dice—. Hasta un ladrón aficionado podría entrar aquí.

—¿Significa eso que eres un ladrón aficionado?

—Nunca he robado nada en mi vida. Significa que he crecido en South Boston y sé cómo entrar con una cerradura de mierda.

—Eres increíble —respondo—. ¿Por qué estás aquí?

—¿Por qué crees que estoy aquí?

—La verdad es que no tengo ni idea, Braden. Te he enviado un mensaje y te he dicho que iba a cenar con Tessa y te he preguntado si te vería más tarde.

—Y yo te he respondido.

Saco el móvil, apenas cargado, del bolso y miro el hilo de mensajes.

—Eh... No, no lo has hecho.

—No he respondido por mensaje —dice—. Te he enviado un correo electrónico diciéndote que nos veríamos en tu casa a las nueve.

Trago saliva. No, no he comprobado mi correo electrónico. Mi teléfono está configurado para notificarme cuando recibo un mensaje de texto o de Instagram, pero no cuando recibo un correo electrónico. Ya tengo muchas tal y como está. Además, el aparato estaba sin batería de todos modos.

Es casi medianoche. ¿Ha estado sentado aquí en mi apartamento desde las nueve?

Me muerdo el labio. «¡Joder, Skye! No. No tienes que sentirte mal por esto».

—¿Por qué ibas a responder a un mensaje por correo electrónico?

—Porque tu mensaje me llegó al ordenador y tenía el correo electrónico abierto, así que te contesté así.

«Lo siento». La verdad es que quiero decir las palabras, pero no puedo.

—Me cuesta creer, Skye, que no hayas revisado tu correo electrónico. El correo electrónico es parte de tu sustento estos días.

—Pues no, no lo he hecho —niego con rotundidad—. Mi teléfono estaba sin batería.

—¿Y no has podido encontrar un cargador en ninguna parte?

No se equivoca.

—No se me ocurrió.

—Ya veo. —Asiente, le tiemblan un poco los labios, como si intentara no sonreír—. ¿Dónde has estado?

Cruzo los brazos sobre el pecho.

—Ya te lo he dicho. Cenando con Tessa.

—¿Durante cuatro horas y media?

—¿Y qué si ha sido así?

—Que entonces estarías mintiendo —responde, sin levantarse todavía.

Incluso cuando está sentado en mi sofá, su presencia llena la habitación. Aunque lo miro desde arriba, siento que soy diminuta en comparación con él.

—Si insistes en saber dónde me encontraba, estaba en una discoteca.

—Odias las discotecas.

—Tessa me convenció.

Eso le hace reír. Una risa sarcástica y burlona.

—Si Tessa no te había convencido para salir de discotecas a estas alturas, no va a hacerlo ahora.

—Está bien, lo he decidido por mi cuenta.

—¿Por qué me mientes? —pregunta.

—No estoy haciéndolo. Lo he decidido yo misma.

—Sabes perfectamente de qué estoy hablando. Primero has dicho que Tessa te ha convencido, y tú y yo sabemos que nadie te convence de nada. ¡Me cago en la leche! Tengo derecho a saberlo.

Tiene razón. No debería haberle mentido.

—Lo siento.

—¿Por qué? ¿Por no revisar tu correo electrónico o por mentirme?

—Ambas cosas, supongo, pero más por mentir.

—¿Qué voy a hacer contigo? —dice, con voz sombría.

Sonrío en un intento de aligerar la situación.

—¿Lo que quieras?

—Eso es muy tentador.

Descruza sus piernas, dejando que sus rodillas se separen.

Su bulto es evidente. No estoy segura de cómo ha mantenido las piernas cruzadas tanto tiempo como lo ha hecho. Debe de haberle resultado incómodo.

Mi cuerpo se estremece. Su presencia, tan solo su presencia, me hace caer en picado. Sí, estoy enfadada. Enfadada porque no me ha contestado al mensaje. ¿Tengo derecho? Sí que me ha respondido, y si mi teléfono hubiera estado encendido, es probable que hubiera visto el correo electrónico con tiempo suficiente para volver aquí y encontrarme con él a las nueve.

Esto es culpa mía. No es culpa de nadie más que mía. Me resistí a cargar el teléfono para evitar la tentación.

No, eso es mentira.

Me resistí a cargar el teléfono para evitar que Braden me controlara.

Y tengo que decírselo.

Me aclaro la garganta.

—No encontré un cargador, Braden. A propósito. Así no podría recibir un mensaje si me contestabas en respuesta.

—Ya veo. Así que si te hubiera enviado un mensaje de texto en lugar de un correo electrónico, seguiríamos aquí sentados en la misma situación.

Asiento.

—Sí, pero habría visto tu mensaje cuando conecté el teléfono durante el trayecto en Uber hasta mi casa.

Sus labios se curvan hacia arriba en esa casi sonrisa que me enloquece.

—Así que cargaste tu teléfono y lo primero que pensaste fue que no había respondido a tu mensaje.

Vuelvo a asentir con la cabeza, esta vez aturdida.

La sonrisa permanece en su cara. Sabe que me ha pillado, y el muy cabrito está feliz como una perdiz.

—Pareces muy satisfecho contigo mismo —no puedo evitar decir.

—Suelo estar satisfecho conmigo mismo. Seguro que ya lo sabes.

Touché. No sé qué responder a eso.

—Quizás ahora tengas una idea de cómo me haces sentir a diario —añade.

—¿Qué se supone que quiere decir eso?

—Te enfrentas a mí constantemente —responde—. Casi desearía no haberte contestado al correo electrónico. Te estaría bien empleado.

La tensión me recorre.

—¿Qué cojones se supone que significa eso?

—Significa que has intentado manipularme, Skye, y ya sabes que no me gusta eso.

—Yo no he intentado manipularte en absoluto.

—¿Ah, no? ¿Y cómo llamas a no cargar de forma intencionada tu teléfono para no ver si te he respondido?

—Eso no es manipulación, Braden. Eso es que yo controle mi propia vida.

—Eso no es control, Skye. Si no quieres responder a un mensaje o a un correo electrónico, entonces no respondas a un mensaje o a un correo electrónico. Eso es control. ¿Mantener tu teléfono apagado para evitar responderme? Eso es manipulación.

Abro la boca, pero no me salen las palabras. ¿Qué puedo decir? Tiene toda la razón. Si tuviera algún control en lo que respecta a Braden, no necesitaría apagar el teléfono. Y ahora me tiene justo donde quiere.

No puedo evitar una risa sarcástica.

—¡Qué gracioso! Vale, digamos que tienes razón. Digamos que te he manipulado o que, al menos, lo he intentado. ¿Qué crees que me haces cada día? ¿Esa necesidad casi sádica que tienes de controlarme? Te lo he dado. Te lo he dado en el dormitorio. Pero eso no es suficiente para ti. Lo quieres sobre todos los aspectos de mi vida. Si eso no es manipulación, entonces dime qué es.

Se pone de pie ahora, con su bulto todavía evidente. Su sola presencia me excita, su naturaleza controladora me excita y ver su polla dura por mí me excita muchísimo.

—La manipulación, Skye, es controlar con habilidad a alguien o algo.

—No puedo rebatir tu definición —replico—. Y solo uno de nosotros es un maestro del control aquí.

Se ríe. Se ríe de verdad.

—Si fuera el maestro del control que pareces creer que soy, no estaríamos teniendo esta conversación.

—Pero sí que lo eres, Braden. ¿Por qué crees que no he encontrado un cargador?

—Sé muy bien por qué —dice, agarrándome del pelo y forzando mi cabeza hacia atrás—. No intentes manipularme de nuevo, Skye. No te gustará el resultado.

Estrella sus labios contra los míos.

18

Mantengo los labios cerrados.

¿Por qué no? Braden los forzará a abrirse, tanteará su lengua por el filo y al final sucumbiré. Lo sé y él también.

Excepto que él no prueba. Tan solo desliza sus labios sobre los míos y no intenta abrirlos.

¿Ahora quién manipula a quién?

Me río por dentro ante la inevitable respuesta a mi propia pregunta.

Al mantener mis labios cerrados, lo estoy manipulando. Porque quiero este beso tanto como él. Y sé que él lo sabe.

Mi acción no es diferente a negarme un orgasmo contra la isla de la cocina o a apagar el teléfono para no ver sus mensajes.

Lo estoy manipulando para que piense que no me controla.

¿Por qué no aceptar el beso? ¿Por qué no permitirle que tengamos el sexo que ambos deseamos?

Estamos en mi apartamento. No tengo ataduras de cuero, látigos de tiras ni dilatadores anales. Aquí solo tenemos sexo tradicional. Sin embargo, me resisto.

«Eres un desafío, Skye».

Casi puedo oír a Braden pronunciar las palabras, aunque sus labios siguen pegados a los míos, dándome cortos y dulces picos que hacen que me ardan las entrañas.

Me da pequeños besos por la mandíbula hasta llegar a la oreja. Me pellizca el lóbulo.

—Para —susurra con brusquedad—. Deja de negarte a ti misma.

Sus palabras suenan tan bien... Al igual que me negué ese orgasmo, al igual que hoy me negué a pasar la noche con Braden, ahora me estoy negando este beso y a lo que puede llevar. ¿Vale tanto la pena mi control como para que renuncie a los placeres?

—¡A la mierda! —digo en voz alta. Acaricio sus dos mejillas con barba incipiente y vuelvo a acercar sus labios a los míos.

Esta vez los abro y tomo la iniciativa. Deslizo mis labios sobre los suyos, hago girar mi lengua alrededor de la suya, saboreo su delicioso sabor.

¿Por qué negármelo a mí misma?

Ya no, al menos esta noche. Si no estuviera tan obsesionada con mi propio control, ya habríamos hecho el amor varias veces esta noche y podría haberme ahorrado dos agónicas horas en una discoteca.

Él rompe el beso con un fuerte sonido de succión y clava su mirada en la mía.

—Debería azotarte el culo hasta que esté rojo como un tomate.

¡Oh, joder, no! Excepto... ¡Oh, joder, sí! La ambigüedad me corroe. Disfruté de los azotes que me dio. No pensé que lo haría pero, ¡madre mía!, sí que lo hice. Anhelo volver a experimentar esa sensación: la palma de su mano bajando por mi culo, el placer y a la vez el dolor que estalla en mi cuerpo.

—No te equivoques, Skye —continúa con su voz ronca—. Vuelve a hacer una estratagema como esta y te dejaré el culo en carne viva. Estarás deseando que te niegue un orgasmo.

La idea me asusta y me embriaga. ¿Hasta dónde estoy dispuesta a llegar en el lado más oscuro de Braden?

¿Qué le hizo a Addie que la dejó temblando? ¿Qué se negó a hacer que provocó su ruptura?

Borro al instante esos pensamientos de mi mente. Estoy lista y mojada, y todo mi cuerpo es un infierno. Deseo a Braden. Estoy preparada para lo que sea que él quiera darme.

—Quítate la ropa —ordena—. Luego espérame en la cama con las piernas abiertas.

Ni siquiera me planteo desobedecerlo. Me quito la blusa, los vaqueros y las sandalias de cuña casi inmediatamente. Después, las bragas y el sujetador. Mis pechos ya están sonrosados y mis pezones están duros y tiesos. Me dirijo a la cama, me tumbo y abro las piernas.

Braden se gira y me observa con atención.

—Es increíble mirarte. Si te soy sincero, Skye, a veces solo me basta con eso.

Sus palabras me llegan directas al corazón. Por eso lo quiero. Por eso amo a Braden Black. Por estos momentos, como en el que me hice mi última foto con el tinte labial Cherry Russet. Estaba envuelta en una sábana y de pie junto al ventanal de Braden con vistas al puerto de Boston. Me hizo la foto y me dijo lo guapa que estaba. O como cuando me desperté y me encontré los pendientes que me había dejado, algo que compró solo porque sabía que me gustarían y que me quedarían bien.

Puede que Braden sea un controlador total, pero también es un romántico de corazón.

Y me quiere. El soltero más rico y codiciado de Boston está enamorado de mí.

Me mira durante unos instantes más antes de acercarse a la cama.

—¡Qué buena estás! —dice—. Me encantaría meterme entre tus piernas ahora mismo, comerte hasta que me ruegues que pare. O meter mi polla en tu coño y follarte fuerte y rápido. O darte la vuelta, lamerte el culo y luego follarte por detrás. Disfrutarías de todas esas cosas, ¿verdad, Skye?

—¡Joder, sí!

—Yo también lo haría. Pero tengo que castigarte por intentar manipularme esta noche. El problema es que no estoy de humor para castigarme a mí mismo.

—Fóllame la boca —le digo.

El lado izquierdo de sus labios se inclina en una media sonrisa.

—No te vayas a creer que no lo he pensado.

—¿Por qué estás pensando en eso cuando podrías estar haciéndolo?

—Porque tengo algo más en mente para esta noche. Algo nuevo.

Estoy hecha un mar de nervios. ¿Qué novedad podría probar en mi apartamento? No tengo ninguno de sus juguetes. Ni siquiera tengo una venda y él no lleva corbata.

Se desnuda despacio. Despacio y de forma intencionada. Demasiado despacio. Dobla cada pieza de ropa con cuidado y la coloca en una silla. Nunca lo había hecho antes. O la tira en una silla o la deja caer al suelo. Ahora, sea lo que sea lo que esté haciendo, lo hace de forma intencionada.

Salivo a medida que se hace visible cada centímetro de él. Cuando por fin se presenta ante mí, completamente desnudo y tan bello, estoy tan caliente que podría arder en llamas.

Se sienta a horcajadas sobre mí un momento, deslizando la cabeza de su miembro por mis resbaladizos pliegues.

—¡Qué mojada estás, Skye! —dice.

Cierro los ojos, agarrándome con fuerza del edredón y esperando a que me embista. Estoy tan vacía... Tan necesitada y dolorida... «Fóllame, Braden. Por favor».

Pero la embestida que espero no llega y abro los ojos.

En lugar de follar conmigo, Braden se está masturbando. Se masturba mientras me contempla, con su mirada fija en la mía.

—¿No preferirías hacer eso dentro de mí? —le digo.

—Por supuesto que sí —responde—, pero tengo muchísima imaginación.

Vuelvo a agarrar las sábanas con los puños. Este es mi castigo. Tengo que ver cómo se excita mientras yo no consigo nada. Estoy aquí únicamente como estímulo visual para él. Es como si estuviera viendo porno.

¡Joder! Mis pezones se tensan y mi clítoris palpita al ritmo de las sacudidas de Braden. Mis caderas se mueven por sí solas y las obligo a detenerse. No quiero ayudarle más de lo que ya lo hago por estar aquí desnuda.

—Puedo sentir el interior de tu coño —comenta—. Tan apretado y cálido.

¿De verdad? ¿De verdad que puede? Porque yo no puedo sentir nada dentro de mí y lo deseo con desesperación.

—Estás muy caliente, Skye. —Aumenta el ritmo—. Tan caliente, tan dulce, tan apretada...

—¡Maldita sea, Braden!

Aprieto los ojos para cerrarlos.

—¡Oh, no! —dice—. No te vas a librar tan fácilmente. Abre los putos ojos.

«No lo hagas. Ni se te ocurra hacerlo».

Pero lo hago. No solo porque estamos en la cama y le di mi control hace mucho tiempo, sino también porque de verdad quiero mirar. Quiero ver cómo le da placer a su hermoso cuerpo. Quiero ver cómo se corre a chorros. Quiero ver la expresión de su cara mientras grita mi nombre.

Le brilla la frente de sudor, los gemidos emanan de su garganta y se muerde el labio inferior.

—¡Joder, Skye! ¡Joder!

Se está tocando ahora más rápidamente y...

—¡Skye!

Se corre y su líquido blanco se desliza sobre mi abdomen.

Está jadeando, por fin cierra los ojos y se deja llevar. Absurdamente, me toco el abdomen y froto su corrida en mi vientre como si fuera una crema.

¿De verdad es esto todo lo que conseguiré de él esta noche? ¿O se apiadará de mí?

No, no lo hará. Braden no se apiada de nadie. Y menos de alguien que ha pasado la noche manipulándolo.

Este es mi castigo. He visto a este hombre guapísimo darse placer a sí mismo y me he puesto más caliente de lo que me podía llegar a imaginar. ¿Y ahora qué?

Nada.

—Eso es sexi —dice, todavía un poco sin aliento—. La forma en que te lo frotas.

No digo nada. Tan solo dejo que mi mano suba hacia mi pecho. Me duele el pezón, así que le doy un pequeño pellizco. Estoy tan necesitada que suelto un gemido y levanto las caderas ante ese simple y sutil contacto.

—¿Los pezones necesitan atención? —me pregunta.

—Sí. Por favor.

Ni siquiera me importa lo desesperada que suene. En este momento, daría mi próxima bocanada de oxígeno por los labios de Braden alrededor de un pezón.

Se baja, sus labios de color rosa oscuro se acercan, se acercan, se acercan...

Luego saca la lengua y me lame el pezón derecho.

Me retuerzo debajo, arqueando la espalda, buscando más.

Pero Braden se recuesta en mi cama, de espaldas a mí.

—Nunca creí que te gustara provocarme —digo.

—No te estoy provocando y lo sabes.

Sí, lo sé. Esto es un castigo, simple y puro. Uno que sé que merezco.

Giro la cabeza y contemplo su espalda desnuda, tan bronceada y fuerte, con los músculos flexionándose un poco cuando respira.

Y me pregunto si...

¿Pueden jugar dos a este juego?

Si es así, ¿tengo lo que hay que tener?

19

Braden se despierta antes que yo el sábado por la mañana. El sonido de la ducha me espabila, así que me levanto y me pongo el albornoz. Anoche me duché, pero estoy tentada de acompañarle en el baño. Me resisto. En su lugar, me sirvo una taza de la cafetera que ha preparado y doy un sorbo.

¡Qué bueno! Hace mejor el café que yo, lo cual es sorprendente dado que alguien más hace su café en casa. Y, por cierto, ¿por qué está levantado tan temprano? Es sábado. Se supone que los sábados son para vaguear. Deberíamos estar en la cama haciendo el amor de forma lenta y cariñosa.

¿Seguirá enfadado?

¿Por qué habría de estarlo? Ya me ha castigado. Anoche tuve que dormirme con el equivalente femenino de una erección. Consideré la posibilidad de masturbarme, pero nunca he tenido suerte con eso, y además sentí que sería como... desobedecerlo. Lo cual no debería haberme molestado, pero lo hizo.

Vuelvo a recordar la noche de hace un par de semanas en la que intenté recrear mi primer orgasmo con Braden utilizando un vibrador. Ese vibrador sigue escondido en el cajón de arriba de mi cómoda, junto con un par de juguetes más.

Ahí está la tentación. Pero Braden saldrá pronto de la ducha. ¿Qué pensará si me encuentra desnuda en la cama masturbándome?

«No lo hagas, Skye. Le has dado el control en el dormitorio».

Pero no puedo resistirme. Alcanzo el vibrador del cajón de arriba de la cómoda y me recuesto en la cama. Me pellizco un poco los pezones para poner en marcha el motor de mi cuerpo. No tarda demasiado, sobre todo porque anoche me quedé con las ganas.

Humedezco la punta del vibrador con la boca y luego me lo paso por el abdomen hasta llegar a mi vulva. Se desliza con facilidad a pesar de que estoy apretada. ¿Cómo me he mojado tan rápido?

Me gusta, pero no es Braden. Ya sé que no podré forzar un orgasmo. Por alguna razón, necesito a Braden para alcanzarlo. Sin embargo, puedo fingir uno. Puedo fingir que me corro cuando salga del baño.

Saco el vibrador de mi agujero y lo tiro al otro lado de la cama.

Él lo sabrá. Braden sabrá si estoy fingiendo. ¿Cómo lo hará? No tengo ni idea. Pero lo sabrá.

La puerta del cuarto de baño se abre y Braden sale sin más ropa que una de mis mejores toallas alrededor de la cintura. Tiene el pelo mojado y peinado hacia atrás, y su aspecto es absolutamente apetecible.

Dirige su mirada al juguete de color rosa intenso que hay sobre mi cama. Ladea la cabeza.

—¿Te diviertes sin mí?

—Lo he pensado —digo—, pero no me ha funcionado.

Se acerca y agarra el vibrador, se lo lleva a la nariz y lo huele.

—Esto ha estado dentro de ti.

—Por un ardiente instante, sí.

—¿Por qué no has terminado?

«Porque no puedo. No puedo correrme sin ti y lo sabes. Te he dado el control sobre esta parte de mí».

—Porque... supongo que no estoy de humor.

Se le oscurece la mirada.

—Estás desnuda en la cama, tus pezones están erectos y tu cuerpo está sonrosado.

Separo los labios. Él conoce todas mis señales. Soy un libro abierto para este hombre.

—¿Por qué me mientes?

«No estoy mintiéndote». Pero las palabras no llegan, porque son una mentira en sí mismas. Lo sé y él lo sabe.

—Lo siento —digo.

—No lo sientas, Skye. Pero no me mientas. Puedo calarte. Quiero toda tu confianza y eso va en ambas direcciones.

Su mirada azul me penetra. Y sí, en ese momento, creo que puede calarme. Entrar en mi mente. En mi corazón. En mi alma.

—Estás muy guapa —declara.

—Estoy a punto de caramelo —afirmo.

—Por desgracia, tengo una reunión.

—¿Un sábado por la mañana?

—Para jugar al ráquetbol. Con mi abogado.

—¡Ah!

Intento ocultar mi decepción, pero como siempre, sé que sabe lo que pienso.

—Te recogeré esta tarde a las seis.

—Vale. ¿A dónde vamos a ir?

—A cenar con mi padre y mi hermano, ¿te acuerdas?

¡Mierda! Es verdad. No puedo creer que se me haya olvidado.

—Es verdad, perdona.

Deja caer la toalla y yo intento no mirar su culo firme y su polla semidura. Se viste con la ropa que llevaba anoche. Después mira el teléfono.

—Christopher está fuera. Nos vemos esta tarde.

Se inclina y me da un rápido beso en los labios.

«Por favor. No te vayas. Quédate aquí y fóllame. Te necesito tanto...».

Pero sale por la puerta y yo me quedo sola. Desnuda, sola y necesitada. Vuelvo a mirar el vibrador rosa. Entonces lo agarro, me levanto y lo llevo al lavabo para limpiarlo. Lo guardo de nuevo, relegándolo al cajón de arriba con los demás.

Siempre ha sido inútil para mí y lo sigue siendo.

Solo un hombre puede hacer que me corra.

Braden. Solo Braden.

Vuelvo a la cocina a por más café y...

Me fijo en una gran bolsa de regalo que hay sobre mi pequeña mesa. ¿Cómo se me habrá pasado antes? A no ser que Braden la escondiera de algún modo y la haya sacado antes de salir del apartamento esta mañana. Se me acelera el corazón al leer la nota.

«Para mi fotógrafa favorita. Con amor, Braden».

Trago saliva mientras quito el papel de seda que rodea el contenido de la bolsa. Luego, jadeo.

Se trata de una Canon EOS 5D Mark IV completa con un *kit* de objetivos, la cámara de mis sueños, que vale unos cinco mil dólares.

Casi se me para el corazón.

Anoche trajo esto, otro regalo que sabía que me encantaría.

Y yo, por insistir en tener el control negándome a encontrar un cargador para el móvil, le he negado la felicidad de dármelo.

—¡Ay, Braden! —digo en voz alta.

Abro la caja y miro con cariño lo que hay dentro.

¡Joder! Me merecía ese castigo.

—No puedo aceptarla —digo—. La cámara...

—No tienes que seguir dándome las gracias —responde Braden durante el trayecto a casa de su padre.

Lo llamé, por supuesto, en cuanto pude hacerme a la idea de que ahora tenía la cámara que siempre había querido. Estaba en mitad de un partido de ráquetbol, así que le dejé otro mensaje de voz. Cuando me devolvió la llamada, le di las gracias, trabándome con las palabras y casi sollozando. Después le volví a dar las gracias cuando llegó a mi apartamento por la tarde.

—Lo sé —contesto—. Pero viniste a mi apartamento con una sorpresa para mí, y yo...

—Para, Skye. No pasa nada. Ya te he castigado por eso. Ya ha pasado.

—Pero...

—Quiero que tengas la cámara. Es para ti. Te la mereces.

Me quedo sin palabras. Este hombre será mi perdición. Es estoico, controlador y un gran dolor de cabeza en un momento. Al siguiente es cariñoso, generoso, atento y romántico. Se me escapan las lágrimas.

Las aparta con los labios.

—Tranquilízate. No quiero presentar mi novia a mi hermano y a mi padre mientras está llorando.

Contengo las lágrimas y me controlo.

—Te quiero, Braden.

—Yo también te quiero, Skye.

Llegamos a una mansión en Swampscott. Intento no quedarme boquiabierta cuando Braden y yo nos dirigimos a la puerta.

—¿Tu padre vive aquí?

—Sí. Aquí es donde se ha establecido.

—¡Vaya!

—Es solo una casa, Skye.

—No se parece a ninguna casa en la que haya estado antes.

—Puede que quieras guardarte la opinión hasta que veas el interior.

«De acuerdo. Pero mi opinión será la misma».

Una empleada uniformada abre la puerta, con el pelo canoso recogido en un moño.

—Buenas noches, señor Black.

—Hola, Sadie. Esta es Skye Manning.

—Señora —dice ella—, ¿puedo coger su chaqueta?

—Claro.

Me quito el cárdigan, que en realidad no es una chaqueta, y se lo doy. Tras dos llamadas con Tessa y una con Betsy, me he decidido por unos pantalones capri negros, unas sandalias de tiras negras y una camisola de seda gris.

Braden no me ha dicho nada sobre la ropa, y como se le hizo tarde cuando me recogió, ya llevaba puesto el cárdigan y no hemos tenido oportunidad de hablar en mi casa.

Pero aquí estamos. Con un vestíbulo con baldosas de mármol bajo mis pies y una lámpara de araña de cristal colgando sobre mi cabeza. Una enorme sala de estar aparece a la derecha, donde hay dos hombres sentados.

Braden me toma de la mano y nos acercamos a ellos. Los dos se ponen de pie.

—Hola, Bray —dice el hombre más joven.

—Ben, papá, esta es Skye.

Ambos son casi tan guapos como Braden.

—Skye, este es mi padre, Bobby Black, y mi hermano, Ben.

Primero estrecho la mano de Bobby. Es un poco más alto que sus hijos y su pelo es totalmente gris. Tiene también algunas líneas de expresión alrededor de sus ojos marrones, pero sin duda es un hombre maduro muy sexi.

—Encantado de conocerte —dice.

—Yo también, señor Black.

—Llámame Bobby.

—Por supuesto.

Me suelta la mano y me vuelvo hacia el hermano pequeño de Braden. Aunque «pequeño» no es la palabra que usaría para Ben Black. Es tan grande como Braden y ¿me engañan mis ojos o también es un poco más alto? ¿Cómo es posible que Braden sea el pequeño de la camada?

—Siéntate —dice Bobby—. Ben es nuestro camarero esta noche.

—Te traeré un Wild Turkey —le dice Ben a Braden. Luego, se dirige a mí—: ¿Qué quieres, Skye?

—Un Wild Turkey me vale. Es mi bebida favorita.

—¿Alguien que comparte tu gusto por la bebida? —Ben se ríe—. Es un tesoro, Bray.

Braden me aprieta la mano. Me calienta. ¿Significa eso lo que creo que significa? ¿Que está de acuerdo en que soy un tesoro? Me siento junto a Braden en el sofá, enfrente de donde Bobby está sentado en un sillón con respaldo. Ben nos trae las bebidas y yo agradezco tener algo que hacer con las manos.

Ben no habla de nada en particular hasta que vuelve a sonar el timbre.

—Esa debe de ser Kathy —dice Bobby.

—¿Quién es Kathy? —pregunta Braden.

—Parece ser que la cita de papá —responde Ben.

Las cejas de Braden casi le salen volando de la frente.

Esta va a ser una noche interesante.

20

Mantengo las cejas firmes en su lugar a pesar de que Kathy parece tener mi edad. En serio. Mi edad. O eso o tiene muy buenos genes y un gran cirujano plástico.

—Braden, Ben, Skye —dice Bobby, agarrando el brazo de Kathy—, esta es Kathy Harmon.

—Estoy encantada de conoceros por fin —dice Kathy, dándole un abrazo a Ben.

Otra a la que le gustan los abrazos. Braden es el siguiente y parece rígido como una tabla desde donde estoy sentada.

—Y, Skye —añade Kathy—, eres adorable.

¿Adorable? Quizás lo sea, con mis pantalones capri ajustados y mi camisola. Kathy lleva un vestido rosa y sandalias de tacón de aguja. Tiene el pelo largo, liso y rubio y le cae por la espalda en una gruesa cascada. ¿Debo ponerme de pie? Ben y Braden, como caballeros, se han puesto de pie cuando Kathy ha entrado.

Si me levanto, me va a agarrar y me va a abrazar. No tengo ganas de eso, pero tengo que ser educada.

Me pongo de pie.

Me agarra y me da un abrazo.

No es un simple abrazo de «Nunca te he visto antes». No, es un apretón. No puedo evitar inhalar su perfume floral. ¡Uf! El paraíso de los dolores de cabeza.

—Encantada de conocerte —le digo cuando por fin me suelta.

—Bobby —dice Kathy—, me encantaría un *whisky* con hielo.

—Ben, ¿puedes traérselo? —pregunta Bobby.

—Marchando. —Ben se acerca a la barra.

—Cuéntamelo todo sobre ti, Braden —le dice Kathy.

—No hay mucho que contar. Puedes buscarme en Google.

De hecho, estoy segura de que ya los ha buscado a todos en Google. Puede que también me haya buscado a mí.

Ben le trae la bebida y ella toma un sorbo.

—Ahumado y con turba. Justo como me gusta.

Luego pone el vaso en un posavasos.

—Kathy es estudiante de Derecho —comenta Bobby—. Está haciendo las prácticas con nosotros.

Hago algunos cálculos rápidos en mi cabeza. Si está haciendo las prácticas, lo más probable es que esté en el tercer año, y si pasó directamente del instituto a la Universidad, a la Facultad de Derecho, no puede tener más de veinticinco.

Sí, lo he adivinado. Tiene mi edad. Mi edad y está saliendo con el padre de Braden.

Tal vez no debería haber descartado lo de Tessa tan rápidamente. Tenerla aquí conmigo ahora sería una bendición. Es curioso, porque cuando Braden me pidió que invitara a Tessa, por un momento pensé que la quería para su padre. Está claro que a Bobby le gustan jóvenes y Tessa es mucho mejor que esta chica.

Me hace preguntarme cómo era la madre de Braden. No habla de ella, dice que es demasiado duro.

—Papá —lo llama Braden—, ¿puedo hablar contigo en privado un momento?

«No. No, no, no. No me dejes aquí con tu hermano y la novia de tu padre».

—¿Sobre qué?

—Sobre una inversión a la que le he echado el ojo. No querría molestarte durante la cena, pero es algo urgente.

¡Y una mierda es urgente! Se va a cargar a su padre por invitar esta noche a la pequeña Dora la Exploradora. Lo tiene escrito en la cara.

—Claro. —Bobby se levanta y sale de la habitación con Braden.

No es para nada incómodo.

—Bueno, Skye —comienza Kathy—, he oído que conoces a Addison Ames.

Y ahora comienza a dejar caer nombres...

Intento sonreír. No hay razón para ser descortés. Kathy no tiene forma de saber lo zorra que es Addie.

—Antes trabajaba para ella. Ya no.

—Me encantaría conocerla algún día.

«¡Ay, querida! Estás apuntando en la dirección equivocada». Addie preferiría morir antes que hacerme un favor.

—Claro, lo intentaré.

—¿De verdad? Me encantaría entrar en el negocio de la hostelería y del entretenimiento corporativo cuando me haya graduado, y Hoteles Ames sería estupendo para empezar.

—¿En serio? —digo—. Interesante. Supongo que también necesitan abogados.

—Por supuesto que sí.

Y, efectivamente, nos hemos quedado sin temas de que hablar.

—Si te interesa la hostelería y el entretenimiento corporativo —añade Ben—, ¿por qué haces las prácticas en Black, Inc.?

«Bien hecho, Ben». Sonrío en su dirección. Es también una muy buena pregunta.

—¿Qué puedo decir? Tu padre me hizo una oferta que no pude rechazar.

Dinero. Así que solo es una cazafortunas. No es demasiado sorprendente, dado que está saliendo con un hombre que le dobla la edad.

—¿A qué Facultad de Derecho vas? —pregunto.

—A Harvard, por supuesto.

«Por supuesto». Interesante. Debe de ser inteligente si ha entrado en Harvard. O eso o su padre le compró la entrada. Pero lo dudo, si no ella no estaría con Bobby Black.

¿O sí lo estaría? Es guapo a rabiar. Los maduritos atractivos no pueden ser más tentadores. «¿Cuáles son tus intenciones, hermana?».

—Entonces, ¿estás en tercero?

—Sí, pero por mucho que me guste aprender, estoy deseando salir al mundo real. Por eso estoy disfrutando tanto de las prácticas en Black, Inc.

—¿Dónde hiciste tu trabajo de fin de grado? —le pregunto.

—En la Universidad de Boston.

—Yo también.

Lo que significa que, si es una estudiante de tercer año de Derecho, ella y yo hemos estado en la Universidad de Boston al mismo tiempo.

—¿De verdad? ¡Es increíble!

Asiento, aunque no veo nada de increíble en ello.

—¿Qué has estudiado? —continúa.

—Fotografía.

—¡Qué interesante! Entonces, ¿por qué trabajabas para Addison Ames?

Buena pregunta. Algo parecido a la pregunta que le acaba de hacer Ben. Sí, parece que la pequeña Dora la Exploradora ha entrado en Harvard por sus propios méritos.

—¿Estás de broma? —digo, como si alguien con cerebro supiera por qué estaba trabajando para Addie—. Es una *influencer* muy conocida. Un gran público veía mis fotografías.

—Pero ella publica selfis.

No puedo evitarlo.

—No, no lo hace. Yo hacía todas sus fotos. No estoy segura de quién es su fotógrafo ahora.

—Ya veo. —Sonríe—. ¿Me disculpáis un momento? Necesito usar el tocador.

Se levanta y sale directamente de la habitación sin preguntar a Ben dónde está.

¡Bingo! Kathy ha estado aquí antes.

Cuando se ha ido, Ben me sonríe.

—Es interesante —dice con sarcasmo.

¿Cuánto puedo decirle a Ben? ¿Puedo decirle lo que realmente pienso?

—A mi padre le gustan las mujeres jóvenes —continúa.

—Al parecer, sí. —Sonrío.

—Nunca va en serio. —Luego baja la voz—. No creo que vuelva a casarse nunca.

—Será mejor que no le digas eso a Kathy.

—Kathy no quiere casarse con él. Es como todas las demás. Lo está usando por su dinero y sus contactos.

—¿Y te parece bien que le haga eso a tu padre?

—¿Estás de broma? Él lo sabe. Y también la está utilizando.

El punto de vista de Ben es interesante. Braden dijo que se siente atraído por el tipo equivocado de mujeres y que malgasta su dinero en ellas. Al parecer su padre hace lo mismo.

—¿Por qué crees que no volverá a casarse? —le pregunto.

—Porque no lo hizo muy bien la primera vez. No me malinterpretes. Quería a nuestra madre, pero se casaron jóvenes, cuando ella se quedó embarazada de Braden y ninguno de los dos estaba preparado para ello. Mi padre hizo algunas cosas que no debería haber hecho y mi madre pagó el precio.

—Braden no habla de vuestra madre —le digo, intentando descifrar en mi cabeza la enigmática declaración de Ben.

Ben inhala y deja caer su mirada por un instante.

—La verdad es que ninguno de nosotros lo hacemos. Crecer en nuestra casa no fue... lo mejor.

¿No fue lo mejor? ¡Vaya! Tengo preguntas. ¿La infancia de Braden explica su forma de ser? Ya sé que a veces pasaban hambre, pero parece que también tiene algunos recuerdos agradables de su madre.

Podría hacer la misma pregunta sobre cualquiera. He crecido en una granja con unos padres que siguen casados. No era perfecto (mis padres incluso se llegaron a separar durante unos meses), pero era bastante inofensivo. Sin embargo, tuve una experiencia extraña con un espantapájaros en el campo de maíz y me convertí en una fanática del control.

—Siento oír eso.

—Sí, bueno, Bray y yo salimos bien. En cuanto a mi padre, está contento. Quiero decir, ¿quién no lo estaría? Su hijo lo hizo multimillonario y ahora puede tener todos los chochitos jóvenes que quiera.

Abro los ojos de par en par ante su rudeza.

Se ríe.

—¿Te he ofendido?

—En absoluto. Solo que no es una conversación típica de una cena.

—Los Black no somos los típicos que organizan cenas. Somos una familia de clase trabajadora todo el tiempo.

—Sé cómo y dónde crecisteis —respondo—, pero yo diría que tu hermano ya no pertenece a la clase trabajadora.

—Tenemos modales —contesta Ben—. Sabemos cómo comportarnos en casi todas las situaciones. Nuestro negocio no prosperaría si no supiéramos hacerlo.

—Me pregunto —continúo— si tu hermano usaría la palabra «chochito» en una conversación con tu novia.

—No lo haría, pero no porque tenga un problema con esa palabra. Braden simplemente no es muy hablador.

Parece que Ben conoce a su hermano después de todo.

—¿Y tú lo eres?

—¿No te has dado cuenta ya? —Sonríe.

Miro por encima del hombro.

—Estas preguntándote cuándo volverá Kathy —dice Ben.

—Bueno..., sí.

—No hasta que vuelvan Bray y mi padre. Está escuchando a escondidas.

Me quedo con la boca abierta.

—¿Cómo lo sabes? —susurro.

—Conozco a las de su calaña. Además, ¿cuánto tiempo se tarda en retocarse el pintalabios e ir al baño?

No puedo evitarlo. Me río en voz alta. El hermano de Braden parece muy divertido. La verdad es que debería haber traído a Tessa. Habrían congeniado a la perfección.

—¿No te molesta? Me refiero a que Kathy esté escuchando a escondidas.

—La verdad es que no. Si conozco a mi hermano, él sabe que ella está allí y tiene cuidado con lo que dice. Además, tú y yo sabemos que Bray se ha llevado a mi padre para echarle la bronca por haberla invitado a la cena en la que ambos íbamos a conocerte por primera vez. No hay posibilidad de que Kathy escuche ningún secreto de negocios.

Sonrío.

—Sí, no puedo negar que eso es exactamente lo que se me pasó por la cabeza cuando Braden fue a hablar con tu padre a solas.

—Conoces bien a mi hermano.

—En cierto modo —contesto—, pero voy a serte sincera: mantiene ocultas muchas cosas.

—Así es Braden —dice Ben—. Es muy cuidadoso. Ya ha salido escaldado una vez y no dejará que vuelva a ocurrir.

21

Braden y su padre regresan, y exactamente sesenta segundos después (en serio, miro el reloj) entra de nuevo Kathy. Domina la conversación mientras yo reflexiono sobre las palabras de Ben.

«Ya ha salido escaldado una vez y no dejará que vuelva a ocurrir».

¿Sabrá Ben toda la historia entre Braden y Addie? Si es así, ¿me la contará? Está claro que es de los que les gusta hablar, pero él y yo nos acabamos de conocer. Además, ir a espaldas de Braden para sonsacarle información a su hermano me valdría un castigo terrible. Puede que no vuelva a tener un orgasmo en mi vida.

Pero por mucho que odie la idea de no volver a alcanzar el clímax, ese no es el problema principal.

Amo a Braden. Lo amo muchísimo.

Si voy a sus espaldas y le sonsaco información a su hermano, puede que no me perdone.

Y por mucho que quiera saber, no volveré a abusar de su confianza.

—¿Qué te parece, Skye?

Reprimo una sacudida al escuchar mi nombre en los labios de Braden. No tengo ni idea de lo que el resto ha estado hablando. ¡Qué mal!

—¿Sobre qué? —digo.

—Sobre ir al centro y escuchar algo de *jazz* esta noche —responde, con una sonrisa dibujada en los labios.

¿Será imbécil? Sabe que no estaba escuchando.

—Suena bien.

—Estupendo —comenta Kathy—. Me encanta el *jazz*, ¿a ti también, Skye?

—Claro.

Estoy muy lejos de ser una experta en música. Pero, oye, ¿no le gusta a todo el mundo el *jazz*?

La empleada entra en el salón y espera a que haya una pausa en la conversación antes de decir:

—Señor Black, la cena está servida.

—Excelente. Gracias, Sadie. —Bobby se levanta—. Las damas primero, por supuesto.

Como nunca he estado aquí, no tengo ni idea de dónde está el comedor. Pero estoy segura de que Kathy sí lo sabe, así que la sigo. Y, en efecto, me lleva al comedor formal.

Bobby le retira una silla y ella se sienta.

Ben toma asiento junto a ella, mientras Bobby se sienta a la cabecera de la mesa.

Braden retira la otra silla que hay al lado de Bobby.

—Skye —dice.

Me siento, y entonces Braden toma el asiento vacío que hay a mi lado.

Kathy se sirve un trozo de pan y luego le entrega la panera a Bobby.

Sí, sin duda ha estado aquí antes. Más de una vez, diría yo. No estoy segura de que me sienta cómoda sirviéndome algo en esta mesa, no importa cuántas veces termine comiendo aquí.

Sin embargo, admiro su táctica. Es una mujer decidida en ir a por lo que quiere. Parte de eso es sentirse a gusto en cualquier entorno. Apuesto a que nunca se avergonzaría si se le cayera un condón del bolso delante de un hombre guapo hasta decir basta.

No tengo que preocuparme de entablar conversación porque Kathy se encarga de ello. Sí, es muy inteligente. Más que eso, también es astuta. Será una buena abogada. ¿Por qué Braden no se siente atraído por una mujer como ella?

Fácil. «Eres un desafío, Skye». Sus palabras resuenan en mis oídos. Está claro que Kathy no es un desafío. Inteligente y astuta, sí. Pero claramente se abriría de piernas para conseguir lo que quiere. Eso no es un desafío para un hombre como Braden.

La cena está riquísima. Consiste en crema de tomate con albahaca fresca y, a continuación, costilla de ternera, puré de patatas al ajo, coles de Bruselas asadas y salsa. Como no tengo prácticamente nada que añadir a la conversación, limpio mi plato antes de que los demás terminen.

—Guarda espacio para el postre —me dice Braden.

—¿Qué hay de postre? —le pregunto.

—No sé lo que servirán aquí —responde—, pero yo sé lo que me voy a tomar.

Me retuerzo, intentando aliviar la presión que siento entre mis piernas.

Tal vez esta noche por fin tenga un orgasmo.

—¿Qué te ha parecido? —me pregunta Braden después de que Christopher nos recoja.

—Tu hermano me cae muy bien.

—¿Y mi padre?

—Parece agradable.

—¿Pero?

—Braden, sabes exactamente lo que estoy pensando. ¿Qué está haciendo con ella? Tiene mi edad.

Braden se ríe.

—No estará por aquí mucho tiempo. Cuando consiga lo que quiere, se irá por donde ha venido.

—¿Y te parece bien que utilice a tu padre así?

—Mi padre ya es mayorcito. Puede cuidar de sí mismo.

—Tu hermano dice que él también la está utilizando.

—Por supuesto que sí. Está dispuesta a abrirse de piernas y mi padre está dispuesto a dejarla.

Gruño.

—¿Te parece desagradable?

—No de la manera que estás pensando. Tu padre es muy atractivo. Solo que no es... como yo.

—¿Así que no estabas trabajando para Addie por los contactos?

—Trabajaba para Addie para ganarme la vida. Los contactos eran un buen beneficio adicional. Será mejor que no estés sugiriendo lo que creo que estás haciendo. Además, Addie no es mi tipo para nada. —No puedo evitar una risa sarcástica.

—No estoy sugiriendo eso en absoluto. Sé que no te acostarías con nadie para llegar a la cima. Pero todo el mundo aprovecha las oportunidades.

—¿De verdad estás defendiendo lo que está haciendo? Lo siento, pero en mi opinión, hay una diferencia entre aprovechar una oportunidad y follarse a alguien para llegar a algún sitio.

—¿Cuál es la diferencia? ¿No están ambos aprovechando una oportunidad?

—Pero uno ha encontrado un chollo, Braden, y la otra casi se está prostituyendo.

—Y...

—Y... ¿qué?

—¿Te parece desagradable la prostitución?

—La prostitución me parece ilegal.

Pero plantea un buen punto. Lo que Kathy está haciendo no es ilegal. Está aprovechando una oportunidad, y Bobby se lo permite.

Suspiro.

—Tienes razón. Mientras ella y tu padre estén bien con la situación, ¿quién soy yo para juzgar?

Se ríe y me aprieta la mano.

—Tienes toda la razón.

Su risa me emociona, por supuesto.

—Sabías que estaría de acuerdo, ¿verdad?

—Si lo piensas con lógica, sí, sabía que estarías de acuerdo.

—Entonces, ¿por qué me has presionado?

—Porque te indignas de una forma muy adorable.

—Ya que te gusta tanto mi indignación, ¿por qué me has dejado sola con tu hermano y Kathy?

—Te las has apañado.

—Por supuesto que me las he apañado. Aun así, ha sido muy poco elegante por tu parte dejarme con dos personas que acababa de conocer.

—Tenía que hablar algo con mi padre que no podía esperar.

—Ya, claro que sí. Le estabas echando la bronca por haber traído a su actual polvo a cenar.

—La verdad es que no; no estaba haciendo eso. Estaba hablando con él sobre una inversión.

—¿Y no podía esperar?

—No, no podía, porque era mentira.

—¿Por qué ibas a arrastrar a tu padre fuera de su cena para...?

Sus labios se curvan un poco hacia arriba.

—Le estabas poniendo un cebo.

—Sabía que te darías cuenta.

—¿Por qué? Como dices, tu padre es un hombre adulto y puede cuidarse solo.

—Estoy de acuerdo. Si quiere gastar su dinero en una joven que solo está interesada en una cosa, es asunto suyo.

—Entonces, ¿por qué filtrar información?

—Porque esta es mi empresa, Skye. Quiero a mi padre, y hace un buen trabajo, pero a veces piensa con la cabeza equivocada.

—No creerás de verdad que él soltaría secretos comerciales o algo así, ¿verdad?

—Cuando está en su sano juicio, no.

Me río.

—En otras palabras, no cuando está pensando con la cabeza correcta.

—Exacto.

Sonrío y le cubro la mano con la mía.

—Dime, Braden, ¿con qué cabeza estás pensando ahora mismo?

Se me queda mirando fijamente, sin decir nada.

Y lo sé.

Braden Black solo piensa con una cabeza, pase lo que pase, y siempre es la correcta.

22

Estoy en la habitación de Braden, desnuda y tumbada en su cama.
Estoy atada como la última vez, con correas de cuero en las muñecas y los brazos en forma de «Y» por encima de la cabeza. No me ha
atado los tobillos.

Me siento aliviada y decepcionada a la vez.

—Cierra los ojos —dice con suavidad.

Obedezco y la fría venda de seda me cubre.

—No verás nada esta noche, Skye.

Asiento.

—Esta noche quiero que te concentres en lo que oyes. Presta mucha atención a los sonidos de la habitación.

—¿Cómo?

—De la misma manera que prestaste atención a lo que veías la
última vez.

—Pero hay mucho que ver —digo—. No hay nada que oír durante el sexo.

—Te equivocas —responde—, y esta noche te lo voy a demostrar.

—La sensación de lo que me haces eclipsa todo lo demás. Podía
suprimirlo prestando atención a la vista, pero ¿al sonido? No sé si
puedo.

—Sí puedes hacerlo.

Abro la boca, pero me pone dos dedos sobre los labios.

—Has terminado de hablar. No hables a menos que yo te lo diga.

Vuelvo a abrir la boca, pero la cierro enseguida. ¿Quiere que me concentre en lo que oigo, pero no puedo hablar? Lo que digo durante el acto sexual es una parte importante de la experiencia, ¿no?

Reprimo una risita. Tal vez lo fuera antes, pero Braden rara vez me permite hablar.

Quizás ponga algo de música. Reprimo otra risita. Se suponía que íbamos a reunirnos con los demás para escuchar *jazz* esta noche, pero Braden recordó que tenía una reunión temprano. No estoy segura de que la reunión exista, pero no tengo ninguna queja.

Espero.

No hay música.

Ni besos, ni caricias, ni golpes con el látigo de tiras o ninguna otra cosa.

Así que escucho.

Lo que oigo me asombra.

La respiración de Braden. Es rápida y un gemido bajo emana de su garganta. Le he oído gemir muchas veces antes, pero este es diferente. Es tan bajo que estoy segura de que no lo he oído hasta ahora.

—Eres preciosa —dice—. Preciosa a rabiar, Skye.

Más palabras que ya he oído antes. Pero cuando me concentro solo en su sonido, en el ronco timbre de la voz de Braden, son mucho más evocadoras.

La piel me hormiguea y la energía fluye entre mis piernas.

Sus labios presionan los míos y, aunque estoy tentada de abrir la boca y dejarle entrar, se retira. Entonces vuelve a besarme. Un beso corto y dulce en mis labios. El sonido es de un beso suave y hace que mis pezones se tensen.

El sonido de un beso. Nunca había pensado en ello. Es increíble y la electricidad se desliza a través de mí.

Dejo que el sonido me recorra mientras me besa una y otra vez. Pasa de mis labios a mi cuello y a mis hombros. Son pequeños besos sonoros, y cada uno de ellos me deja en llamas. Se pasea por mi pecho hasta llegar a la parte superior de mis tetas, donde el sonido de los besos se une a su bajo gemido gutural.

—¡Dios! Me encantan tus tetas.

«A ellas también les encantas». No lo digo, por supuesto. Ni siquiera debería pensarlo. Debería concentrarme solo en lo que oigo.

Me besa el pezón y yo aspiro una bocanada de aire. ¿Cómo puedo escapar de esta sensación, de la intensa sensación de placer que me invade cada vez que me toca los pezones?

No quiero hacerlo. Mis pezones son muy sensibles, y les encanta lo que les hace. Me encanta lo que les hace. No quiero ignorarlo.

—Concéntrate, Skye —dice contra mi piel.

«Concéntrate». El cálido timbre de su voz. Dejo que me invada y fluya a través de mí y, cuando vuelve a besarme el pezón, el sonido del pico me provoca un estremecimiento.

Y empiezo a entenderlo.

El sonido. Su boca acariciándome la piel y luego la ligera toma de aire a través de sus labios cerrados. El sonido del beso. El dulce sonido del beso.

Es el sonido más excitante del mundo.

—Voy a chuparte los pezones, Skye —dice—. Escucha. Escucha los sonidos que hago. Escucha los sonidos que haces.

El tirón se produce con brusquedad. Sus labios están firmes y prietos sobre mi pezón y yo gimo. Mi gemido es más alto y fuerte que el de Braden. ¿Siempre ha sido así? ¿He prestado alguna vez atención?

—¡Oh, joder! —digo sin aliento.

¡Zas!

Su mano baja a mi otro pecho.

—No hables —me ordena.

El sonido. El impacto de su mano cayendo sobre mi piel y golpeándome.

Me excita. Es peligroso. Peligroso e intrigante.

Sus labios vuelven a apretarme el pezón. Jadeo, reprimiendo las palabras que quieren salir de mi boca. Porque, joder, la sensación es tan increíble... Es tan condenadamente increíble...

¿Cómo espera que no sienta nada de esto?

Alejo la sensación de mi mente lo mejor que puedo. Está en mi pezón, así que escucho. Escucho cómo sorben sus labios. El gemido bajo que sale todo el tiempo de su garganta mientras me da placer.

El gemido bajo que significa que también está recibiendo placer.

Mis pezones están tan duros, tan necesitados y doloridos...

Y mi coño. ¡Madre mía, mi coño...!

Sigue con sus dedos en mi costado y me aprieta el otro pecho. Luego me roza el otro pezón. Me da un pellizco. Un pellizco agudo que no hace ruido.

No, el ruido está en el eco de su gemido bajo y el jadeo y el gemido que salen de mi propia garganta. Sigue chupándome un pezón. Los suaves lametazos y sonidos de sus labios se arremolinan en el aire que hay a mi alrededor, haciendo que me duela aún más el cuerpo.

Braden finalmente me suelta el pezón con un suave chasquido.

Una ráfaga de aire frío fluye sobre él.

«No, Skye. No sientas. Solo escucha».

Braden me abre las piernas. La tensión me invade. Me estoy muriendo de ganas, y esta espera me está haciendo perder la cabeza poco a poco. «¡Cómeme el coño, joder!».

Sin embargo, no digo nada. Y, de nuevo, intento escuchar.

—Estás preciosa —dice—. Rosada e hinchada y, ¡oh!, muy húmeda.

De nuevo el gemido bajo. El gemido de Braden. El gemido que dice que le gusta lo que ve.

Y lo que ve es a mí.

Ese sonido. Conozco ese sonido, y me encanta. Sin embargo, solo ahora me doy cuenta de su verdadero significado.

—Voy a comerte el coño —dice—. Escucha cómo lo hago.

¡Oh, Dios! Esto va a ser un infierno. ¿Se supone que debo escuchar y no sentir? ¿Me dejará correrme? ¿Volveré a tener un orgasmo? Braden me ha atrapado con su control en mis orgasmos. Nunca sé cuándo tendré uno y eso me embriaga aún más. Es un profesional.

Pero entonces dejo de pensar. Porque está entre mis piernas, con su barba de varios días rozándome los muslos, su lengua deslizándose sobre mi clítoris y ese gemido bajo (siempre ese gemido bajo) vibrando a través de mí.

Como una cálida cascada. Me reconforta. Me reconforta y a la vez me calienta.

Un sonido sonoro cuando me besa el interior del muslo. Un zumbido bajo cuando desliza su lengua por mi raja. Una inhalación rápida cuando aprieta sus labios sobre mi clítoris.

Todo por parte de él, mientras yo hago lo posible por quedarme callada.

Abrazo la música de su cuerpo mientras me lame, dejo que fluya a mi alrededor como una melodía escrita únicamente para nosotros.

Es embriagador.

Sí, estoy cachonda. Sí, estoy flotando hacia la cima.

Sin embargo, el clímax ya no es mi objetivo. Escuchar lo es. Oír lo es. Porque consigo algo casi tan hermoso como el propio clímax.

La música. La belleza del sonido.

Cuando aleja la boca de mí, gimoteo por la pérdida. Un suave gemido que sale de mi cuerpo de manera involuntaria. Escucho. Aprecio los sonidos que hago.

Un suave golpe cuando una de las prendas de Braden choca con el respaldo de una silla. Un golpe más fuerte. Un zapato. Luego el otro.

Suaves sonidos de su ropa reuniéndose en el suelo en un montón de tela.

Me martillea el corazón. Cada uno de estos sonidos significa que está más cerca de estar desnudo. Que su polla está más cerca de estar dentro de mí.

Estoy muy preparada para eso.

El suave crujido de la cama cuando vuelve y cuando su miembro se desliza entre mis piernas, una rápida inhalación.

Su aliento.

Y también el mío.

—Ahora quiero follarte. Estoy deseando meterme dentro de ti.

Jadeo cuando me embiste.

Gime. Mucho más fuerte y durante más tiempo esta vez.

Él me llena y la sensación...

Pero se supone que no debo sentir. Solo escuchar.

La succión de su polla introduciéndose en mí es sutil, pero está ahí. La escucho y la oigo.

Sus huevos me golpean mientras me embiste. Los oigo.

Los sonidos de él follándome. De él haciéndome el amor. Están ahí y los oigo.

El ritmo de sus embestidas. El coro de sus gemidos y los míos, su respiración y la mía.

Y la melodía. La melodía que es audible solo para mí. Para Braden y para mí. Una hermosa melodía que existe entre nosotros, a nuestro alrededor y dentro de nosotros.

Y lo entiendo. Lo entiendo.

—¡Joder! —dice—. Me voy a correr, Skye.

Me embiste y se queda ahí, gimiendo. Me deleito con el sonido, con la música de su liberación.

Y no echo de menos correrme yo. Estoy demasiado ocupada escuchando cómo lo hace él.

Es pura belleza musical.

Unos instantes después, se retira y se aparta de mí, suspirando. Un suspiro suave pero masculino. Un suspiro que nunca me había molestado en escuchar hasta ahora.

Un momento después, me quita la venda.

—¿Y bien? —pregunta.

Permanezco en silencio.

—Ya puedes hablar.

Sonrío.

—Ha sido increíble. He escuchado cosas que hasta ahora no había oído.

—Bien. Ese era el plan. Lo has hecho bien.

—Pero, Braden...

—¿Qué?

—¿Por qué?

—¿Quieres decir que por qué todo esto? ¿La concentración en un solo sentido?

—Sí.

No me responde durante un minuto. En su lugar, baja y coloca su cabeza entre mis piernas. Mi clítoris se acelera. No he llegado al orgasmo y quiero hacerlo. Tengo muchas ganas.

Pasa su lengua por mi clítoris.

Me sobresalto y arqueo la espalda. ¡Dios! Deseo ese orgasmo más que nada en este momento.

¿Va a responder a mi pregunta?

—Te daré una respuesta —dice—, pero, primero, voy a darte un orgasmo.

23

¡Menos mal! Todo mi cuerpo está anhelando el clímax. Ha pasado tanto tiempo...

Braden me mira con lascivia. Me caliento por todas partes, mis pezones vuelven a reclamar atención y me palpita el sexo sin piedad.

Hasta que su móvil suena en la mesita de noche. Él abre más los ojos.

«Ignóralo. Por favor, ignóralo».

Pero no lo hace. Braden no ignora su teléfono. Es casi medianoche de un sábado por la noche. ¿Quién le llama? No pueden ser negocios, ¿verdad? ¿A esta hora del fin de semana?

Excepto que Braden tiene acuerdos y contratos en todo el mundo. Aunque su empresa comenzó con equipos de construcción, que siguen siendo la rama principal, Black, Inc. invierte ahora en bienes inmuebles, divisas, futuros y probablemente muchas cosas que desconozco.

Por eso nunca ignorará su teléfono, da igual la hora que sea.

Se mueve de entre mis piernas y yo contengo un gemido por la pérdida.

—Black —dice al teléfono.

Entonces entra en modo negocio. Incluso su erección flaquea mientras permanece desnudo. Mis ojos se han adaptado a la oscuridad después de que me haya quitado la venda y lo observo.

Su comportamiento es de pura profesionalidad, y si no pudiera ver su majestuoso cuerpo, juraría que lleva un traje de tres piezas, con la corbata bien ajustada.

Puede que lo lleve.

Y sé que puedo despedirme de mi orgasmo.

Después de lo que parecen horas, termina la llamada.

—¿Va todo bien? —le pregunto.

—Tengo que ir a Nueva York —responde.

—Nos vamos mañana —replico.

Camina hacia el armario.

—No. Nos vamos esta noche.

Jadeo.

—¿Esta noche? ¿Quieres decir ahora mismo?

—Sí. Ahora mismo.

—Yo... no puedo. ¿Qué pasa con...?

Se gira y se encuentra con mi mirada.

—¿Qué pasa con qué, Skye? De todos modos, íbamos a salir mañana por la tarde. ¿Tienes algún plan para la mañana del domingo que yo no sepa?

—Las perritas. ¿Qué pasa con las perritas?

—¿Quién crees que cuida de ellas todo el día cuando no estoy aquí?

Lo que acaba de decir tiene gracia. ¿En qué estoy pensando?

Estoy pensando en que quiero ese puñetero orgasmo.

—¿Qué ocurre, Braden?

—Una negociación clave ha fracasado.

—¿A medianoche?

—En China. Necesito hacer control de daños.

—¿No puedes hacerlo desde aquí?

—Si pudiera, ¿crees que volaría a Nueva York en mitad de la noche?

Buen punto.

—¿Qué hay de Ben o de tu padre?

—El que dirige la empresa soy yo, Skye. Ya lo sabes.

—¿No puedes delegar? Tu padre y Ben son perfectamente capaces de...

—Has visto a mi padre y a Ben una vez. No sabes nada de ellos más que las conclusiones que has sacado tras haberles visto una noche. Por favor, no te atrevas a decirme cómo dirigir mi empresa. Solo eres una fotógrafa, Skye. No sabes nada de mi negocio.

Me quedo boquiabierta. «Mantén el control, Skye». Pero no puedo. Empiezo a perderlo. Siento que las temidas lágrimas brotan en el fondo de mis ojos.

Pues no. No me da la gana.

—No insultes mi inteligencia —le digo.

—No estoy insultando nada.

—¡Y una mierda que no!

Se encuentra con mi mirada, la suya es fría. Muy fría.

—Esto son negocios. El mío. No te estoy insultando cuando te digo que no sabes nada al respecto. Simplemente estoy siendo sincero.

—Pero no entiendo...

—Exacto. No lo entiendes. Esto es algo de lo que tengo que ocuparme, y sí, tengo que ocuparme ahora. Así que sal de la cama y vístete. Nos iremos en cuanto estés lista.

—Si me explicas...

—¡Por el amor de Dios! No tengo tiempo para dar explicaciones. No me estás escuchando, Skye. Antes me has preguntado por qué te he hecho concentrarte en un sentido. Para alguien que acaba de aprender a oír esta tarde, ahora no me estás oyendo.

Me quedo con la boca abierta una vez más.

¿Esta es mi vida ahora? ¿Braden me dice que haga algo y se supone que debo hacerlo? ¿Con los ojos cerrados?

—Tu control sobre mí en el dormitorio no se extiende a...

—¡Me cago en la leche! —Me levanta de la cama y me obliga a ponerme de pie—. Escúchame, Skye. Nos vamos. Nos vamos ahora mismo.

Y me doy cuenta.

No tengo elección. Braden canceló el billete de avión que Eugenie reservó para mí. Mi única manera de ir a Nueva York para llegar a mi reunión del lunes es su *jet* privado. O eso o volar en lista de espera, y no puedo correr el riesgo de no conseguir un vuelo. Podría coger un tren, pero no tengo billete. Puede que estén agotados a estas alturas. Además, odio los trenes. Podría ir en coche, pero tendría que alquilar un coche, ya que no tengo ninguno. Esta reunión es demasiado importante. Su avión no puede llevarme a Nueva York mañana si ya está en Nueva York.

Jaque mate. Él gana.

Me voy esta noche.

Asiento con resignación, recojo mi ropa (por suerte, esta noche no ha destruido ninguna) y salgo de su habitación en silencio. Camino desnuda hacia la escalera, sin importarme si Christopher o alguien más me ve, y me dirijo a mi dormitorio. Voy al baño.

Mi reflejo me saluda en el espejo.

Tengo el maquillaje corrido y el pelo hecho un desastre. Sin duda parezco recién follada.

Pero hay algo más que me llama la atención.

La mirada de derrota.

«Esto es ridículo, Skye. No es una derrota. Son negocios y él no puede evitarlo. Tiene que ocuparse del trabajo. Tú harías lo mismo. No has perdido el control. Son solo negocios, y si quieres llegar a Nueva York para tu reunión, tienes que irte con él ahora».

Todo es cierto. Todo es muy cierto.

¿Por qué me resulta tan difícil ceder el control?

¿Es otra de las pruebas de Braden?

Sacudo la cabeza ante el espejo. No. No es tan manipulador. ¿O sí lo es? ¿Quién en su sano juicio montaría una crisis en la que tuviera que irse a Nueva York en mitad de la noche?

Nadie.

Ni siquiera Braden Black.

Pero no estoy tan segura. Braden consigue lo que quiere y lo que quiere es mi control. No solo en el dormitorio.

Puedo negarme a ir, pero eso sería tirar piedras contra mi propio tejado. Necesito llegar a Nueva York y esta es la única forma segura.

Suspiro. Es hora de prepararse. Porque, si no lo hago, no me cabe duda de que Braden llamará a mi puerta para exigirme más cosas.

Me apresuro a limpiarme la cara del maquillaje corrido, me lavo todas las demás partes necesarias y me visto con la ropa que me puse para cenar antes. Me recojo el pelo en una coleta alta y salgo del dormitorio. Mi chaqueta y mi bolso siguen en la habitación de Braden.

Bajo las escaleras, no muy despacio pero tampoco muy rápido.

Braden está de pie junto al ascensor, sosteniendo mi bolso y mi chaqueta. Me los entrega.

—Vamos. Christopher nos está esperando abajo.

24

Si no supiera que estoy en un *jet* privado, estaría segura de que estoy en un apartamento de lujo. Es cierto que sería un apartamento de lujo muy estrecho, pero un apartamento de lujo al fin y al cabo.

Una cama. Este avión tiene una cama. No se tarda mucho tiempo en un vuelo a Nueva York, así que dudo que la usemos, pero ahí está. Perfectamente preparada, lista para ser desordenada. Me río para mis adentros. ¿Nos uniremos Braden y yo al club de los que follan en las alturas?

¿Cuántas otras mujeres se han unido al club de los que follan en las alturas gracias a esta cama?

Borro ese pensamiento de mi mente. Este viaje ya me pone nerviosa. No necesito pensar en todas las demás mujeres con las que Braden se ha acostado en este *jet*.

—Bienvenido a bordo, señor Black. —Una azafata rubia sonríe—. Y a usted también, señorita Manning.

Braden asiente.

—Gracias, Robin.

Yo tan solo esbozo una ligera sonrisa y sigo a Braden a bordo. Me conduce a dos amplios asientos de cuero que hacen que la primera clase de cualquier otra aerolínea parezca de turista.

Me hace un gesto y tomo el asiento más cercano a la ventana. Él se sienta a mi lado.

—Tengo un gran equipo —dice—. Se ocupan de todo lo necesario.

—¿El piloto también es rubio? —No puedo evitar preguntar.

—El piloto es un veterano de cincuenta y cinco años —responde con naturalidad—. ¿Quieres algo de beber?

—Es medianoche.

—Sí. Pero eso no significa que no puedas tener sed.

Tiene razón, por supuesto. Y tengo algo de sed.

—Solo un poco de agua.

Le hace un gesto a Robin, que está junto a otra azafata, esta de pelo negro y ojos oscuros.

—Dos botellas de agua.

—Enseguida. —Pongo los ojos en blanco.

—¿Pasa algo? —pregunta Braden.

—¿Cómo pueden estar tan alegres a la una de la mañana?

—Se les paga muy bien por estar de guardia a todas horas.

Me lo imagino. Pero no lo digo. Robin me trae una botella de agua, se lo agradezco y le doy un largo sorbo.

—Es un vuelo corto —dice Braden—, pero una vez que estemos en altitud de crucero puedes acostarte. Robin y Dani se ocuparán de lo que necesites. Intenta dormir un poco.

—Puede que lo haga —respondo.

Me agarra la mano y me acaricia la palma con el pulgar.

—Skye, tampoco es así como yo había planeado pasar esta noche.

—Lo sé.

Mis palabras no son mentiras. Sí que lo sé. Incluso entiendo por qué necesitaba venir.

—No he tenido tiempo de empacar nada —le digo.

—No tienes que preocuparte por eso. Te conseguiré todo lo que necesites para tu reunión del lunes.

—Pero la nueva cámara ... todavía está en mi casa, y quería traerla para hacer fotos de la ciudad.

—Este no será nuestro único viaje a Nueva York —responde.

Asiento. Tiene razón, y una parte de mí salta por dentro al pensar en hacer muchos viajes más con Braden. ¿En cuanto a mi vestuario? Lo más seguro es que esté vestida de punta en blanco para mi reunión. Mejor de lo que estaría si llevara mi propia ropa.

Otra pérdida de control.

Mi control se está convirtiendo rápidamente en una ilusión.

Al igual que mi reflejo en el espejo, solo es una imagen bidimensional de lo que realmente soy.

Tal vez sea el momento. El momento de dejarlo ir de verdad.

Suelto un resoplido. No estoy pensando con claridad. Al fin y al cabo, estamos en plena noche.

Aun así, no puedo negar que la idea no me parece tan inquietante como antes.

Me he estado obsesionando con lo que podría perder, pero ¿qué podría ganar?

Braden se sienta a mi lado, con toda su atención en el portátil. Braden Black es todo un hombre de negocios. Y me doy cuenta.

Braden dirige su vida como dirige su negocio. Todo está bajo su control en todo momento.

Incluso yo.

Eso es lo que quiere en última instancia y, si no se lo doy, puede encontrar con facilidad a alguien que sí lo haga.

No es su padre. No se conformará con una estudiante oportunista que lo utilice como trampolín. No, Braden quiere un desafío. Él ve toda su vida como uno y se nutre de él.

«Eres un desafío, Skye».

¿Cuántas veces habrá pronunciado esas palabras?

Braden es el tipo de persona que se enfrenta a todos los desafíos y vence cada uno de ellos.

¿Es así como me ve? ¿Tan solo como un negocio más? Un acuerdo de negocios desafiante, sin duda, pero aun así, ¿solo un acuerdo de negocios?

¿Simplemente le gusta la persecución? Si le doy todo lo que pide, ¿se aburrirá? ¿Se buscará otro desafío?

No. Le gusta ganar. Él prospera con la superación de cada desafío y la construcción de su negocio. ¿Puede llamarse «negocio» llegados a este punto? ¿O es ahora un imperio?

Y si es un imperio, ya no es un director general. Es un maldito rey.

¿Soy un acuerdo más que negociar hasta que consiga lo que quiere? ¿Una alianza más que formar?

Braden Black siempre consigue lo que quiere.

Incluso en mitad de la puñetera noche, Braden consigue lo que quiere. Aunque solo sea que yo esté en su *jet* privado.

Me vuelvo hacia él.

—Braden.

No aparta la vista de su ordenador.

—¿Qué?

—Cuéntame qué está pasando con el acuerdo.

—No te interesaría.

—No te estaría preguntando si no me interesase.

—Eres artista, Skye.

—Sí. Lo soy, una artista que está intentando iniciar su propio negocio. Por supuesto que me interesa lo que haces.

—No tengo tiempo.

—Tenemos una hora de vuelo.

Suspira.

—Y ya puedes ver que estoy en línea lidiando con esto.

—¿No tienes dos minutos para explicarme qué está pasando?

—No podría ni comenzar a explicarte esto en dos minutos. Es una complicada negociación de un contrato con tres distribuidores diferentes en China y Japón. Si no puedo resolverlo en las próximas doce horas, probablemente estaré de camino a China. Me gustaría evitarlo si es posible.

—¿Por qué? ¿No quieres visitar China?

—Visitar China no es el problema. Me gusta estar en mi tierra. Es como tener la ventaja de jugar en casa.

La ventaja de jugar en casa. Otro medio de control.

—Eso tiene sentido. Lo entiendo.

Entonces me mira. Se encuentra con mi mirada y me mira de verdad.

—Gracias, Skye.

—¿Por qué?

—Por escucharme. Por escucharme por fin.

Y, en esa fracción de segundo, lo entiendo.

Entiendo a Braden Black.

Es un maestro del control en todos los aspectos de su vida. Es exigente y preciso, aunque también es cariñoso y romántico. Pero más allá de todo eso, es una persona como yo: una persona que quiere ser escuchada.

Es Braden y me quiere.

Quiero complacerlo.

Y mi miedo a perder el control disminuye.

25

—¿En qué hotel nos alojamos? —le pregunto, demasiado cansada para apreciar el lujo de la limusina que nos lleva desde el aeropuerto. En secreto, espero que no sea un Hotel Ames.

—Nos vamos a alojar en mi ático de Manhattan —contesta Braden.

—¿Tienes un ático en Manhattan?

—¿Te sorprende?

Pues sí, aunque no debería. Este hombre tiene miles de millones. Hasta tiene un *jet* privado con piloto y tripulación de guardia, ¡por el amor de Dios! Un ático en Manhattan cuesta mucho menos que eso.

—Manhattan es mi hogar lejos de casa —explica—. Aquí hago cosas que no hago en Boston.

—¿Qué tipo de negocios no se pueden hacer en Boston?

—No estoy hablando necesariamente de negocios, Skye.

Reprimo una sacudida, pero ladeo la cabeza. ¿Quiero saber de qué está hablando? No estoy segura.

Pero sí que estoy segura. Quiero saberlo todo sobre Braden y es un libro cerrado en algunas cosas, no solo con la situación de Addison Ames. ¿Podré descubrir sus secretos aquí en Nueva York?

Por fin hablo:

—¿De qué estás hablando entonces?

—No estoy seguro de que estés preparada —responde.

Se me tensa la piel.

—¿Preparada para qué?

—La situación con este contrato ha... enturbiado un poco las cosas para mí a nivel personal.

—¿De qué puñetas estás hablando, Braden?

—Hay cosas que hago en Nueva York que no hago en Boston. Cosas que me gustaría compartir contigo. Cuando estés preparada.

—Tal vez lo estoy.

Sacude la cabeza.

—No es así.

—¿Cómo lo sabes si no me dices de qué estás hablando? ¿Y por qué solo haces estas cosas en Nueva York?

—Boston es mi hogar. Donde crecí. Donde vive mi padre. Mantengo ciertos aspectos de mi estilo de vida fuera de Boston.

—Si se trata de lo que te gusta en la cama, Braden, ya lo sé todo.

Sacude la cabeza.

—¡Oh, Skye! No tienes ni idea...

Miro a través del cristal templado la parte posterior de la cabeza del chofer. ¿Nos oirá? Es probable que no. Espero que no.

—Sé que hay más. Recuerdo esa cosa de suspensión que colgaba de tu techo.

—Ya no me permito ese tipo de juegos. Te lo he dicho.

—¿Y si a mí me interesa la suspensión? —No es así, pero ¿y si me interesara?

—No es un límite absoluto para mí. Si de verdad estás interesada, podemos estudiarlo. Pero no sin un equipo adecuado y bien construido.

—Espera. ¿Qué quieres decir con que no es un límite absoluto para ti?

—Un límite absoluto es algo que no haré en ninguna circunstancia.

—¡Oh! ¿Cuáles son tus límites absolutos?

—Solo tengo uno.

Arqueo las cejas.

—¿Cuál es?

—No hablo de ello.

—¿No crees que debería saberlo? ¿Para no sacar el tema?

—Confía en mí, Skye. Nunca sacarás el tema.

La curiosidad se apodera de mí. ¿Qué es lo que Braden no hará en el dormitorio? Tengo que saberlo. Al igual que tengo que saber lo que pasó entre Addie y él. ¿Es posible que ambas cosas estén relacionadas?

—¿Por qué no hemos hablado antes de los límites absolutos? —le pregunto.

—Porque no estabas preparada. Pero este contrato...

—Lo cambia todo. Según has dicho. Lo que no entiendo es por qué.

—No tenía previsto llevarte a mi ático tan pronto.

—Entonces no lo hagas. Resérvanos una *suite* en algún sitio. ¿Qué tal en el Waldorf Astoria?

—Necesito estar en mi ático. Ahí es donde dirijo mis negocios internacionales.

—¿No en una oficina?

—Black, Inc. tiene oficinas en Manhattan, pero esta negociación es especial.

—¿Tan especial como para no hacerla en una oficina?

—Me resulta más fácil hacer lo que tengo que hacer aquí en mitad de la noche. Tengo incluso mejor seguridad en este ático que en el edificio de oficinas.

—Ya veo. —Aunque en realidad, no. ¿Por qué iba a necesitar tanta seguridad? A menos que...—. Braden, ¿estás haciendo algo ilegal?

No responde durante unos segundos. Después, dice:

—No, Skye. No puedo creer que me estés preguntando eso, pero como acabamos de empezar una relación, te daré el gusto de decirte esto una vez y solo una vez: no me dedico a nada ilegal en mis negocios. Has dicho que confías en mí.

—Braden, yo...

—La discusión ha terminado. O confías en mí o no lo haces.

—Confío en ti.

Es la verdad. La verdad sin adulterar. Confío en este hombre. He dejado que me ate, me inmovilice y me vende los ojos. Me quedé con él tras descubrir que dejó a Addie después de que ella se negara a hacer algo en el dormitorio, aunque no sé qué fue. ¿Puede que tenga algo que ver con el límite absoluto del que no quiere hablar?

Y creo que lleva sus negocios de forma legal y ética.

—Gracias —dice—. Quebrantar la ley es un límite absoluto para mí.

—Para mí también —replico.

—Entonces estamos de acuerdo.

—¿Y cuál es tu límite absoluto en el dormitorio? —le pregunto.

—Buen intento —dice—. Pero todavía no voy a llegar ahí.

—Entonces, ¿qué tipo de cosas haces en Manhattan que no haces en Boston? En el dormitorio, quiero decir.

¿Y con quién? Pero sé que es mejor no preguntar eso. Acabamos de tener una conversación sobre la confianza, y cualquier cosa que haya hecho antes de mí no es de mi incumbencia, por mucha curiosidad que tenga. Ya me había prometido que lo iba a dejar pasar. O intentarlo, al menos.

La limusina llega a un gran edificio. En la oscuridad, parece un rascacielos cualquiera.

—No tengo que decírtelo —responde—. Estamos aquí. Puedo mostrártelo.

Se me acelera el corazón.

¿Estoy preparada para lo que me espera dentro?

El chofer me abre la puerta y me ayuda a salir del coche. Braden me agarra de la mano y juntos nos dirigimos a la puerta del edificio.

—Buenos días, señor Black. —Un portero uniformado se quita el sombrero.

Braden asiente cuando entramos y me conduce a través de un ornamentado vestíbulo de mármol y cristal. Parpadeo ante el bombardeo de luz. Cuando llegamos a un ascensor, Braden pasa una tarjeta por el lector. Hasta ahora, lo mismo que en su ático de Boston.

Subimos en el ascensor, aparentemente a la velocidad de la luz. Se me doblan las rodillas ante el empuje hacia arriba.

El ascensor se detiene por fin y las puertas se abren.

Parpadeo.

Entonces jadeo.

26

Una oficina bulliciosa me recibe.

En serio. Hombres y mujeres van y vienen de los ordenadores a las fotocopiadoras y a los teléfonos.

¿Así es la segunda casa de Braden?

—Bienvenido, señor Black —nos saluda un joven—. Tenemos la reunión fijada para dentro de una hora. Todo está listo en la sala de conferencias.

¿Sala de conferencias? Esto debe de ser un error. Este no es el ático de Braden en Manhattan. Esta es su oficina. Tiene que serlo.

—Estaré contigo en unos minutos. —Braden se vuelve hacia mí—. Sígueme, Skye.

Me conduce por la zona delantera hasta una puerta en la parte trasera. Pasa una tarjeta por otro lector y entramos mientras cierra la puerta detrás de nosotros.

El ruido de la oficina desaparece al instante.

Esta parte del ático está insonorizada. Buena decisión.

Otro gran espacio nos recibe, este más parecido a lo que esperaba. Es una sala de estar decorada con un estilo minimalista. Muy minimalista. Dos sillones con respaldo, un sofá y una mesa de centro. Extraño, ya que su casa de Boston está decorada por completo. A la izquierda hay una cocina, mucho más pequeña que su cocina de Boston.

—Sé que debes de estar cansada —dice—. Te ayudaré a instalarte en el dormitorio y luego tengo trabajo que hacer.

Asiento. «Cansada» es un eufemismo. Estoy agotada.

Me lleva por un pasillo y abre la puerta. Me quedo con la boca abierta. Nueva York de noche me recibe y es espléndida. A Braden le gustan las ventanas del suelo al techo. Al igual que su ático de Boston, solo que en lugar del puerto, me recibe el brillo del centro de la ciudad.

—Todo lo que necesites estará en el baño. Sírvete tú misma. Si tienes hambre o sed, la cocina tiene de todo.

—Pero ¿qué pasa contigo? —pregunto—. Es medianoche. Tú también debes de estar cansado.

—La adrenalina —dice—. Este trato es importante. Estaré bien.

Asiento. Sé que es mejor no intentar convencerlo de que se quede conmigo, de que me dé ese orgasmo que me prometió. No va a suceder. No esta noche.

Me besa la frente.

—Duerme un poco.

Luego, se da la vuelta y sale del dormitorio.

Suspiro. Esta es la vida con Braden Black. Es extraño, pero me parece bien. Quiero a este hombre. Quiero conocer a este hombre. Y venir aquí, a su residencia de Manhattan, me ayudará a conocerlo mejor, sobre todo si es aquí donde residen ciertos aspectos de su «estilo de vida».

Dijo que me lo iba a enseñar. Al parecer quiso decir más tarde.

Ahora está centrado en los negocios. Es un contrato importante. No tengo ni idea de por qué o cómo es de importante, pero le tomo la palabra. Se ocupará de los negocios.

Pero ¿qué hay del estilo de vida del que hablaba? ¿El estilo de vida que mantiene en Manhattan, sin llevar a Boston?

¿A qué se referirá?

Me dirijo a la puerta del dormitorio y miro hacia el pasillo. Otras puertas cerradas se alinean en la pared. ¿Otros dormitorios? ¿La sala de conferencias que mencionó el joven? No tengo ni idea. Sí, tengo curiosidad, pero el cansancio se impone. Primero, dormiré. Mañana, exploraré.

Tal vez pueda descubrir algunos de sus secretos.

Abro los ojos. Un cielo gris me recibe. ¡Uf! Por un momento, creo que estoy en Boston, en casa de Braden. Pero estoy sola en la cama, y entonces me acuerdo.

Estoy en Manhattan.

Mi teléfono está en la mesita de noche, donde lo conecté antes. Lo alcanzo para ver la hora. Diez y media de la mañana. Es más tarde de lo que normalmente duermo, pero eran casi las cuatro de la madrugada cuando por fin me acosté en la cama.

Café. Necesito tomarme un café.

Me levanto, cojo un albornoz del baño y me dirijo a la cocina. En el ático de Boston, Marilyn ya tendría preparado el café. Aquí, al parecer, tengo que hacerlo yo misma. No hay ningún problema. Si hay algo que sé hacer en la cocina es preparar café.

Pongo una cafetera en marcha y abro la nevera. Braden tenía razón. No le falta de nada. Beicon, huevos, queso, embutidos, pan, zumo, leche. Incluso un tubo de masa para galletas de chocolate. Sonrío.

Si Tessa estuviera aquí, desayunaríamos masa de galletas. Masa de galletas y café, el desayuno de los campeones. Desayunamos eso muchas veces durante nuestros años de Universidad. Saco la masa de galletas de la nevera. ¿Por qué no? Es domingo por la mañana y tengo la reunión más importante de mi vida al día siguiente. ¿Por qué no darme un capricho?

Rebusco en los cajones hasta encontrar un cuchillo, corto un buen trozo de masa de galleta y me sirvo una taza de café recién hecho. Me llevo el desayuno *gourmet* al salón y me siento en el sofá, con los pies sobre la mesa de centro. Cojo el mando a distancia de la mesita auxiliar y enciendo la televisión.

¿Dónde está Braden? No puede estar todavía en una reunión. No ha dormido nada.

Por supuesto, nada tan mundano como la falta de sueño impediría a Braden ocuparse de sus negocios.

Me dijo que no era nada ilegal. Lo creí. Braden valora la confianza y no me mentiría.

Muerdo un trozo de masa de galleta y lo bajo con un sorbo de café. ¿Aprobará Braden mi elección? Me río a carcajadas. Es probable que la masa de galletas en el desayuno sea un límite absoluto para Braden.

¿Cuál es su límite absoluto en el dormitorio?

¿Y por qué no quiere hablar de ello?

Las otras puertas del pasillo se me vienen a la cabeza. Me como la mitad de la masa de galletas, apuro la taza de café y me pongo de pie. Ahora es el momento.

Me levanto y vuelvo a caminar hacia el dormitorio. ¿Ducharme primero y luego cotillear?

No. La curiosidad me está matando. Recorro el pasillo vestida solo con el albornoz y me detengo ante la primera puerta cerrada. Giro el pomo.

Dentro hay otro dormitorio, más pequeño que el principal y decorado en verde oliva y marfil. La cama parece ser de matrimonio. Atravieso la habitación, abriendo la puerta a un vestidor y luego otra a un baño completo. Bien. Es una habitación de invitados. No hay nada que ver aquí.

La puerta de al lado ofrece una biblioteca con un escritorio y estanterías cubiertas de libros. De todo tipo, desde memorias hasta ciencia ficción. ¿Braden lee? Dice que sí, pero ¿cuándo encuentra tiempo? ¿O simplemente le gusta estar rodeado de libros? Si es así, ¿por qué no hay una biblioteca en Boston?

Aunque sí que podría haber una biblioteca. Tiene otra planta que no he explorado en absoluto, aparte del dormitorio que ha decorado para mí. Recorro las estanterías, deslizando las yemas de los dedos sobre los lomos de los libros. Me encantan los libros. Siempre me han gustado y esta habitación es un paraíso para los amantes de los libros. Me llegan los relajantes aromas de las encuadernaciones de cuero y el papel e inhalo, cerrando los ojos.

Pasan unos minutos y los abro, explorando una vez más la gran variedad de títulos. Tiene los clásicos, y saco *Jane Eyre*, uno de mis favoritos. ¿Lo habrá leído Braden? Intentaré acordarme de preguntarle. Devuelvo el libro a su sitio y me dirijo a la siguiente estantería, en la que parece predominar la no ficción. Ojeo rápidamente los títulos con la esperanza de encontrar un libro sobre fotografía, pero es inútil. Tiene algunos volúmenes de fotografía del *National Geographic*, y me dirijo a uno cuando...

¡Oh. Dios. Mío!

El arte del bondage.

Saco el libro. Es grande (un libro de mesa) y, cuando lo abro, me doy cuenta de que no es un manual de instrucciones, sino un libro de fotografías. Muestra el arte del *bondage* de verdad. Abro el libro por la mitad y en una página entera, en glorioso blanco y negro, aparece una mujer desnuda y de rodillas. Está atada con algo que parece ser una cuerda blanca común. Tiene los tobillos atados al igual que los muslos, y los hombros y los brazos también están atados, como también lo están sus muñecas, que se encuentran entre los muslos atados y fuera de la vista.

Los nudos de la cuerda son un arte. Me recuerdan a un macetero de macramé. Hay belleza en su simplicidad, pero la verdadera belleza es la mujer que está atada con ellos.

Está mirando a alguien.

Al fotógrafo, por supuesto. Como fotógrafa que soy, lo sé. Pero no es eso lo que esta fotografía debe mostrar al que la observa. Ella está mirando a la persona que la ató. Sus labios están ligeramente separados, llenos y pintados de color oscuro. Rojo oscuro, supongo, aunque la foto es en blanco y negro. Esa es la belleza del blanco y negro. Obliga al que la observa a imaginar, a ver con los ojos de su mente.

Y lo que yo veo es a una mujer atada y deseosa de complacer a quien la ató.

Mis pezones se endurecen contra la suavidad del albornoz.

No sé por qué. El sexo es imposible en esta posición.

Excepto que no lo es.

Su boca está completamente disponible para que la follen.

Distraída, arrastro una mano debajo del albornoz y cubro mi cálido pecho, acariciándome con suavidad el pezón.

Luego, con la otra mano, paso la página.

Otra mujer desnuda, esta vez a color. Está en el suelo (que es de algún tipo de madera dura) y está tumbada en posición de sirena, con el culo hacia la cámara. Se apoya en un brazo y el otro está fuertemente atado, desde la parte superior del brazo hasta el antebrazo, con unas ataduras anudadas de forma intrincada. Las ataduras están unidas a una cuerda trenzada que le rodea la cintura. Sus pantorrillas también están atadas, también de forma intrincada, y terminan alrededor de los tacones de aguja de sus zapatos negros, que, aparte de la cuerda, es lo único que lleva.

Me pellizco rápidamente el pezón y me recorren escalofríos, con la piel hormigueándome. Me estoy mojando. Puedo sentirlo.

¿Habrá atado Braden alguna vez a una mujer así? ¿O simplemente aprecia el arte de atar?

Vuelvo a pasar la página.

Y entonces...

—¿Ves algo que te guste?

27

—Braden. —Cierro el libro enseguida, con las mejillas y el pecho ruborizados—. No estaba...

—Sí que lo estabas. No me mientas, Skye.

Miro el libro que está en el suelo.

—Tu biblioteca es preciosa.

—Gracias. Me gusta.

—Pues... supongo que debería ir a ducharme. —Me levanto.

—No lo creo —dice—. Creo que me gustaría follarte aquí mismo, en mi biblioteca, entre todos estos libros.

Abro un poco los labios, con mi cuerpo en alerta máxima.

—¡Joder! Tienes la boca más sexi que he visto nunca.

Las ganas de sonreír me abruman, pero mantengo los labios separados. Por alguna razón, mis labios vuelven loco a Braden, y ahora mismo lo quiero salvaje y apasionado.

Me quita el albornoz de un tirón y, en un segundo, se convierte en un montón blanco encima de la alfombra turca.

—Responderé a todas tus preguntas, Skye, pero primero voy a tomar lo que necesito. ¿Tienes idea de lo que me provocas cuando te acaricias las tetas mientras hojeas ese libro?

¿Se supone que debo responderle? Ya lo sé. El libro me ha provocado lo mismo. Mis pezones están erectos y listos, anhelando atención.

—Sí —digo.

Me agarra de la mano y se la lleva al bulto que tiene dentro del pantalón.

—No he dormido en veinticuatro horas y estoy agotado. Ninguna otra mujer podría ponérmela dura en estas circunstancias. ¿Lo sabes?

—No. Quiero decir... Sí, supongo.

—¿Supones? —Empuja mi mano más hacia su entrepierna—. ¿En serio crees que puedo estar mintiéndote?

—No. Por supuesto que no.

—De rodillas —dice de repente—. Sácame la polla y chúpamela.

Su orden me pone más de lo que se cree, dada la primera imagen que he visto en el libro. Por un instante, deseo estar atada como esa mujer en blanco y negro para que lo único que pueda hacer sea chupársela. Me arrodillo al instante y le desabrocho el cinturón. Le deslizo los pantalones y los calzoncillos por las caderas y su miembro sale disparado. Lamo la punta y saboreo la salada gota de líquido.

Gime y lo miro. Su mirada es fuego azul.

—¿Haces esas cosas, Braden?

—¡Joder, Skye! Hablaremos más tarde. Ahora mismo, quiero mi polla en tu boquita caliente.

No lo cuestiono. Mi cuerpo ya ha estallado en llamas y lo deseo tanto como él. Me la meto en la boca hasta tres cuartas partes antes de retirarme.

Su gemido alimenta mi deseo, y cuando me agarra del pelo y me muestra el ritmo que prefiere, no lo dudo. Esto no es una mamada. Esto es él follándome la boca. Hasta ahora no me había dado cuenta de la diferencia. Cuando le hago una mamada, yo tengo el control. Cuando me folla la boca, lo tiene él.

Los suaves sonidos de succión y golpecitos bailan a mi alrededor. Soy muy consciente de ellos después de la lección de oír de Braden. La cabeza de su polla golpea la parte posterior de mi garganta con una de cada dos embestidas, y lo acepto. Lo acepto porque es lo que él quiere. Porque quiero lo que él quiere.

Embiste una y otra vez, y pronto sé que está a punto de liberarse. Dijo que me iba a follar en la biblioteca, y aunque esto no es lo que esperaba cuando lo dijo, sigue siendo follar.

—¡Joder, Skye! Me voy a correr. Me voy a correr en tu boca. ¡Joder! —Me embiste y palpita mientras se libera.

Reprimo el ahogo lo mejor que puedo y lo tomo. Lo tomo todo. Lo tomo todo de él. Todo de Braden.

Retiro la boca cuando ha terminado y aspiro una bocanada de aire muy necesaria. Unos minutos después, se ajusta los calzoncillos y los pantalones. Luego, me pone de pie.

—Lo necesitaba —me dice—. Y también soy consciente de tus necesidades, Skye. Anoche nos interrumpieron. Tendrás tu recompensa. La anticipación lo hace mejor.

Asiento con la cabeza, con el corazón palpitando mientras me obligo a no mirar el libro que sigue en el suelo.

—Siento haber sido una entrometida —digo.

—No hace falta que te disculpes. Si quisiera mantenerte fuera de esta habitación, la habría cerrado con llave.

—Vale, bien.

—¿Y qué piensas? Del libro.

—¿La verdad? Es increíble. La fotografía, quiero decir.

—Te lo agradezco, pero no te he pedido tu opinión como fotógrafa. ¿Qué piensas del tema?

Me muerdo el labio.

—No estoy segura.

—Estás siendo evasiva.

—Claro que no, Braden.

—Estabas jugando con tu pezón cuando entré aquí, Skye. Eso te había excitado.

—Lo admito. Eso no significa que esté segura del tema.

—Está bien —contesta.

—¿Tú... haces eso?

Levanta las cejas.

—¿Practicar *bondage*? Ya sabes la respuesta a esa pregunta. Te he atado muchas veces.

—No como en el libro.

—Por supuesto que no. El *bondage* de ese libro no es para principiantes.

—Lo entiendo. Sé que soy una principiante. Pero ¿cuánto has avanzado en esto del *bondage*?

Me dedica una media sonrisa.

—Eso puedo decírtelo. No he probado todo lo que hay en ese libro.

—El libro es bastante gordo, Braden. No creo que alguien haya probado todo lo que hay ahí. Sabes lo que te estoy preguntando.

—¿Quieres contarme todos los detalles de tus anteriores escarceos?

—No hay mucho que contar, pero si quieres saberlo, claro.

—Te diré esto, Skye. Desde la primera vez que te vi, avergonzada por un condón, tus mejillas y tu pecho ruborizados y tus labios carnosos separados de esa manera que me lleva despacio a la ardiente pasión, te imaginé atada con nudos intrincados para mi placer.

Trago. En voz alta.

—Seguramente eso no te sorprende.

¿Lo hace? No estoy segura.

—Te gusta la idea. Tu pecho se ha ruborizado cuando he dicho las palabras.

No se equivoca. Y eso que solo he visto dos fotos. ¿Qué otras delicias hay entre las páginas de ese libro?

—¿Esto es lo que querías decir cuando hablabas de la parte de tu estilo de vida que se queda aquí en Manhattan?

—En parte.

—¿Por qué? ¿Por qué solo aquí?

—Ya te lo he dicho. Estoy muy apegado a Boston. Mi padre vive allí. Mi madre...

Su madre. La madre de la que nunca habla.

—¿Qué pasa con tu madre?

—Nada.

No lo presiono. Está agotado y necesita dormir. No es el momento de entrar en una discusión pesada en la que él peleará conmigo.

—Tu vida privada es tu vida privada, Braden. Deberías poder disfrutarla dondequiera que estés.

—Disfruto de mi vida privada en Boston. Tú más que nadie deberías saberlo.

—¿Qué haces aquí entonces? ¿Qué tiene Manhattan que no tenga Boston?

—Ya lo verás. Pronto.

28

Mientras Braden se tomaba su merecido descanso (o eso dijo, porque no me lo imagino durmiendo a mediodía), me hizo salir en una limusina con una *personal shopper*. Unas horas más tarde, sin mirar una sola etiqueta con el precio y publicando en Instagram dos veces, soy la orgullosa propietaria de un precioso atuendo para mi reunión con Susanne Cosmetics.

Lo de la etiqueta con el precio me molesta. Al parecer, las mejores tiendas de Manhattan no creen en ellas, y cuando intenté preguntar, la *personal shopper*, una encantadora mujer llamada Mandy, me hizo callar.

Miro las bolsas y las cajas mientras el conductor las deposita en el maletero de la limusina. ¿Cuánto dinero de Braden me habré gastado exactamente? Al menos mil dólares, y puede que mucho más. El bolso de Chanel seguro que ha costado mil dólares él solo.

Nunca me he gastado cien dólares en un bolso, y mucho menos mil.

Me meto en la parte trasera de la limusina junto a Mandy.

—Tus nuevas prendas son preciosas —dice—. Al señor Black le encantarán.

—¿No es más importante que me encanten a mí? —no puedo evitar preguntar.

—Por supuesto. Pero ya me has dicho que te gustan los artículos.

Asiento. De hecho, me encantan. Todo lo que hemos comprado es profesional y, a la vez, muy favorecedor.

Y ridículamente caro.

Estaré mejor para esta reunión con Eugenie de lo que nunca me habría imaginado. Lo que me recuerda algo. Me he olvidado de llamar a Tessa y decirle que nuestra quedada de compras se ha cancelado. Son casi las cinco de la tarde y ni siquiera he mirado el teléfono.

Como sospechaba, me esperan dos mensajes y dos llamadas de Tessa. Me apresuro a llamarla.

—¡Skye! ¿Dónde estás? He estado muy preocupada.

—Lo siento mucho. Braden tuvo que volar a Nueva York ayer a medianoche y me vine con él para estar aquí para mi reunión de mañana. He estado agotada y me he olvidado de que íbamos a ir de compras hoy.

—¿No te has molestado ni en enviarme un mensaje?

—En serio, fue a medianoche, Tess. No se me pasó por la cabeza y lo siento mucho.

—Está bien. Supongo que lo entiendo —dice, bajando su tono de voz.

Pero no lo hace. Lo oigo en su voz. No es propio de mí dejarla de lado y ella lo sabe. Así que me siento como una verdadera mierda, sobre todo porque he hecho dos publicaciones durante el día de compras que Tessa no ha visto todavía.

—Te compensaré por esto. La próxima vez que me pidas que vaya de compras, no me quejaré. —Suelto una risa forzada.

—¿Qué vas a ponerte mañana entonces? Seguro que ni siquiera pensaste en hacer la maleta a medianoche.

—Braden me ha mandado hoy de compras con una *personal shopper*. Lo tengo todo preparado.

—¿Una *personal shopper*? ¿Me han sustituido? —Se ríe pero, al igual que la mía, puedo decir que es una risa forzada.

La siento distante y no puedo culparla. No estoy segura de qué decir. Mi vida ha dado un giro radical, pero sigue siendo mi mejor amiga y siempre lo será.

—Mira, Tess...

—Está bien. Lo entiendo.

—He tenido que venirme con Braden. Ya había cancelado mi otro vuelo y no quería viajar en tren.

—No tienes que darme explicaciones, Skye. Ya te he dicho que lo entiendo. Si mi novio multimillonario quisiera llevarme en un *jet* en medio de la noche, yo también me iría.

Creo que lo entiende. También creo que se habría ido. Aun así, me siento como una imbécil. Una buena amiga la habría llamado y se lo habría contado.

—Sé que lo entiendes, Tess. Esa no es la cuestión. No lamento haber venido. Siento no haberte llamado para avisarte. Fue una cagada por mi parte. Por favor, acepta mis disculpas.

Pasan unos segundos antes de que ella diga:

—Por supuesto que acepto tus disculpas. ¿Tu *personal shopper* te ha escogido algo bonito para ponerte mañana?

—Sí, pero no es tan buena como tú.

Tessa se burla.

—¿Una *personal shopper* profesional? Seguro que es mucho mejor que yo.

—¿Estás de broma? Me habrías hecho lucir como si me hubiera gastado un millón de dólares por una centésima parte del dinero que ella se ha gastado.

Finalmente, Tessa se ríe. Una risa de verdad. Creo.

—Tienes razón.

Suspiro aliviada. Parece que volvemos a ser amigas.

—Hazte un selfi —dice—. Quiero ver tu nueva ropa.

—Me lo haré. Mañana antes de la reunión.

—¿Braden va a ir contigo a la sede de Susanne?

—Al principio tenía previsto ir, pero ahora, con los problemas de este contrato (que es la razón por la que tuvimos que volar hasta aquí a medianoche), no estoy segura de que pueda venir.

Estaré sola. La idea me entusiasma y me petrifica a la vez. Quiero manejar mi carrera profesional por mi cuenta, pero, siendo sincera, la idea de que Braden estuviera allí me daba algo de fuerza. Ahora tendré que encontrar esa fuerza en mí.

Soy una profesional. Puedo manejar una reunión de negocios. Sí, puedo manejar una reunión de negocios con una empresa de cosméticos de alto nivel en Manhattan. ¿Por qué no?

—Lo harás bien, Skye —dice Tessa, como si percibiera mi aprensión.

Me aclaro la garganta.

—Sí, supongo que sí. Por supuesto, da igual si lo hago bien o no. Mañana tengo una reunión.

—La vas a bordar. No me cabe duda.

Sonrío al teléfono.

—Gracias, Tess. Por estar siempre a mi lado.

—Amigas para siempre —contesta—. Llámame después de la reunión, ¿vale?

—Vale. Gracias de nuevo por entenderlo.

—Siempre. Hablamos mañana.

Termino la llamada.

Y todavía me siento como una imbécil. Mi relación con Braden no puede interferir en mi relación con Tessa. Nunca la voy a dejar atrás y ya intuyo que eso es lo que ella teme. Tessa es guapa y extrovertida, y tiene un gran círculo de amigos. Pero ella y yo tenemos algo especial, algo único. Una cercanía que prospera a pesar de nuestras diferencias.

No puedo, no quiero, renunciar a eso.

29

Llegamos a Gabriel LeGrand, uno de los mejores restaurantes de Manhattan, y el metre nos conduce a una mesa exclusiva. Una vela votiva flamea en el centro.

Braden hace un gesto hacia ella.

—Llévate eso.

—Por supuesto, señor. —El metre recoge el portavelas—. Seth estará con ustedes en breve.

El propio chef ha creado un menú para nosotros. No puedo ni imaginar lo que le está costando a Braden, pero de momento está delicioso, y eso que solo estoy con la ensalada. Nuestro *amuse-bouche* (un preaperitivo, ¿quién iba a saber que existía tal cosa?) era un montadito de pan de centeno con aguacate y caviar. Es la primera vez que pruebo el caviar y no será la última. Estaba salado y delicioso, mejor que la mejor ostra de las costas del noreste.

¡Mi primer *amuse-bouche*! Montadito de pan de centeno con aguacate y caviar. ¡Delicioso! #elmontaditoentrasolito #largavidaalcaviar #gabriellegrandmanhattan

Nuestro aperitivo han sido unas ostras Rockefeller con un toque propio del chef. En lugar del habitual perejil, el chef ha utilizado citronela y cilantro, lo que le ha dado al plato un delicioso sabor picante.

Ahora estamos disfrutando de nuestra ensalada de tomates autóctonos, verduritas, almendras tostadas fileteadas y una vinagreta de champán casera.

—Tengo una sorpresa para ti —dice Braden.

Me trago el bocado.

—¿Ah, sí?

—Sí, pero no esta noche. Quiero que duermas bien para la reunión de mañana.

—¿Y esta sorpresa requiere que no duerma bien?

—¡Oh, dormirás! Pero puede que estés un poco... dolorida después. Por eso esperaré hasta mañana por la tarde.

Me aclaro la garganta, temiendo y anticipando a la vez lo que podría querer decir.

—¿Dolorida?

Arquea una ceja. Solo una.

—Sexo anal no, Skye. No hasta que estés lista.

Dejo escapar un suspiro que no me doy cuenta de que estaba conteniendo.

—Vale. Bien. ¿Por qué voy a estar dolorida entonces?

—Ya lo verás.

—Braden...

Deja el tenedor de la ensalada sobre su plato vacío.

—No pasará nada sin tu permiso expreso, Skye.

Empujo mi plato de ensalada hacia delante, aunque solo me he terminado la mitad.

—Ya lo sé, pero sobre eso... Quizás no sea el mejor momento para presentarme este otro estilo de vida tuyo. Estoy aquí por negocios, Braden.

—Como yo.

Es cierto. Por eso nos fuimos en mitad de la noche. Me interesa su negocio, así que necesito dejárselo claro.

—Perfecto. Eso me recuerda una cosa. ¿Cómo va tu contrato?

—No tengo que volar a China, si eso es lo que preguntas.

—Estupendo. Bueno, eso es bueno, ¿no? —Levanto las cejas.

—Sí, por supuesto que sí. No me gusta ser el equipo visitante.

Asiento con la cabeza.

—Estás cambiando de tema —dice.

Me río, nerviosa.

—Culpable. Pero me interesa lo que haces. Me gustaría aprender más sobre ello con el tiempo.

—Lo harás.

—¿Piensas ir a mi reunión mañana?

—¡Ah! Esperabas que mi negocio me mantuviera ocupado.

Me aclaro la garganta.

—No puedo negar que tenerte allí me pondría menos nerviosa, pero es mi reunión, Braden.

Y es verdad. Se trata de mi futura carrera y necesito encontrar mi propia fuerza.

—Lo entiendo. Siempre lo he entendido. Solo estoy ofreciéndote mi experiencia empresarial. Llevo en los negocios mucho más tiempo que tú.

—Pero me están esperando a mí. No a mí y a ti. Los vas a intimidar.

—¿Y eso es algo malo?

—Sí, lo es. Quiero hacer esto yo misma. Quiero que me quieran a mí, no a la novia de Braden Black.

Casi me ahogo con la ironía de las palabras. La única razón por la que soy una *influencer* en ciernes es por mi conexión con el hombre que está sentado frente a mí. Lo sé y él también.

—Como quieras —responde—. Todavía tengo muchos asuntos que atender. Una limusina te recogerá fuera del edificio a las nueve en punto. Tendrás tiempo de sobra para llegar a tu reunión a las diez y media.

—Gracias. Te lo agradezco.

—No es nada. Quiero que tengas éxito, Skye. Tanto como tú.

¿De verdad? Me encuentro con su mirada, y aunque Braden suele ser ilegible, ahora leo sinceridad. Quiere que tenga éxito. No se siente intimidado por el éxito de nadie, y menos por el mío, que aún no he conseguido. Nadie intimida a Braden.

Nadie. Ni siquiera la persona más rica del mundo.

Tengo mucho que aprender de él. Muchísimo.

Iré a esa reunión mañana armada con mi propia fuerza. No la de Braden ni la de nadie más.

Me muerdo el labio.

Solo espero poder hacerlo.

Nuestro camarero recoge los platos de ensalada y rellena las copas de vino.

—Los entrantes saldrán en unos minutos, señor Black.

—Gracias, Seth.

—¿Hay algo que pueda ofrecerles mientras tanto?

Braden me mira.

—¿Skye?

—Nada —contesto—. Todo ha estado maravilloso hasta ahora.

—Le diré al chef que está complacida. ¿Señor Black?

—Excelente, como siempre —dice Braden—. Estamos deseando ver la creación de esta noche.

Seth sonríe y abandona nuestra mesa.

Braden toma un sorbo de vino tinto.

—Así que... sobre la noche de mañana. Estoy seguro de que vamos a celebrarlo.

—¿El qué? —le pregunto.

—Tu nuevo acuerdo con Susanne, claro.

—¡Ah, sí! —Me pongo colorada.

—Cenaremos en casa, creo, y después... mi sorpresa.

—Va-vale.

—Lo vas a disfrutar, Skye. Estoy seguro.

—¿Cómo puedes estar tan seguro si no tengo ni idea de lo que estás hablando?

—Digamos que te conozco.

—No llevamos mucho tiempo juntos.

—Es verdad. Pero me has dado tu control en el dormitorio, así que debes confiar en que sé cómo complacerte.

Últimamente ha sido tacaño con los orgasmos, pero no puedo negar que me complace con o sin clímax. Bebo un trago de vino, dejando que sus taninos me cubran la garganta. Suave, seco y delicioso. Es un Burdeos de primera cosecha que Braden ha pedido. Suave y elegante. Ya he aprendido mucho de este hombre. Como disfrutar de un buen vino, por ejemplo.

Como dejarse llevar en el dormitorio.

Skye Manning, de veinticuatro años. Tan joven, inocente e ingenua.

Pero ya no.

La parte inocente e ingenua, al menos. Todavía soy bastante joven.

—Has dicho antes que no estaba preparada para esta parte de tu... estilo de vida.

—Sí. Luego pasó lo de esta mañana.

Ladeo la cabeza.

—¿Qué ha pasado esta mañana?

Le arden los ojos azules.

—Te he visto absorta con un libro de mi biblioteca, tocándote mientras mirabas las fotografías.

Mis mejillas se calientan aún más. Y no por el vino.

—Eres fotógrafa, Skye, pero déjame preguntarte esto. ¿Te gusta ser el objeto de las fotografías?

—No me importa si salgo bien. Al fin y al cabo, esta nueva carrera como *influencer* significa que tengo que hacerme selfis.

—¿Y qué hay de ser fotografiada por otra persona?

—Me parece bien. Como he dicho, si salgo bien.

—Tienes un cuerpo precioso, Skye. ¿Puedo hacerte fotos?

Levanto las cejas y sonrío.

—No tenía ni idea de que te gustara hacer fotos.

—La fotografía es una afición para mí. No soy ni de lejos tan bueno como tú.

¿Una afición? Debería haberlo adivinado, dado que sabía exactamente qué cámara comprarme.

—Estoy empezando mi carrera.

—Pero has estudiado el arte. Yo no lo he hecho, aparte de leer algunos libros.

—¿Qué me estás preguntando exactamente, Braden?

Cierra un poco los párpados.

—Te estoy preguntando si puedo hacerte una fotografía. Una fotografía tuya desnuda. Después de atarte.

30

Mantengo mi expresión tan neutra como puedo, resistiendo el impulso de abrir la boca. Tomo otro sorbo de vino solo para alargar un poco el tiempo.

Entonces, digo:

—No sé.

—Las fotografías serían solo para tus ojos y los míos.

No puedo evitar una risita nerviosa.

—No las voy a publicar en mi cuenta, desde luego.

—Sería una apuesta segura para multiplicar por cien tus seguidores.

La voz de Braden es uniforme, como siempre. Casi me creo que habla en serio.

—¿Esa es la sorpresa? ¿Vas a atarme y sacarme una foto?

—Yo no he dicho eso.

—¿Entonces cuál es? ¿Cuál es la sorpresa? —Sonrío, sabiendo muy bien que no me contará el secreto.

Se ríe.

—Si te lo digo, no será una sorpresa. Aunque buen intento.

Seth vuelve con nuestros entrantes.

—*Filet mignon* a la pimienta con una salsa bearnesa de nogal americano al lado. Flores de calabacín a la naranja y gratinado de patatas doradas Yukon y queso asiago.

Inhalo el sabroso aroma, pero mi hambre se ha disipado. Al menos de comida.

En lo único en lo que puedo pensar es en que Braden me ate de una de esas formas intrincadas y luego me saque una foto.

¿Y después?

Que me folle hasta perder el sentido.

Braden corta un trozo de su filete, se lo lleva a la boca, mastica y traga.

—Está delicioso. ¿No vas a probar tu cena?

No digo nada. Tan solo corto el filete y me llevo un bocado a la boca. Está tierno y sabroso, pero no puedo saborearlo. No cuando estoy pensando en que me aten de una manera tan artística y seductora.

No hablamos mucho y Braden tarda poco en vaciar su plato. Yo solo me he comido unos cinco bocados.

—¿No estás disfrutando de la cena? —pregunta.

—Es maravillosa. Yo solo...

Sus labios se inclinan hacia arriba.

—¿Te lo estás imaginando?

Asiento.

—¿Te excita la idea?

Vuelvo a asentir.

—Come entonces. Vas a necesitar mucha energía.

—Pero me has dicho que...

—Ya sé lo que te he dicho. No te voy a enseñar nada nuevo esta noche, no cuando tienes una reunión importante mañana a primera hora. Sin embargo, vas a necesitar energía para esta noche.

Me caliento de arriba abajo mientras me recorre un cosquilleo.

Esta noche.

Me termino todo el plato.

El postre resulta ser una *mousse* de chocolate y naranja. A estas alturas ya no tengo hambre y Braden le pide a Seth que nos ponga los postres para llevar.

—Por favor, felicita a Gabriel de mi parte —le dice Braden mientras firma el extracto de la tarjeta de crédito y se lo entrega a Seth—. Ha estado todo espectacular.

—Me alegro de que lo hayan disfrutado, señor. —Seth se inclina, tomando el recibo, y abandona la mesa.

—¿Lista, Skye? —pregunta Braden.

Vale, estoy lista.

Lista, mojada y a punto.

El dormitorio de Braden en este ático de Manhattan es diferente a su dormitorio de Boston. Es más minimalista. No hay un armario con juguetes exquisitos. No hay muescas extrañas en el cabecero donde pueda enganchar cuerdas y esposas. No hay masilla en el techo de un dispositivo de suspensión.

De hecho, parece casi normal, lo que me confunde.

¿Qué tipo de estilo de vida practica aquí, en este dormitorio anodino?

Estoy ansiosa por descubrirlo.

Excepto que ya me ha dicho que no lo averiguaré esta noche.

—Desnúdate para mí, Skye —dice, con sus ojos ardientes.

Asiento y me quito las prendas, una a una, lenta y seductoramente. Me mojo más cada vez que una prenda cae al suelo.

Por supuesto, él todavía sigue vestido.

—Esta noche no te voy a atar al cabecero —dice—, pero quiero que te agarres a dos travesaños y mantengas las manos ahí, como si estuvieras atada. ¿Puedes hacerlo?

—Sí.

Me tumbo y me agarro a dos travesaños, con las palmas de las manos ya sudorosas.

—No lo he olvidado, Skye —dice.

—¿El qué no has olvidado?

Sus labios se curvan astutamente hacia arriba.

—Que te he negado tener orgasmos los últimos días.

Mi cuerpo palpita. ¿Significa esto que...?

—Levanta las caderas —dice.

Obedezco y me mete una almohada debajo del culo.

—Ahora abre las piernas.

Obedezco una vez más.

—Mmm... Preciosa. —Inhala hondo—. Preciosa y siempre lista.

—Siempre lista —repito.

—No hables más. Cierra los ojos y no oigas. Quiero que sientas esta noche, Skye. Que sientas todo lo que te voy a hacer.

Cierro los ojos y asiento con la cabeza.

—Voy a comerte, a meterte los dedos, a follarte, a hacer que te corras una y otra vez hasta que creas que no puedes correrte más. Y entonces te vas a correr otra vez. Voy a hacer que tengas diez orgasmos esta noche. Diez, puede que doce, tal vez quince. Vas a estar exhausta cuando termine.

Jadeo ante sus palabras. Estoy preparada. Más que preparada.

Inhala hondo otra vez.

—No tienes ni idea de lo que me provocas. No tienes ni idea de cómo el mero hecho de mirarte, atada solo por la fuerza de mi voluntad, con las piernas abiertas, dispuesta a todo, me hace enloquecer de deseo por ti. Ninguna mujer me ha llegado al corazón como tú.

Separo los labios.

Inhala hondo por tercera vez.

—Tu boca. Tus labios. ¡Joder!

Estoy desesperada por un beso, pero él me lo niega. Va directo a matar.

Acaricia los labios de mi vulva.

—Estás tan resbaladiza y húmeda ya... Me muero por saborearte. Por meter mi lengua tiene tu agujero.

«¡Dios! Por favor».

Continúa con sus dedos, deslizándolos sobre mis labios y alrededor de ellos, y luego bajando hasta mi culo.

Me tenso por un segundo.

—Tranquila, nena. Relájate.

Intento obedecerlo y me encuentro relajada mientras me masajea el ano.

—No puedo esperar a que probemos esto —dice—. Y esta noche, comenzaremos ese viaje.

Me vuelvo a poner tensa.

—Relájate. —Me tranquiliza—. Estarás preparada para lo que haga esta noche. Más que preparada. —Me acaricia el culo con un dedo. Luego coloca su cabeza entre mis piernas y me besa el interior de los muslos—. ¡Qué buena postura! Puedo verlo todo desde aquí. Cada deliciosa parte de tu coño y de tu culo.

Entonces, me mete la lengua en el culo y yo me sacudo ante el intento de invasión.

—Tranquila. Déjate llevar, Skye. Deja atrás tus inhibiciones. Me has dado el control, ¿recuerdas?

Lo recuerdo.

Me relajo debajo de él. Me dijo que sintiera, así que siento.

Y es increíble.

Siento su lengua suave mientras me masajea, pero luego se pone firme cuando la tensa en una punta y sondea el apretado agujero.

«Relájate».

«Siente».

Todavía agarrada a los travesaños, me obligo a calmar los nervios.

Braden me pasa la lengua por el coño hasta llegar al clítoris, donde vuelve a tensarla y la presiona contra el sensible botón. Estoy preparada. Muy preparada.

Me acaricia el clítoris unas cuantas veces más y luego relaja la lengua y hace girar la punta alrededor. Estoy muy sensible. Un pequeño movimiento y...

Uno de sus largos y gruesos dedos se introduce dentro de mí.

—Mmm... ¡Qué estrecho! —dice.

Mueve los dedos lentamente, tocando cada punto que hay dentro de mi vulva. Es una sensación de ensueño. Me ayuda a relajarme.

—Te voy a meter un dedo en el culo —dice, con su voz baja e hipnótica—. Relájate.

Su dedo sigue entrando y saliendo de mi vagina con un ritmo lento y deliberado. Sus labios rodean mi clítoris, chupando suavemente, y yo muevo mis caderas en círculos, siguiendo sus labios.

Estoy relajada.

Y cachonda.

Y preparada para cualquier...

—¡Ah! —chillo.

El dedo de Braden está en mi culo.

—Tranquila. Relájate. Esto te va a gustar. Te lo prometo.

Ya me gusta. Me gusta porque Braden está dentro de mí. Braden puede hacer cualquier cosa conmigo. Le he dado mi control y sé que no va a abusar de él.

Mete otro dedo en mi vagina y me lame el clítoris.

Entonces empieza a mover el dedo en mi culo hacia dentro y hacia fuera, despacio, con el ritmo opuesto a los dedos que tiene en mi vagina.

El coño lleno y luego el culo lleno.

El clítoris lamido y chupado.

Y... ¡madre mía!

Necesito correrme. Necesito mucho correrme.

¿Espero a que me dé permiso?

—Córrete, Skye —dice contra mi clítoris.

Y lo dejo ir. Todo. Todo y nada a mi alrededor y todo a la vez.

Me tantea el coño y el culo y, con cada roce, me elevo más y más.

—Así es, nena. Córrete para mí. Córrete en toda mi cara.

Empuja con más fuerza en mi culo y descubro, para mi asombro, que es alucinante. Excitantemente alucinante.

Siento.

Siento mucho.

—Vuelve a correrte —me ordena.

Vuelvo a tener otro orgasmo, un tercero y un cuarto. Me atraviesan, se enroscan en mi vientre y luego estallan hacia fuera, haciendo saltar chispas de las puntas de mis dedos.

Un quinto.

Un sexto.

Un... He perdido la cuenta. Me recorren el cuerpo uno detrás de otro. Uno cede y comienza otro. Arriba. Abajo. Arriba. Abajo.

—Uno más, Skye. —Me toca de manera implacable con los dedos el punto que me vuelve loca.

No puedo hacerlo. No puedo darle uno más...

Pero lo hago. Vuelvo a explotar mientras chispas de electricidad me atraviesan.

—Otra vez —me ordena.

No puedo. Sé que no puedo. Estoy agotada. Maravillosamente agotada.

Entonces Braden gruñe. Gruñe de verdad.

Y le doy un último orgasmo.

Se dispara a través de mí como miel hirviendo en mis venas. Grito palabras ininteligibles. Me contoneo con violencia. Me revuelvo contra su cara y su boca.

Me elevo y me elevo y me elevo, Braden sigue metiéndome los dedos, sigue chupándome.

Hasta que al final me suelta, retrocede un poco y saca con suavidad sus dedos de mí.

Me dejo caer en la cama, todavía agarrada a los travesaños del cabecero. Quiero soltarme, pero no puedo. La voluntad de Braden sobre mí es así de fuerte.

Así de controladora.

En algún lugar de la bruma que me rodea, soy vagamente consciente de que Braden se está desnudando. No lo veo ni lo oigo. Solo lo sé.

Entonces su polla está dentro de mi coño, y está embistiendo, embistiendo, embistiendo...

Una y otra vez, contra mi sensible clítoris y friccionando contra mi apretada vagina.

Estoy agotada, totalmente agotada.

Braden podría hacerme cualquier cosa ahora mismo. Cualquier cosa, y yo se lo permitiré. Si quiere mi culo esta noche, es suyo.

Cualquier puñetera cosa.

Sigue embistiendo y yo sigo tumbada, abierta a él con las manos agarrando los travesaños.

—¡Cómo me pones! —dice entre los dientes apretados—. Te deseo tanto... ¡Joder!

Se abalanza sobre mí, corriéndose.

Estoy tan sensible por todos esos orgasmos que siento cada chorro de su polla dentro de mí.

Lo siento.

Lo siento todo.

31

A la mañana siguiente, salgo de la ducha y me envuelvo en la cálida toalla de baño que me proporciona Braden.

—¿Por qué no te has unido a mí? —le pregunto.

—Porque ambos tenemos trabajo que hacer hoy. —Frota la toalla sobre mi cuerpo empapado—. Y si me hubiera unido a ti, estaríamos pasando la mañana en la cama.

Sonrío. Suena genial, pero tiene razón. Mi reunión con Susanne es importante, y lo que sea en lo que esté trabajando él también lo es.

—Pero hoy tengo una sorpresa para ti —dice con los ojos encendidos.

Me da un vuelco el corazón.

—¿De qué se trata?

Saca un objeto de acero inoxidable de su bolsillo.

—De esto.

Se me abren los ojos de par en par. Sé lo que es. Hace un tiempo utilizó algo similar para excitar mi cuerpo. Solo que no lo puso donde debía ir.

—Un dilatador anal —digo.

—Así es. Vas a llevar esto a tu entrevista.

—¡Y una mierda! —Me llevo las manos a las caderas, dejando que la toalla de baño caiga al suelo de baldosas.

—¡Oh! Por supuesto que sí —replica—. ¿Quieres saber por qué?

—Por favor. Acláramelo.

—Porque te recordará a mí. Cada vez que te preguntes qué decir o cómo actuar, esto te recordará que estoy contigo, y sabrás exactamente qué hacer.

—Ni que el dilatador anal fuera mágico, Braden.

Sus labios se curvan en esa casi sonrisa que tanto me gusta.

—Tiene su propio tipo de magia. Te recordará mi control sobre ti, que a su vez te recordará tu control sobre tu carrera.

¿De verdad es por eso por lo que quiere que lo lleve? ¿O solo quiere pensar en mí con un dilatador en el culo mientras asisto a la reunión más importante de mi vida?

No importa.

Ya sé que lo voy a llevar y él también. Lo veo en sus ojos.

Me lo entrega.

—Míralo. Siente cómo pesa.

Examino el juguete. Tiene la forma de una pequeña bombilla con una joya rosa en el extremo, la parte que se verá desde mi culo. Pesa más de lo que esperaba, pero no tanto como para que me suponga un obstáculo.

Es bonito de una manera extraña.

Braden saca una botella de plástico.

—Lubricante con base de agua —dice—, para ayudar a que entre.

Se coloca sobre uno de los lavabos y exprime un poco de lubricante sobre el juguete. Lo extiende sobre el dilatador con forma de bombilla con los dedos.

—¿Lista?

¿Lo estoy?

La verdad es que da lo mismo.

—Inclínate —me pide—. Enséñame ese precioso culo.

Obedezco, agarrándome al borde de la encimera.

Me palpa el culo con la punta resbaladiza del dilatador.

—Relájate.

Lo intento.

—Voy a deslizar la punta hacia dentro. Respira.

Hago una ligera mueca de dolor ante la invasión, pero una vez que está dentro y la parte más fina entre la bombilla y la joya se apoya en mi entrada, me relajo.

Es una sensación... interesante.

Pero no está mal. No está nada mal.

—Esto te recordará quién eres, Skye, mientras te embarcas en esta nueva carrera. Te recordará que eres mía y que creo en ti.

—¿Y a ti qué te recordará? —le pregunto.

—Que pronto voy a reclamar ese culo. —Me mira a los ojos—. Muy pronto.

Estoy vestida de punta en blanco con ropa de diseñador. Un Ralph Lauren de doble botonadura en gris marengo y una blusa de seda cremosa de Ann Taylor. Mi bolso de Chanel y un par de zapatos clásicos de cuero negro de Jimmy Choo completan mi conjunto. En mis labios, por supuesto, está el tinte labial Cherry Russet de Susanne, perfecto para cualquier ocasión, especialmente para una reunión con una ejecutiva de Susanne.

Después de enviarle a Tessa el prometido selfi y de subir una publicación rápida a Instagram, me tomo un momento para respirar hondo antes de entrar en el gigantesco rascacielos de Manhattan donde se encuentra Susanne Corporate. Me detengo en la seguridad del vestíbulo.

—Buenos días. Tengo una cita con Eugenie Blake de Susanne Cosmetics.

—¿Cuál es su nombre?

—Skye Manning.

—Muy bien. Firme aquí, y necesitaré ver algún documento identificativo.

Saco la cartera del bolso y extraigo mi permiso de conducir.

—Aquí tiene.

—Gracias.

Un momento después, tengo una tarjeta de «visitante» con la foto de mi permiso, que por supuesto es una mierda.

—Planta veintisiete —indica la recepcionista—. Los ascensores están al final del pasillo a la derecha.

—Gracias.

Soy consciente todo el tiempo del dilatador anal, lo que me hace consciente todo el tiempo de Braden.

Y ayuda tenerlo conmigo hoy.

Ayuda mucho.

Camino hacia el ascensor, cada paso me empuja más el dilatador en mi culo.

Sonrío mientras pulso el botón de subida.

Sonrío cuando entro en el ascensor y pulso el número veintisiete.

Sonrío cuando salgo del ascensor y me dirijo a las puertas de cristal con el logotipo de Susanne bien visible.

¡Joder, no puedo dejar de sonreír!

Todo por un dilatador anal.

Hasta que...

Mi sonrisa se desvanece en un microsegundo al ver quién está charlando con la recepcionista.

Addie.

Addison Ames está aquí.

Y está hablando con la recepcionista, la misma recepcionista con la yo que tengo que hablar.

No hay forma de evitarla.

¡Mierda!

32

El dilatador anal de Braden me recuerda que debo caminar con la cabeza bien alta. Esta es mi reunión. No la de Addie ni la de nadie más.

Me dirijo a grandes zancadas hacia el mostrador de recepción, pisando fuerte.

—Buenos días —digo.

La recepcionista se aparta de Addie.

—Hola, ¿puedo ayudarle?

—Soy Skye Manning. He venido para ver a Eugenie.

—Supongo que es hora de irme —dice Addie, sonriendo—. Hasta pronto, Lisa. Skye, me alegro de verte.

Respondo a su sonrisa azucarada con otra que espero que parezca genuina.

—Siempre es un placer.

Addie quiere contestar algo sarcástico. Le está matando no poder hacerlo delante de Lisa.

Estoy disfrutando cada minuto.

Addie sale por la puerta transparente y se dirige al ascensor.

—¿Conoce a Addison? —pregunta Lisa.

—Antes trabajaba para ella —le respondo.

—¡Qué suerte! Es increíble, ¿verdad?

«Es una zorra manipuladora».

—¡Uy, sí! Increíble. Esa es la palabra para ella.

—Adelante, tome asiento. Eugenie le está esperando. Le haré saber que está aquí.

Asiento con la cabeza y tomo asiento en uno de los sillones de la gran sala de espera, siempre consciente de la invasión que tengo en mi culo. Tomo una botellita de agua. No me vendrá mal para aliviar la sequedad de la garganta. Me siento como si me hubiera tragado un puñado de serrín.

Me suena el teléfono con un mensaje.

> Buen intento. Un bolso de Chanel y unos zapatos de Prada no te hacen parecerte a mí.

Addison.

Justo cuando me pregunto si es posible que me desagrade más de lo que ya lo hace, siempre me sorprende.

Y mis zapatos son Jimmy Choo, no Prada. Para ser *influencer*, no está muy puesta. Tampoco es que yo sepa distinguir Prada de Jimmy, pero es que no he nacido en una cuna de oro.

Tengo la tentación de hacer un selfi rápido y publicar que estoy sentada en Susanne Corporate, pero no lo hago. Eso sería muy poco profesional. Solo lo haría para presumir y yo no soy así.

¡Dios! Addie saca lo peor de mí.

¡Ding!

Otro mensaje de texto.

Pongo los ojos en blanco y miro la pantalla. Ese dilatador anal tampoco lo hace.

¿Qué cojones?

¿Primero sabía lo de las pinzas para los pezones en la gala y ahora esto? ¿De verdad conoce tan bien el *modus operandi* de Braden? Ha pasado más de una década desde que estuvieron juntos. ¿Qué es lo que no me está contando Braden?

¡Maldita sea! Prometí que me olvidaría de esto. Así que Addie sabe que llevo un dilatador anal. ¿Y qué? Puede que esté andando de una forma extraña.

Excepto que no lo estoy. Al menos no creo que lo esté haciendo.

Si Braden está diciendo la verdad y terminaron hace mucho tiempo, entonces ella conoce su *modus operandi* por una de dos razones. O bien él hizo lo mismo con Addie hace tiempo, o bien ella sigue acechándolo y conoce el patrón que sigue con las mujeres.

Lo que significa que está haciendo lo mismo conmigo que con otras.

No debería molestarme.

Pero lo hace.

Entonces me doy cuenta... Esto es exactamente lo que Addie quiere. Quiere sacarme de mis casillas. Está haciendo que me coma la cabeza.

No voy a dejar que gane.

—Skye.

Levanto la vista de mi teléfono.

Eugenie está de pie delante de mí, alta y grácil, con el pelo canoso cortado a lo Jamie Lee Curtis. Es serena y elegante. La personificación de lo que debería ser una mujer ejecutiva mayor, al menos en mi cabeza.

El dilatador de Braden me recuerda por qué estoy aquí. Me pongo de pie y me encuentro con su mirada. Más o menos. Es más alta que yo, así que tengo que mirar hacia arriba.

Eugenie extiende la mano.

—Eres aún más guapa en persona.

Se me sonrojan las mejillas, tomo su mano y la estrecho con firmeza.

—Como tú. Me alegro de conocerte por fin.

—Vamos. Tengo a parte del equipo de *marketing* preparado en la sala de conferencias. Estamos todos muy emocionados de hablar contigo sobre lo que hemos planeado.

«¿Seguís todavía trabajando con Addison?».

Estoy desesperada por preguntárselo, pero no puedo. Es infantil y poco profesional. ¿Y qué si están trabajando con ella? ¿Qué me importa mientras trabajen conmigo? Addie sigue teniendo muchos más seguidores que yo.

Entramos en una sala de conferencias donde ya están sentadas otras tres personas.

—Skye, me gustaría presentarte a Shaylie Morse, Brian Kent y Louisa Maine. Shaylie y Brian son miembros de mi equipo de *marketing* en redes sociales y Louisa está de prácticas con nosotros. Es una estudiante de Columbia.

—Encantada de conoceros a todos —digo, esforzándome por no tartamudear.

—Ven, siéntate. —Eugenie hace un gesto—. Tenemos mucho de lo que hablar.

Me siento, resistiendo el impulso de retorcerme contra el dilatador anal de Braden.

—Shaylie —dice Eugenie—, ¿por qué no le haces a Skye un resumen de nuestro plan?

Shaylie, una guapa pelirroja que lleva gafas con forma de corazón (sí, lo estoy diciendo en serio), enciende su portátil y una imagen aparece desde el proyector en la pizarra blanca.

—Skye, estamos encantados de tenerte a bordo por varias razones. En primer lugar, conoces el negocio, ya que has trabajado con Addison Ames. En segundo lugar, tu habilidad como fotógrafa es excelente y tus textos también son siempre fascinantes. Y en tercer lugar...

No tiene que decirlo. Ya lo sé.

—El hecho de que salgas con Braden Black te ha convertido en una celebridad de la noche a la mañana.

Por supuesto que sí.

Mis habilidades como fotógrafa y redactora no significan nada al lado de mi relación con Braden.

Sonrío, intentando no mostrar mi decepción.

¿Por qué iba a decepcionarme? Ya lo sabía.

—Tienes una belleza natural —continúa Shaylie—. Eres cercana.

En otras palabras, soy normal y corriente.

Mantengo la sonrisa pegada en la cara.

—También tienes una bonita figura. No eres delgada como una supermodelo...

«¡Vaya! Gracias por señalarlo».

—Pero te verías bien con muchos estilos diferentes.

Debo parecer confundida, porque ella se detiene.

—¿Tienes alguna pregunta, Skye?

Me aclaro la garganta.

—Pues sí. Sois una empresa de cosméticos. ¿Por qué la ropa que llevo tiene importancia en mis publicaciones? ¿No os preocupa el aspecto de mi maquillaje?

Se ríe por lo bajo. ¿Se ríe de mí? No estoy segura.

—La moda está relacionada con todo el *marketing* —dice Shaylie, con un tono un poco condescendiente—. Cuanto mejor te veas en todos los ámbitos, más confiarán las masas en ti para que les aconsejes.

¿Se supone que debo saber eso? Soy fotógrafa, no experta en *marketing*.

Pero necesito serlo. Necesito ser experta en *marketing* si voy a ser *influencer*. Ser *influencer* conlleva hacer *marketing*.

Casi oigo esas palabras con la voz de Braden, como si las hubiera metido en mi cabeza.

De nuevo, me resisto a retorcerme contra la joya que hay en mi culo.

He trabajado para Addie durante más de un año. Siempre iba vestida de punta en blanco. En aquel momento, pensé que llevaba ropa cara porque era rica y podía permitírselo. Lo más probable es que en parte fuera así, pero quizás también se vestía a la moda por el negocio.

¿Cuántas veces he publicado vestida con unos vaqueros viejos y una camiseta? Por supuesto, nunca he publicado algo donde me veía mal, pero aun así...

No obstante, hay un gran problema. No puedo permitirme el tipo de ropa que lleva Addie. Lo cual no es evidente por la ropa que estoy usando ahora mismo.

Shaylie continúa:

—Buscamos una forma de hacer que nuestros productos sean más accesibles para las personas normales y corrientes.

Personas normales y corrientes. No una heredera de una cadena de hoteles. Una chica trabajadora del montón.

Skye Manning, chica trabajadora promedio.

Genial.

—Hemos ideado una campaña para presentar y promocionar nuestra nueva línea de Susanne Cosmetics. Se llamará Susie Girl by Susanne, y los productos estarán disponibles en farmacias y grandes superficies como Walmart y Target.

—Pero...

—Esta es una gran oportunidad, Skye —me interrumpe Eugenie—. Estamos poniendo nuestra marca a disposición de las masas, y creemos que eres la cara ideal para este lanzamiento.

—Me siento honrada —contesto, esperando sonar sincera—, pero dijiste que mis publicaciones sobre el tinte labial Cherry Russet habían tenido éxito.

—Y lo tuvieron. Mucho éxito. Nos encantaría que siguieras con ellas, pero puedes ganar mucho más dinero con esta oportunidad. Tenemos otras formas de promocionar nuestra línea de lujo.

Otras formas. Addison Ames.

Por eso estaba aquí.

Se me hace un nudo en la garganta. ¿Qué esperaba? Soy una doña nadie.

—Esto es algo que tú puedes hacer y que nadie más puede —continúa Shaylie—. Eres una cara nueva. Y eres la novia del empresario multimillonario más famoso de nuestro país, un hombre que personifica el sueño americano. De eso trata esta campaña de Instagram.

Cualquiera tendrá al alcance y podrá permitirse comprar Susanne Cosmetics.

¿Hacer de los cosméticos el sueño americano? Eso es nuevo. ¿Qué pensará Braden?

—Esa es la idea general. Ahora le pasaré el testigo a Brian y él te explicará nuestro plan de compensación.

Brian, un joven de pelo rubio y ojos azul oscuro, comienza su presentación en el proyector.

—La línea Susie lleva un par de años en marcha —comienza—. Al principio, nos planteamos hacer un enorme lanzamiento con anuncios en revistas y en televisión con una publicidad limitada en las redes sociales. —Sonríe—. Y entonces apareciste tú.

Abro los ojos de par en par.

—¿Te sorprende? —pregunta.

—Por supuesto que sí.

—Confiamos mucho en ti, Skye —dice Brian—. Tienes el aspecto de la novia de América.

Se refiere a la novia de Braden Black, pero da igual.

—Espero que no estéis centrando toda esta campaña en mí —respondo.

—Por supuesto que no. Seguimos haciendo *marketing* en la televisión y en las revistas. Pero hemos añadido las redes sociales como una pieza clave de nuestro plan. Por ti.

—Me siento... halagada. —Supongo.

—Permitidme esbozar el plan de compensación —dice Brian—. Creo que te encantará. —En la pantalla aparece una hoja de cálculo—. Susie Girl cuenta con una línea de cuidado de la piel y otra de cosméticos. Se está preparando una línea de cuidado del cabello.

—¿Cuidado del cabello? —pregunto.

—Sí. Es una nueva aventura para nosotros, pero, si Susie tiene éxito, queremos añadir productos de primera calidad para el cuidado del cabello a precio de ganga.

—Ya veo.

—Comenzaremos el lanzamiento con tres publicaciones semanales con productos cosméticos y de cuidado de la piel. Recibirás una compensación de cuatro mil dólares a la semana mientras tengas el contrato, además (y aquí es donde puedes ganar dinero de verdad) de un centavo por cada me gusta de cada publicación, un centavo adicional por cada comentario y cinco centavos por cada venta que podamos rastrear hasta tu publicación.

—¿Cómo pueden rastrear las ventas hasta mi publicación?

—Es un algoritmo complicado. Puedo explicártelo si quieres, pero está descrito en la propuesta. —Señala con la cabeza el documento que tengo delante, en el que me fijo ahora.

La verdad es que me gustaría que Braden estuviera aquí. Él entendería todo esto.

—No es necesario —le contesto. Braden puede mirar la propuesta y explicármela más tarde.

—Cuando Shaylie hablaba de moda —continúa Brian—, no se refería a la necesidad de llevar ropa de diseño. Nos estamos dirigiendo a las masas. Lo único que nos importa es que lleves algo diferente cada día y que tengas un aspecto fresco y perfecto. Los pantalones vaqueros están bien siempre que no estén rotos o demasiado desteñidos. Queremos atraer a todas las clases sociales. Algunos días debes llevar ropa de negocios, como la que llevas hoy. Otros días, vístete más informal. La ropa de deporte también está bien. Si vas a hacer las fotos en la playa, ponte un traje de baño.

Asiento.

—No dudes en ponerte personal —dice—. Tu publicación llevando una sábana como una bata tuvo un gran éxito.

Me arden las mejillas. La publiqué desde la habitación de Braden en Boston. ¿Lo sabían? ¿Cómo no iban a saberlo? El puerto estaba en el fondo.

—La razón por la que ser *influencer* de Instagram funciona —continúa Brian— es porque tus seguidores sienten que te están conociendo. Hablan contigo a través de tu cuenta y se emocionan si les responden. Aceptarán más los consejos de una amiga que los de un desconocido de la televisión. Eres la amiga perfecta, Skye.

Me aclaro la garganta.

—¿Cuándo tendría que avisaros de mi decisión?

—¿Cuál?

—La de si quiero hacer esto.

—Skye —interviene Eugenie—, esta es una gran oportunidad.

—Sé que lo es y os lo agradezco, pero no firmo nada sin que lo revise un abogado.

Eugenie sonríe. Lo sabe. Sabe que Braden lo va a revisar.

—El lanzamiento está previsto para la semana que viene —contesta—. Si pudieras avisarnos en veinticuatro horas, te lo agradeceríamos.

Asiento.

—Puedo hacerlo. Gracias.

—Si abres la propuesta en la página cuatro —dice Brian—, te haré una guía por el programa que planteamos.

33

—Es un buen acuerdo —comenta Braden, cerrando la propuesta—. Ya tienes unos diez mil me gusta ahora, lo que te hará ganar cien por publicación. Tres publicaciones a la semana para empezar son trescientos más los cuatro mil que te pagan por semana según el contrato. Añade el extra por los comentarios y las ventas... Además, el número de me gusta y comentarios aumentará a medida que ganes más seguidores.

—Es una línea de cosméticos de farmacia, Braden.

—¿Y qué?

—Quieren gente como Addie para su línea de lujo.

—¿A quién le importa por qué quieren a Addie? Ella no es tu problema.

—Es como si Addie fuera el Dom Pérignon y yo el André Cold Duck.

Se ríe.

—Tal vez una metáfora más adecuada sería que Addie es el Pappy Van Winkle de quince años y tú eres el Wild Turkey.

Sonrío.

—Si tú lo dices...

—Skye, no eres corriente. No lo eres ahora y nunca lo has sido. ¿De verdad crees que elegiría a alguien normal y corriente para ser mi novia?

—Esa no es la cuestión —respondo.

—Esa es exactamente la cuestión. No eres Addison Ames, y desde mi punto de vista, eso es algo bueno. Esta es una oportunidad increíble. Están presentando una línea de productos nuevos y quieren que les ayudes a lanzarlos.

—¿Y si fracasan?

—¿Y qué si lo hacen? Tienes un contrato, y el contrato te garantiza tu sueldo base de cuatro mil dólares a la semana durante tres meses. Eso es aproximadamente cuarenta y ocho mil dólares. Seguirás ganando más dinero que nunca, ganarás más seguidores y te irás de rositas.

—¿Por qué no han elegido a Addie o a otra persona con muchos seguidores?

—Porque te quieren a ti.

—Por ti. Intentaron convencerme de que estoy vendiendo el sueño americano. Parece ser que el sueño americano consiste en cosméticos baratos y ser la novia de Braden Black.

—Vale, su argumento de ventas puede dejar algo que desear. Lo reconozco. Pero te quieren porque no eres Addie. Eso está bastante claro.

Hago una pausa. Luego, le digo:

—Addie estaba allí. En Susanne Corporate.

—¿Cuándo?

—Esta mañana. Se estaba yendo cuando llegué.

—¿Y?

—Pues que... sabía lo del dilatador anal, Braden. —Me retuerzo.

Arruga la frente. Solo un poco, pero lo noto.

—¿Qué quieres decir? —pregunta.

—Me envió un mensaje. —Al instante, le muestro los mensajes—. También sabía lo de las pinzas para los pezones en la gala. ¿Cómo sabe todo esto? ¿Has utilizado las mismas cosas con ella?

—Lo que haya hecho con ella no pienso discutirlo.

—Pero...

—¡Joder, Skye! —Arroja la propuesta sobre la mesa—. Ya hemos pasado por esto. Tienes que superarlo.

—Sería mucho más fácil superarlo si ella no supiera que hoy llevaba un dilatador en el culo.

—¿Cómo es posible que lo supiera?

—No lo sé. Dímelo tú.

Se pasa los dedos por el pelo.

—¿Crees que se lo he dicho yo?

—No. Por supuesto que no. Es que no...

—Ya te he dicho que no voy a hablar de ella contigo. ¿Por qué sigues sacando el tema? ¿Es esto lo que quieres? ¿Pelear?

—No quiero pelear. Solo quiero saber cómo...

—No sé cómo lo sabe, Skye. ¡Por Dios! ¿Por qué te importa? ¡Bloquea su puto número en el teléfono, joder!

¡Oh! Buena idea, y no sé por qué no se me había ocurrido antes. Aun así...

—Veo que le estás dando vueltas. Déjalo. No importa. Ella no importa.

Saco el teléfono del bolso y dejo que mi dedo se sitúe sobre el número de Addie, dispuesto a bloquearla. Debería hacerlo. No más mensajes sarcásticos de ella. Podría seguir enviándome correos electrónicos. Seguiría comentando en mis publicaciones. Así que, en realidad, ¿qué conseguiría con esto, aparte de sentir que he hecho algo, por pequeño que sea?

—Estoy pensando —dice Braden— que este viaje no es el mejor momento para presentarte las otras facetas de mi estilo de vida.

Se me cae el alma a los pies.

—¿Por qué no?

—No estoy seguro de tener tu completa confianza, Skye, y la confianza es primordial para lo que te voy a enseñar.

—¿Te refieres a las cosas de *bondage*? ¿Como en el libro?

—A eso... y a otras cosas.

Se me calienta el cuerpo. He sido aprensiva, sí, pero quiero conocerlo todo sobre Braden.

—Por favor, no me ocultes esta parte de tu vida.

—Me temo que no estás preparada. El hecho de que aún no hayas superado mi relación con Addison...

No. No, no, no. Addie no va a arruinarme esto. Guardo el teléfono sin bloquear su número.

—Sí que estoy lista.

Se encuentra con mi mirada, con la suya encendida.

—No todo es bonito.

—No pasa nada.

Y es así. De hecho, que no sea bonito me atrae mucho en este momento.

Me mira de forma severa y a fondo, estudiándome como si intentara descubrir algo secreto en mi mente.

Pero yo no tengo secretos para Braden. Él lo sabe todo de mí. Me gustaría poder decir lo mismo.

—Por favor —vuelvo a decir, en voz baja.

—¿Vas a firmar este contrato? —me pregunta.

Asiento con la cabeza.

—Si crees que es una buena idea...

—No veo nada malo en ello. Saldrás bien parada aunque los productos se vayan a pique.

Agarro el contrato y garabateo mi firma.

—Haré que un mensajero le entregue esto a Eugenie por la mañana —dice.

—¿Y...? —pregunto.

—¿Y qué?

—Y... ¿qué pasa con esta noche? Sobre...

—Muy bien, Skye. Te lo mostraré.

Pero su conducta es sombría e indecisa, como si temiera estar cometiendo un error.

34

La cena de celebración de Braden y mía se suspende cuando Eugenie me envía un mensaje en el que nos invita a los dos a reunirnos con ella y su equipo en uno de los restaurantes favoritos de Braden. Llegamos y el metre nos lleva a su mesa, donde ya están sentados.

—Señor Black —lo saluda Eugenie, poniéndose de pie—, Eugenie Blake. Encantada de conocerle al fin.

—Lo mismo digo. Por favor, llámame Braden.

—Por supuesto, Braden. —Le presenta a Shaylie, Brian y Louisa—. Estamos muy emocionados de tener a Skye a bordo.

—Me alegro de volver a veros a todos —digo—. He estado revisando el contrato.

—Esta noche no hablamos de negocios —contesta—. Esta cena es para que nos conozcamos todos mejor.

Sonrío. Me parece bien. De todos modos, ya he firmado, pero ella no necesita saberlo todavía. Que intente cortejarme, si es que eso es lo que pretende. De momento no estoy segura de nada.

Eugenie le lanza una pregunta tras otra a Braden, lo que me irrita un poco, pero no me sorprende. Todos sabemos por qué estoy aquí.

Por Braden.

«¡Menuda impostora!».

«¡Para!».

Examino el menú y me decido por la tilapia a la parrilla. Braden me ha explicado antes que tengo que estar cómoda y no demasiado llena para esta noche.

Eugenie y Braden dominan la conversación mientras yo tomo agua y picoteo una ensalada.

Dominan la conversación mientras yo me como el pescado, dejando más de la mitad.

También dominan la conversación durante el café y el coñac de la sobremesa.

Me he vuelto invisible.

Cuando regresamos al ático, Braden me da una bolsa de ropa.

—Ponte esto.

Agarro la bolsa.

—Está bien.

La dejo sobre la cama y bajo la cremallera del vinilo. Dentro hay un corsé, un liguero, un tanga de encaje y unas medias de rejilla. Se me abren los ojos de par en par.

—Te voy a ayudar a ponerte el corsé —dice—. Lo quiero bien apretado.

—Va-vale.

Me quito la ropa de negocios de diseño mientras me palpita todo el cuerpo.

Braden me quitó el dilatador anal antes de la cena y me siento extrañamente desnuda sin él. Tal vez me habría sentido menos invisible en la cena si aún lo llevara puesto. ¿Me lo volverá a poner cuando me haya vestido con estas cosas tan sexis?

Me observa, con los ojos entrecerrados, mientras me pongo el tanga y las medias y sujeto estas últimas al liguero. Se levanta, se dirige a su armario, saca una caja de zapatos y me la entrega.

No llevo nada en la parte de arriba, y abro la caja de zapatos. Me quedo boquiabierta. Dentro, sobre un papel de seda negro, hay un par de sandalias de tacón de aguja con plataforma.

—Braden, voy a tropezarme y...

—Póntelos —me ordena.

Me siento en la cama y me pongo los zapatos en los pies, abrochándomelos bien.

De su garganta brota un gemido bajo.

—Ponte de pie. Te voy a ayudar con el corsé.

Obedezco y me ajusto el corsé sobre los pechos y el abdomen.

—Date la vuelta—me dice.

Yo obedezco, poniéndome de espaldas a él.

—Un corsé es una prenda maravillosa —comenta mientras me lo ata en la espalda—. Es muy sexi, por supuesto, pero también es una forma de control. Puedo controlar tu aspecto, el tamaño de tu cintura. —Lo aprieta y yo inhalo con brusquedad—. Es un tipo de *bondage*.

Sus palabras me excitan más de lo que deberían.

—Braden...

—No te preocupes. Podrás respirar bien. Confía en mí. Además, no vas a llevarlo puesto toda la noche.

—¿Vas a atarme esta noche? —pregunto, ansiosa pero excitada—. ¿Como en el libro?

—Tal vez —responde; su aliento es un susurro caliente contra mi cuello—. Tendrás que esperar para verlo.

Miro alrededor de la habitación.

—Esto es diferente. No hay apenas nada. ¿Tienes otra habitación? ¿Como en *Cincuenta sombras de Grey*?

Se ríe.

—Nunca lo he leído.

—¡Ah!

—Creo que lo que me estás preguntando es si tengo una mazmorra en este ático. La respuesta es no.

—¡Ah! Entonces, ¿dónde...?

—Silencio —dice con dureza—. Responderé a tus preguntas, pero lo haré cuando yo quiera.

Se dirige a su maletín, que está sobre una de las sillas de la habitación. Lo abre y saca algo. Luego se vuelve hacia mí, sosteniendo una caja de terciopelo negro. La abre.

Jadeo.

Es una gargantilla de diamantes. Al menos asumo que son diamantes.

—Arrodíllate ante mí, Skye.

Mis ojos se abren de par en par.

—Arrodíllate ante mí —vuelve a ordenarme—. Voy a ponerte el collar.

—Pero yo...

—Esto es para tu propia protección.

—Braden, yo...

—¡He dicho que te arrodilles!

Me arrodillo frente a él.

—¿Puedo hablar?

—Sí.

—No lo entiendo —le digo—. No sé mucho sobre este estilo de vida, pero ¿un collar no significa que...?

—¿Que eres de mi propiedad? Sí, así es.

—Pero no hemos hablado de esto.

—Lo sé. Es solo para esta noche. Como he dicho, es para tu protección. —Me coloca la gargantilla alrededor del cuello.

Está frío contra mi piel. También es pesado. Respiro hondo.

—Esto es algo temporal, Skye —me comenta—. Puedes levantarte.

Me pongo de pie y me encuentro con su mirada.

—¿Temporal?

—Me has rogado que te enseñara mi estilo de vida, y lo haré, pero no puedo hacerlo sin protegerte como es debido. Al llevar mi collar, estás fuera de los límites de cualquier otra persona. Me perteneces y nadie más te tocará.

—¿Nadie más? ¿Qué quieres decir? ¿Por qué iba a haber alguien más en nuestro dormitorio?

—Porque no nos vamos a quedar aquí, Skye. Vamos a ir a un club.

El miedo me invade. ¿O es excitación? Desde que conocí a Braden, me resulta difícil separar ambos sentimientos.

—No puedo salir en público con esto puesto —digo.

Se dirige al vestidor y saca una gabardina negra.

—Esto te tapará lo suficiente. Y no te preocupes. No vamos a ir muy lejos.

—¿Qué te vas a poner tú?

Todavía está vestido con su traje.

—Ya lo verás. —Vuelve a entrar en el vestidor, cerrando la puerta tras de sí esta vez.

Espero.

Y espero.

Al fin sale Braden, con otra gabardina negra que le cubre desde los hombros hasta las rodillas. De las rodillas para abajo, va vestido con unos sencillos pantalones negros y zapatos de cuero.

¿Qué...?

—¿Estás preparada, Skye? —pregunta, con su voz grave y sombría.

Trago saliva. Luego asiento con la cabeza.

—Necesito oír tu respuesta afirmativa.

—Sí, Braden —le contesto—. Estoy lista.

Me obligo a no tropezar con los tacones de aguja mientras salimos de la casa de Braden y atravesamos su oficina improvisada, que ahora está inquietantemente vacía, un cambio enorme respecto a la noche en la que llegamos.

—¿Dónde está todo el mundo? —le pregunto.

—Los he mandado a todos a casa —responde.

—¿Significa eso que has terminado de negociar?

—Nunca termino de negociar. Tan solo significa que están trabajando en otra parte.

—Pero ¿por qué...?

—Basta de preguntas, Skye. No creo que nada de lo que te diga pueda prepararte bien para lo que vas a vivir esta noche, así que he tomado la decisión de llevarte a ciegas.

—¿A ciegas?

—No literalmente. No voy a vendarte los ojos. De hecho, quiero que todos tus sentidos estén en alerta esta noche. Quiero que lo asimiles todo. Solo así podrás decirme con sinceridad lo que piensas después. —Desliza una tarjeta por el dispositivo para llamar al ascensor.

Cuando se abren las puertas, me hace un gesto para que entre. Él me sigue. Luego saca una segunda tarjeta de su cartera y la pasa por el dispositivo que hay dentro del ascensor.

—¿Por qué necesitas una tarjeta? —pregunto—. ¿No vamos al vestíbulo?

—No.

—Entonces, ¿a dónde vamos?

—Ya lo verás.

El ascensor desciende y, cuando las puertas se abren, jadeo.

—Bienvenida —me dice Braden— al Black Rose Underground.

35

Salimos directamente del ascensor y entramos en lo que parece ser un club nocturno de lujo, con una diferencia evidente.

La ropa.

En lugar de los cortos vestidos de club habituales, las mujeres están vestidas como yo, algunas con más escasez. Varias de ellas muestran sus pezones.

¿Y los hombres? Algunos van vestidos de traje, como si acabaran de llegar de un día de trabajo. Otros están vestidos de cuero, algunos con el pecho desnudo. Un hombre incluso tiene un *piercing* en los pezones.

¿Qué aspecto tendría Braden con los pezones perforados? La idea hace que me estremezca.

El sistema de sonido emite música *jazz*, ni demasiado suave ni demasiado fuerte. Es perfecto. Todavía puedo oír hablar a Braden.

—¿Qué te parece? —pregunta.

Me late con fuerza el corazón.

—¿Dónde estamos exactamente?

—En la planta baja del edificio. Es un club privado.

—¿Quiénes son todas estas personas? —Paseo mi mirada por la habitación rápidamente. Dondequiera que mire, algo o alguien destaca.

—Miembros, por supuesto.

Braden me acompaña hasta un escritorio donde está sentado un hombre corpulento.

—Hola, Claude.

—Buenas noches, señor Black.

—Esta es Skye Manning, mi invitada.

Claude asiente y me tiende unos papeles.

—Tendrá que firmarlos.

Levanto las cejas hacia Braden.

—Es un acuerdo de confidencialidad. Todos los que vienen al club deben firmarlo.

—¿Quiere eso decir que no puedo contarle a nadie lo que vea aquí?

—Más que eso —explica Braden—. Ni siquiera puedes decirle a nadie que has estado aquí.

—¿Ni siquiera a Tessa?

—Ni siquiera a Tessa.

—Pero yo se lo cuento todo a Tessa.

—Esto no. —Braden me tiende un bolígrafo—. Léelo si quieres, o te lo puedo explicar.

—Soy capaz de leer un documento legal. —Echo un vistazo apresurado a los papeles. Son bastante sencillos. Entonces garabateo mi firma—. ¿Todos los presentes han firmado esto?

—Sí —contesta Braden.

Miro a mi alrededor. A mi izquierda hay una pista de baile, pero no hay nadie bailando. Es extraño. Al fondo hay lo que parece ser un bar completo. Dos camareros, una de ellos en toples, preparan las bebidas para los clientes. Varios invitados se sientan en taburetes de cuero negro. Otros se mezclan, charlan y coquetean. Un hombre lleva a su mujer con una correa. Contengo un grito.

—Todo en orden, señor Black —dice Claude—. Disfrute de la noche.

—Pienso hacerlo. Gracias, Claude. —Braden se vuelve hacia mí—. Skye, ¿nos vamos?

Con el corazón todavía martilleando, me muerdo el labio inferior.

—Claro, supongo.

—¿Supones?

—Bueno..., sí.

—Si no estás de acuerdo, Skye, podemos irnos ahora.

No. No quiero irme. La verdad es que no quiero irme.

—Estoy procesándolo. Pero no lo entiendo. La gente se viste como yo, pero aquí no pasa nada. No lo entiendo.

Curva los labios un poco hacia arriba.

—Esto es solo una parte del club. ¿Quieres una copa?

—Sí, por favor. —Nunca dejo que el alcohol me afecte, más que para tranquilizarme un poco. En ese sentido, una copa parece una buena idea en este momento.

—Solo una —dice—. Quiero que tengas la mente despejada para esta noche.

Asiento y nos dirigimos a la barra. La camarera en toples se contonea hacia nosotros.

—Me alegro de verle, señor Black.

—Buenas noches, Laney. Dos Wild Turkey, por favor. Solos.

—Marchando.

Las bebidas aparecen en un instante. Braden empuja un billete de cincuenta dólares hacia la camarera desnuda.

Doy un largo sorbo a mi *bourbon*, dejando que su sabor picante recubra mi garganta y me dé valor. Entonces, le pregunto:

—¿Qué es este lugar, Braden?

—Es un *leather club*.

—¿Y eso qué es?

—Un lugar donde la gente que disfruta del estilo de vida BDSM puede venir a jugar.

—¿Quién lo sabe?

—Solo la gente de aquí. Es muy exclusivo. Solo se puede ser miembro por invitación.

—¡Oh! ¿Y quién te ha invitado a ti?

—Nadie.

—No lo entiendo.

—Este club es mío, Skye. Yo soy el dueño.

36

Un zumbido de alerta me resuena en los oídos.

—¿Que eres el dueño?

—Soy el dueño —repite.

—Así que aquí es...

—Aquí es donde practico mi estilo de vida en Nueva York.

—Y no haces estas cosas en Boston.

—No.

—¿Por qué?

—Ya te lo he dicho. Boston es mi hogar. Donde crecí.

—¿Y qué?

Toma un sorbo de su bebida.

—Prefiero mantener esta parte de mí en privado.

—¿Y no puedes hacer eso en Boston?

—Podría, pero prefiero no hacerlo.

¿Por qué? No siento que haya obtenido una respuesta adecuada, pero conozco a Braden. Esto es todo lo que voy a conseguir.

—¿Qué haces aquí? —pregunto.

—A veces nada —responde—. A veces vengo solo y me limito a tomarme una copa en el bar, como hacemos ahora. Otras, ayudo a otro miembro con una escena.

—¿Una escena?

—Una escena es cuando los miembros participan juntos.

—Y tú... —Tomo un sorbo, armándome de valor—. ¿Tienes sexo con ellos?

Sacude la cabeza.

—Una escena no siempre significa tener sexo.

—¿Así que aquí no tienes sexo?

—Yo no he dicho eso.

—¡Por Dios, Braden! Me van a salir canas. ¿Qué tipo de juego haces aquí? —«¿Y con quién?», añado en mi cabeza.

—En primer lugar, aquí verás todo tipo de juegos, y algunos incluyen sexo. Algunos incluyen otros tipos de intimidad y otros no incluyen ninguna. Te voy a decir algo. Si estoy involucrado en una relación, como lo estoy contigo, tendré sexo solo contigo. En el pasado, cuando no he estado involucrado con una mujer y he tenido sexo aquí, siempre he usado protección y solo he tenido sexo con mujeres.

Me asombra su franqueza. Es más de lo que consigo la mayoría de las veces.

—Así que algunos miembros...

Asiente con la cabeza.

—Algunos miembros tienen sexo con hombres y mujeres, sí. Otros, solo con su propio sexo. Cualquiera que sea su preferencia.

Asiento.

—¿Qué haremos tú y yo aquí?

—Eso depende de ti.

Sonrío y tomo más Wild Turkey.

—¿De verdad? Pensaba que tenías el control en la cama.

—Sí, lo tengo. Pero nunca he hecho nada sin tu consentimiento, ¿verdad?

—No. Aunque a veces está implícito.

—Cierto. Aquí no estará implícito. Tendré tu consentimiento expreso para todo lo que te haga.

Mi cuerpo arde en llamas. En serio. Estoy lista para estallar en llamas azules. ¿Qué tipo de cosas tendrá en mente?

—Estás ruborizada —comenta.

—¿Lo estoy? —Sé muy bien que lo estoy.

—Esto te excita. —Una afirmación.

Asiento.

—Y eso me excita a mí.

Se levanta y se quita el abrigo, dejando al descubierto su torso desnudo.

Respiro con fuerza.

Está magnífico, como siempre, pero aquí, en la penumbra, con otras personas alrededor casi desnudas, es un puto rey.

—Levántate —me dice.

Lo hago y él me desata el cinturón del abrigo y luego me desabrocha uno a uno los botones. Abre la tela y me quita el abrigo de los hombros.

Por un momento, me asusto. Nunca había estado tan expuesta en un lugar público.

¿Pero es un lugar público?

No es así. «Solo para miembros», me dijo.

Miro a mi alrededor. Aunque el corsé me cubre los pechos, tengo las nalgas expuestas por completo. Las medias de rejilla y los tacones de aguja hacen que mis piernas parezcan más largas y esbeltas de lo que son.

Me veo bien. Muy bien.

Pero nadie me mira siquiera.

No soy tan guapa como Tessa, pero por lo general merezco una o dos miradas en un club. ¿Qué pasa?

Me encuentro con la mirada de Braden.

—Nadie nos está mirando.

Sonríe. Más o menos.

—Quieres decir que nadie te está mirando a ti.

—Bueno..., sí.

—Llevas mi collar.

—¡Ah! ¿A eso te referías cuando me dijiste que era para protegerme? ¿Para que nadie me mirara?

Sacude la cabeza.

—No. Si no llevaras un collar, otros se sentirían libres de acercarse a ti, de pedirte que te unieras a su juego.

—Pero siempre puedo decir que no, ¿verdad?

—Sí. Pero si no llevases collar, pensarían que estás disponible. —Baja los párpados—. Y tú no estás disponible, Skye. No jugarás con nadie más que conmigo.

Por mí está bien. No me interesa nadie más que Braden. ¿Espera que discuta ese punto?

Braden termina su *bourbon*.

—¿Estás lista para ver más?

Miro mi propio vaso. Solo queda un poco de ámbar. Me lo bebo al instante.

—Sí.

—Bien. —Entrega nuestros abrigos, junto con otro billete de cincuenta, a un asistente que parece haber aparecido de la nada—. Quiero llevarte a la sala de *bondage*.

Mi corazón se acelera al recordar las fotos del libro de su biblioteca.

—De acuerdo.

—Creo que te gustará.

No tengo ni idea de lo que me espera cuando me aleja del bar, atraviesa una cortina de color rojo oscuro y entra en un pasillo. Las puertas se alinean a ambos lados de este. Caminamos hasta la mitad del pasillo y Braden se detiene ante una puerta.

—Cualquier miembro puede entrar en esta sala —dice—. No es privada.

—Vale.

—Vas a ver *bondage*, pero también verás a gente participando en juegos íntimos. ¿Estás preparada para algo así?

—He visto porno, Braden.

—Las relaciones sexuales en vivo son diferentes.

Estoy excitada por extraño que parezca. O tal vez no sea tan extraño. Estoy muy caliente. Quiero ver lo que hay detrás de esta puerta más que cualquier otra cosa en el mundo.

—Los cuerpos normales no suelen ser tan bonitos como los de las estrellas del porno —continúa.

—Lo sé. No te preocupes. No me quedaré mirando.

—Puedes mirar todo lo que quieras. Cualquiera que tenga relaciones íntimas en un club público es un exhibicionista por naturaleza. Quieren que mires.

Respiro, recordando aquel primer día en la oficina de Braden cuando me folló contra el ventanal. Pensé que cualquiera podía vernos, y cuando me dijo después que estaban tintadas y que nadie podía ver hacia dentro, curiosamente me sentí decepcionada.

¿Soy una exhibicionista? ¿Jugaremos Braden y yo juntos en esta habitación algún día?

—Está bien —digo al fin.

—Tendrás la tentación de mirar hacia otro lado —continúa—. Eso es normal. Estos juegos son privados. Pero si quieres mirar, mira.

Asiento.

—¿A ti te gusta mirar? —le pregunto con timidez.

—No soy un *voyeur* —responde—, pero disfruto del arte del *bondage*. Vengo a esta sala más para ver el arte que las relaciones íntimas.

—Ya veo.

—¿Lista? —Agarra el pomo de la puerta.

—Lista.

Abre la puerta. Un asistente está sentado justo detrás de esta.

—Señor Black —dice simplemente.

—Buenas noches —le saluda Braden—. Mi invitada y yo estamos aquí para observar esta noche.

—Muy bien.

Braden me agarra de la mano y entramos en la habitación.

Y casi pierdo el equilibrio.

La habitación es enorme, la iluminación es más brillante y las paredes son blancas, lo que me sorprende en un club subterráneo. Esperaba una luz tenue y colores como el negro y el rojo.

Pero pronto me doy cuenta de por qué las paredes son blancas y la luz no es tan tenue como antes.

Las obras de arte están por todas partes. Obras de arte humanas.

Mientras que la cuerda utilizada en las fotos que vi en la biblioteca de Braden eran todas de un color natural, las ataduras de esta sala van del negro al rojo, pasando por el morado y el verde. Algunas son multicolores.

Braden me guía por la sala para observar. Primero nos detenemos a mirar a un hombre que tiene los brazos y los pies atados con una cuerda de color azul oscuro anudada de forma intrincada.

—Esto es un ejemplo de *shibari* —me explica Braden.

Levanto las cejas.

—Es una forma de *bondage* japonesa que utiliza patrones simples pero intrincados. Adelante. Echa un buen vistazo.

Una mujer con un corsé similar al mío, pero sin tanga, azota ligeramente al hombre con un látigo de tiras.

—¿Esta es la clase de *bondage* a la que quieres someterme? —le pregunto.

—No. Para lo que yo hago se utiliza bastante más cuerda.

Asiento. Como las fotos que vi en su biblioteca.

—Voy a ir despacio contigo esta noche —dice—. Daremos pasitos.

Salvo que, al ver el espectáculo que tengo delante, no quiero dar pasitos. Quiero ir a por todas.

A por todas, todísimas.

Pasamos a la siguiente escena. Una mujer está atada con una cuerda de color natural, con nudos intrincados desde los tobillos hasta los muslos. Sus muñecas están atadas juntas y enganchadas a lo que parece un caballo con arcos. Su compañera, otra mujer, la folla por detrás con un arnés. Contengo un jadeo. Nunca había visto un arnés, aunque sé que existen. Como las piernas de la sumisa no están abiertas, debe estar apretada, y el dildo que lleva la otra mujer no es pequeño.

—Así es, zorra. Te estoy follando bien, ¿no?

La mujer no responde.

Probablemente le ha dicho que no lo haga.

Vamos a la siguiente escena.

Una mujer con curvas está atada con una cuerda negra y acostada de espaldas sobre una mesa de cuero. Tiene una mordaza en la boca. Tiene las muñecas y los tobillos atados y un hombre moreno y bien dotado se la está follando con energía.

Esta habitación parece ser eterna. Vemos varias escenas más y, aunque Braden dijo que no todas estas escenas incluirían sexo, la mayoría lo hacen.

Ya tengo el tanga empapado y deseo mucho a Braden.

¿Sabe él lo que me está provocando esto?

Mi clítoris palpita y anhelo, más que nada, tocarme. Incluso atada a este corsé, quiero mover los dedos en círculos alrededor de mi clítoris y provocarme un orgasmo.

Sé que no funcionará. Solo Braden puede hacer que me corra.

Solo quiero que Braden me haga correrme.

Estoy perdida en la fantasía de ser atada y follada cuando llegamos a una escena que me deja fascinada.

37

Mis pezones se tensan contra el corsé y aspiro. Braden me ha dejado mucho espacio para respirar dentro de la prenda, pero ahora me aprieta demasiado. Estoy jadeando. De necesidad.

Una hermosa mujer de pelo oscuro está sentada de rodillas frente a un hombre rubio muy tonificado. Está atada con una cuerda de color rojo oscuro que comienza alrededor de su cuello. A partir de ahí, pasa por encima de sus hombros y de sus pechos, y sus pezones sobresalen a través de dos nudos apretados.

La cuerda se curva sobre su abdomen y alrededor de sus caderas, y luego se enrolla sobre sus muslos y pantorrillas, forzándola a estar en la posición de rodillas.

El hombre tira de la cuerda alrededor de su cuello y ella jadea con suavidad.

Todo mi cuerpo siente un cosquilleo de corriente. Las chispas me atraviesan y mi coño, ya mojado, me chorrea.

El hombre se quita los pantalones negros y deja ver una polla gigante. Atrae a la mujer hacia él y se la mete en la boca.

¿Qué tiene de diferente esta escena? Todas han sido excitantes, pero esta... esta me hace anhelar.

¿El qué? No estoy segura.

Hay algo en su posición, en las cuerdas que la atan.

—Skye. —Braden respira contra mi cuello.

—¿Mmm?

—¿Te gusta lo que ves aquí?

¿Se refiere a toda la habitación? ¿O a esta escena? No estoy segura.

—Sí —respondo con la respiración entrecortada.

—Hay mucho más que ver en este club, pero por ahora, vamos a mi *suite* privada.

¿*Suite* privada? Por supuesto. Es el dueño del club.

—¿Alguien... nos mirará allí?

—¿Quieres que alguien nos mire?

¿Quiero? No estoy segura. Borra eso. Sí estoy segura, pero no de la manera que él quiere decir. No es que quiera que me miren. Más bien quiero saber que cualquiera podría vernos en cualquier momento. Hay una sutil diferencia que no estoy segura de poder explicar.

—No lo sé.

—Nadie nos va a mirar. No soy un exhibicionista. —Me toma de la mano y me lleva fuera de la habitación y de vuelta al pasillo.

—¿Qué son todas estas otras puertas? —le pregunto.

—Son para otro momento. —Me acaricia la mejilla—. Te deseo, Skye.

—Yo también te deseo. —Si supiera cuánto... Puedo oler el almizcle entre mis piernas. ¿Lo olerá él?

Me lleva a una puerta al final del pasillo. El letrero de la puerta dice simplemente «Privado». Teclea un código, protegiendo sus dedos de la vista. ¿De la mía? No hay nadie más.

—¿Estás preparada? —Sus ojos arden en los míos.

Asiento con la cabeza.

—Necesito una respuesta.

—Estoy preparada —digo, queriendo no tartamudear.

Gira el pomo y abre la puerta.

—Después de ti.

Mantengo la cabeza alta y entro.

Y jadeo.

No es una mazmorra, al menos no lo que yo pensaba que podía ser una mazmorra.

A primera vista, es un dormitorio decorado de forma muy bonita. Una cama de tamaño *king* es la pieza central. Los cabeceros y los pies son de un precioso lacado negro, y la cama está cubierta de seda de color caoba. Por un momento, imagino que estamos en el ático de Braden en Boston, salvo que en esta habitación no hay ventanas. No está el puerto de Boston. Ni el horizonte de Manhattan.

Pues sí que hemos ido a lo salvaje.

Aunque la cama atrae mi mirada, cuando dejo que mis ojos se desvíen, me doy cuenta de que esto no es un dormitorio en absoluto.

En una esquina hay una mesa de cuero con correas y estribos. En la otra esquina hay lo que parece una empalizada, pero no puede ser. ¿No es así? En la pared hay látigos de tiras, normales y esposas. ¡Madre mía!

Contra una de las paredes hay una cómoda. Solo puedo imaginarme lo que hay dentro.

Braden se acerca a la cómoda y abre el cajón de arriba. Cuerdas. Cuerdas de todos los colores y texturas.

—No sabes lo que me gustó cuando te encontré masturbándote con las fotos de *bondage* —dice—. Disfruto de muchos aspectos de este estilo de vida, pero el *bondage* es lo que más me gusta.

Me hormiguea la piel. ¿Va a atarme? ¿De forma artística, como en el libro? ¿Como en las escenas que acabamos de presenciar? Y, después, ¿qué me va a hacer?

La anticipación me recorre. Me palpita el sexo de necesidad.

—¿Qué me vas a hacer? —pregunto.

—¿Qué quieres que te haga?

«Átame. Fóllame».

—Lo que quieras.

—Buena respuesta. —Toquetea la gargantilla de diamantes que llevo en el cuello—. Esta noche llevas mi collar, pero como te he dicho antes, es solo para tu protección. Estamos solos aquí y puedes quitártelo antes de jugar si quieres.

Su uso de la palabra «jugar» me desconcierta. No considero que lo que hago con Braden sea jugar. Hacemos el amor.

Llevo la mano a sus dedos, que están en mi cuello.

—Me gustaría llevarlo. Por esta noche, al menos.

—Como quieras.

¿Está contento con mi decisión? La verdad es que no lo sé. Su comportamiento es estoico.

—Braden.

—Dime.

Me aclaro la garganta.

—¿Cuántas otras mujeres han estado en esta habitación contigo?

—Skye...

—No te estoy preguntando nombres ni nada. Es que... no soy una ingenua. Sé que no soy la primera.

—¿Y si te dijera que has sido la primera?

—Te diría que estás mintiendo.

Se resiste a esbozar una sonrisa, manteniendo su actitud estoica.

—Tienes razón. No eres la primera. Aunque quizás seas la última.

Abro los ojos de par en par.

—¿Lo dices en serio?

—Nunca digo nada que no quiera decir, Skye. Ya deberías saberlo.

—¿Quieres que sea la última?

—He dicho que quizás, Skye. No soy clarividente. No puedo predecir el futuro.

—Pero tú quieres...

—Te quiero, Skye. Nunca he dicho esas palabras a ninguna mujer antes de ti. No te prometo nada más que este momento, pero, en este momento, te quiero.

Me derrito.

—Yo también te quiero, Braden.

—Lo que hemos hecho en mi habitación de Boston solo araña la superficie de lo que puedo enseñarte. De lo que quiero enseñarte.

—¿Este es el tipo de cosas que te gusta hacer todo el tiempo? —pregunto.

—Sí, es una elección de estilo de vida. No me dedico a las escenas de club con regularidad, ya que no estoy siempre aquí. Sigo viviendo en Boston.

—¿Por qué no?

—Ya te he explicado parte de eso pero, además, al permitirme solo de vez en cuando mi lado más oscuro, es más especial. Como todo, si lo haces constantemente, te acostumbras. La emoción disminuye.

—Ya veo. —Y lo hago. De verdad lo veo, como si Braden me hubiera ordenado solo ver.

—¿Estás lista, Skye?

—¿Para... todo esto?

—Para seguirme al lado salvaje. Al lado más oscuro de mis fantasías.

Trago, dándome un vuelco el corazón.

—Sí, Braden. Estoy lista.

38

Braden me afloja los lazos del corsé y me ayuda a retirármelo. Luego me quita los tacones de aguja, el liguero, las medias y el tanga.

—Vuelve a ponerte los zapatos —dice, con su voz rasposa.

Yo obedezco.

Estoy desnuda excepto por los tacones de aguja negros de plataforma.

Aspira una bocanada de aire.

—¡Joder, qué sexi estás! Siéntate en la mesa. —Señala la mesa cubierta de cuero que hay en una esquina de la habitación.

Me dirijo a la mesa y cumplo.

Braden se inclina sobre la cómoda de las cuerdas, saca algunos trozos de color rojo oscuro y vuelve hacia mí.

—Empezaremos poco a poco. No estás preparada para estar atada por completo.

La imagen de la mujer atada desde el cuello hasta los pies se me viene a la mente. «Estoy preparada. Por favor. Átame el cuello. Hazme tuya».

No digo nada, aunque no me ha ordenado que no hable.

—Túmbate boca abajo —dice— con los brazos detrás de la espalda.

Obedezco, colocando mi cara contra el pecho.

Aunque solo puedo ver el suelo delante de mí, siento la textura de la cuerda cuando me junta las muñecas y las ata. Es suave, lo que me sorprende. Pero por supuesto que lo es. Esto tiene que ser placentero para los dos. Un cordel que raspe no sería placentero.

Me tira de los brazos y me ata los antebrazos, estirándome.

—¿Estás bien? —pregunta—. ¿Alguna molestia?

—Solo un poco de tirantez.

—Bien. Eso es bueno.

¿Esto es todo? ¿Solo los brazos?

—Ahora voy a quitar la mitad inferior de la mesa —me explica—. Deja caer los pies al suelo con las piernas abiertas.

La mesa se suelta y mis pies acaban en el suelo. Braden ajusta la altura para que mis piernas estén abiertas como él quiere.

—Mantén la cabeza hacia abajo —dice.

Pasan unos segundos y entonces siento la cabeza de su polla rozándome el culo.

—Muy tentador —declara—. Pero esta noche no. —Entonces me mete la polla en el coño.

Me tenso ante la dulce invasión, y las cuerdas que me atan tiran, añadiendo más tensión. No es cómodo, pero tampoco es incómodo.

—Siéntelo todo, Skye —me dice—. No solo que te estoy follando, sino lo intenso que lo vuelve la atadura. —Embiste dentro de mí otra vez y luego otra vez—. ¡Dios! Estás tan mojada... Tan mojada y aun así tan apretada... El coño perfecto para mí.

Sus palabras me excitan y, con cada embestida, me empuja el clítoris contra la mesa de cuero; la fricción es deliciosa.

Estoy preparada. Muy preparada. Estoy subiendo, corriendo hacia la cima, pero no consigo llegar.

No consigo llegar.

Hasta que dice:

—Córrete, Skye.

Me retuerzo sin cesar, tirando de mis ataduras, intentando alcanzarlo para tocarlo.

Pero no puedo. No puedo tocarlo. Estoy atada. A su merced mientras me rompo en un millón de pedazos.

Y es jodidamente emocionante.

—Eso es —susurra, con la voz tan baja que parece casi un gruñido—. Estás muy caliente, Skye. —Bombea una y otra vez, hasta que se introduce dentro de mí, liberándose.

Mientras bajo de mi propio clímax, siento cada contracción suya.

Todas y cada una de ellas.

Estamos unidos como cuerpos. Como corazones. Como almas.

Y esto es solo el principio.

Unos minutos después, se retira. Mi cara sigue hundida en la mesa. No puedo ver, pero siento. Me está tocando. Sus dedos recorren suavemente mi piel caliente: las nalgas de mi culo, la espalda y los hombros. Luego, la parte superior de mis brazos. Me ayuda a girar hacia un lado y después me empuja las piernas hacia arriba para que adopte una posición fetal improvisada. Cierro los ojos, dejando que el nirvana de mi reciente orgasmo me invada. Unos segundos (o minutos, no estoy segura) más tarde, Braden me pone boca arriba para que mis brazos queden por debajo de mí, obligándome a arquear la espalda.

Estoy sumergida en una neblina de ensueño. ¿Tengo los ojos abiertos o cerrados? Braden es un borrón que se mueve por encima de mí. ¿Qué está haciendo? No estoy segura. Lo único que sé es la paz absoluta que siento.

Finalmente, me pone en una posición sentada, afloja la cuerda y la retira poco a poco.

Luego me masajea los antebrazos.

—¿Estás bien? —pregunta.

—Sí.

—¿Ha sido la tirantez demasiado?

—No.

—Bien. Podremos estirar más la próxima vez.

—¿Hay otros lugares como este? —pregunto—. Es decir, sé que los hay, pero...

—Este no es nada comparado con la mayoría —responde—. No pude encontrar un lugar que se adaptara a mí a la perfección, así que construí este.

—¿Cuándo...? Ya sabes...

—¿Me interesé por el *bondage*?

—Sí. El *bondage* y todo lo demás.

—Siempre me ha interesado. Es parte de lo que soy.

Su necesidad de estar al mando. Lo entiendo.

Lo que no entiendo es por qué me interesa tanto la otra parte, dada mi propia necesidad de control.

¡Y vaya que si me interesa!

La imagen de la mujer atada por el cuello todavía me excita.

¿Por qué? No lo sé.

Pero lo hace.

—Braden.

—¿Sí?

—Todo esto es... normal, ¿verdad?

—¿Normal? Supongo que depende. Si lo normal es lo que le gusta a la mayoría de la gente, entonces no, esto es probable que no sea normal. Pero si lo normal es cualquier cosa que los adultos que consienten elijan hacer sin dañar a nadie ni romper ninguna ley, entonces sí, esto es perfectamente normal.

—¿Siempre miras las dos caras de una misma moneda? —le pregunto.

—Siempre. Y tú también deberías. Así es como se consigue el éxito en los negocios.

Lo miro. Su torso desnudo, sus brazos musculosos, sus hombros bronceados, sus abdominales perfectamente esculpidos. Hay mucho más en Braden Black de lo que se ve a simple vista y, aunque me ha dejado acercarme más que a nadie, apenas he empezado a arañar la superficie.

Es un buen hombre. Un excelente hombre de negocios. Un filán-
tropo. Un dominante.

Un hombre y un compañero generoso.

Hay mucho que amar de él.

Y lo quiero. Lo quiero muchísimo, ¡¡joder!

Pero siempre habrá una parte de Braden que no pueda alcanzar.

Siempre.

Y tengo que aceptarlo.

39

Me suena el móvil, despertándome de un sueño profundo.

Me sacudo hacia arriba. ¿Dónde estoy? Todavía en el ático de Braden en Manhattan. Miro hacia el otro lado de la cama. Braden no está.

¡Mierda! Mi teléfono sigue sonando.

—¿Dígame?

—Skye, soy Eugenie Blake.

—¡Oh! —Me aclaro la garganta—. Buenos días, Eugenie.

—¿Buenos días? —Se ríe.

Miro el reloj de la mesita de noche. ¿Es mediodía? ¡Madre mía! No me extraña que Braden se haya ido. Es probable que ya haya trabajado cinco horas esta mañana.

—Perdona. Buenas tardes —digo—. ¿Qué puedo hacer por ti, Eugenie?

—Solo te llamo para ver si ya has tomado una decisión con respecto al contrato.

—¡Ah, sí! Estaré encantada de firmar con vosotros. Puedo llevártelo a tu oficina hoy mismo.

—Eso sería estupendo. Será maravilloso volver a verte. ¿Qué te parece a las dos de la tarde?

—Me viene genial. Nos vemos entonces.

Y ahora, ¿dónde he puesto el contrato? Lo primero es lo primero. Necesito una taza de café y una ducha. Me levanto y me estiro...

¡Ay! Me duelen los brazos y los hombros.

Pero no me importa. Es un recordatorio de cómo Braden me ató anoche, solo el comienzo de lo que me tiene reservado.

La emoción me recorre. Me pongo una bata y me dirijo a la cocina para tomarme un café. Tengo que preparar una cafetera. Aquí no hay ninguna Marilyn que me haga café, no importa a qué hora me levante. Es extraño que Braden no tenga personal aquí.

Me río a carcajadas. ¿Desde cuándo no es raro tener personal a tiempo completo? ¡Dios! Sueno como Addie.

Es hora de volver a poner los pies en la tierra, por favor.

Una vez preparado el café, me sirvo una taza y me dirijo al dormitorio. Me ducho rápido y me visto con otro de los conjuntos elegidos para mí por Mandy, la *personal shopper* que contrató Braden. Ahora, a buscar el contrato. Tengo que ir a Susanne Corporate dentro de una hora, así que el tiempo es esencial.

Le envío un mensaje a Braden, pero no responde. Lo más seguro es que esté en una reunión.

¡Mierda! Lo estábamos leyendo en la cocina antes de reunirnos con Eugenie y el equipo para cenar. Vuelvo a dirigirme a la cocina.

No está el contrato. ¿En la mesa del comedor? No. Tampoco está en el dormitorio, ¿dónde está?

Está bien. No pasa nada. Puedo pedirle a Eugenie otra copia y firmarla en nuestra reunión de las dos. Pero eso no me hará parecer muy responsable.

¿Dónde estará el puñetero contrato?

¡Joder! ¿Por qué me habré ofrecido a llevárselo? ¿Por qué no le dije que lo enviaría por mensajero?

Suspiro. Si yo fuera un contrato firmado con Susanne Cosmetics, ¿dónde estaría?

¿Braden tiene una oficina aquí? ¿Además de la grande en la parte delantera del ático?

¿Quién sabe?

¡Ding!

Soy una idiota. Un mensaje de Braden. ¡Gracias a Dios!

Se lo he enviado a Eugenie esta mañana.

¡Joder! Es verdad. Ayer dijo que lo haría. ¿Cómo he podido olvidarlo? Ahora parezco una desorganizada. Tengo una reunión con Eugenie para entregar el contrato, que ya tendrá en su poder para entonces.

Le contesto el mensaje.

Vale. Gracias. Voy de camino a ver a Eugenie.

Luego corro hacia el ascensor, usando la tarjeta que me proporcionó Braden. Es hora de llamar a un taxi.

Entro en el edificio que alberga Susanne Corporate, me registro en seguridad y me dirijo al ascensor.

Solo para ver a...

—Skye, ¿otra vez por aquí?

Addison Ames. ¿En serio?

—Sí —me limito a decir.

Se abre un ascensor.

Y no hay ni una puta alma.

Lo que significa que tengo que subir al piso veintisiete con Addie.

Sola con Addie.

Mantengo la cabeza alta y entro en el ascensor antes que ella.

Presiono el veintisiete.

—¿Planta? —le pregunto.

—La misma —responde ella.

Lo cual ya sabía de todos modos, pero esperaba que fuera a otra parte.

—Serás una maravillosa *influencer* de la cosmética barata —dice con sorna.

¡Joder, pero mira que es zorra!

—Bonito conjunto —continúa.

No digo nada.

—¿Te ha comido la lengua el gato hoy, Skye? ¿O es que Braden te ha prohibido hablar?

Esa ha sido buena. No solo desprecia mi nuevo contrato, sino que mete a Braden en medio, y parece saber que le gusta que no hable durante el sexo. No es de extrañar, ya que también sabe de su afición por las pinzas para los pezones y los dilatadores anales.

No digo nada.

Pero solo durante un par de segundos.

Antes de que pueda detenerme, me vuelvo hacia Addie, con mi temperamento en llamas.

—¿Quieres soltarlo? Hazlo lo mejor que puedas.

Se mira la mano, observando sus uñas cuidadas a la perfección.

—Por favor. ¡Cómo se nota tu inmadurez, Skye!

Resisto el impulso de llevarme las manos a las caderas. Y las ganas de darle una bofetada.

—¿Mi inmadurez? No soy yo la que envía mensajes sarcásticos y hace comentarios groseros.

Se encuentra con mi mirada.

—No me eches la culpa de esto. Te dije que Braden Black no te traería nada más que problemas. Te dije que te alejaras de él.

Esta vez mis manos sí que golpean mis caderas.

—¿Por qué? ¿Porque lo quieres para ti?

—Porque me importas —contesta ella, aunque su tono niega sus palabras—. ¿O es que te has olvidado de la conversación que tuvimos en la oficina?

—¿Antes o después de despedirme?

Ella sacude la cabeza.

—Eres muy joven.

—Soy mayor que tú cuando estabas liada con él, Addie. —Sonrío.

Abre la boca, pero no dice nada.

¡Ja! Punto para Manning.

—No eres más que una mocosa malcriada —digo—. Estás obsesionada con Braden y no puedes tenerlo. Ahora, como tengo lo que quieres, intentas hacerme la vida imposible. Como he dicho, hazlo lo mejor que puedas, Addie, porque soy mucho más fuerte de lo que crees.

—Por favor —se burla—. Ambas sabemos cómo has conseguido este trabajo. Puedo quitarte de en medio en un minuto.

¿Puede? Lo más probable es que sí. Su plataforma es mucho más grande que la mía. ¿Pero cómo la hará quedar eso? Por supuesto que sé cómo he conseguido este trabajo. Llevo toda la semana reflexionando sobre ello, pero ahora mi ira se impone a mis sentimientos de impostora.

—Por tercera vez —digo, ahora entre dientes apretados—, hazlo lo mejor que puedas.

Resopla.

—Ni siquiera vales la pena.

—Si eso es cierto, ¿por qué los mensajes y los comentarios sarcásticos?

Vuelve a resoplar sin responder.

—No me lo puedo creer —digo cuando por fin la entiendo—. Eres una persona insegura. La gran Addison Ames es una niña asustada.

—¡No sabes de lo que estás hablando!

Otro punto para Manning. No puedo evitar una sonrisa de satisfacción. He tocado su fibra sensible y, ¡qué bien sienta, joder! Después de todos sus comentarios de bruja que minan mi confianza, me alegro muchísimo de devolvérsela.

—¿No es así? Supongo que ya lo veremos.

Como si fuera una señal de que nuestra conversación ha terminado, la puerta se abre por fin en la planta veintisiete. Me adelanto a ella, entro por las puertas transparentes y me acerco a la recepcionista.

—Hola, Lisa —digo—. Skye Manning, vengo a ver a Eugenie.

—No te veo en su agenda.

—Me está esperando.

Eugenie sale caminando hacia la recepción.

—Skye —dice—, he intentado llamarte. He recibido el contrato firmado a través de un mensajero. No tenías que haberte molestado en venir después de todo.

—Genial —respondo, con el calor subiéndome por las mejillas—. Solo quería asegurarme de que llegaba.

—Pues sí. Gracias. —Mira más allá de mí—. Addie, pasa de nuevo.

Por favor, *por favor,* que se abra un agujero gigante y me trague. Puede que le haya dado a Addie una muestra de su propia medicina en el ascensor, pero en este momento parezco una completa cabeza hueca.

La cara de Addison muestra una sonrisa gigante mientras me sonríe y luego sigue a Eugenie.

—No dejes que te afecte —me comenta Lisa.

—¿Quién? —pregunto, fingiendo inocencia.

Un joven se acerca.

—¿Lista para tu descanso, Lisa?

Lisa agarra un bolso.

—Sí. Gracias, Brody.

—¿Cuánto tiempo tienes de descanso? —le pregunto.

—Quince minutos.

Es tiempo suficiente para averiguar más sobre Addie.

—¿Puedo invitarte a un café?

—El café es gratis en la sala de descanso —responde.

—Por supuesto. —Sonrío—. Ha sido un placer volver a verte.

Lisa sale de detrás de su escritorio.

—Acompáñame un minuto.

—De acuerdo.

Salimos de la zona de recepción, pasamos por la puerta transparente del baño de señoras y entramos.

Lisa mira por debajo de los cubículos. Estamos solas.

—Solo quiero decirte que Eugenie habla de ti todo el tiempo —dice—. Todos sabemos cómo es Addison. Hace que la empresa gane mucho dinero, pero a nadie le gusta trabajar con ella.

—Pero ayer me dijiste que era increíble.

—Sí, claro. No me atrevería a decir otra cosa en la oficina.

—¿Estás segura de que deberías contarme esto? —le pregunto.

—Estoy segura de que no debería, pero veo la forma como te trata. A mí me hace lo mismo. Cree que todo el mundo está por debajo de ella. Incluso la he visto hablar mal de Eugenie.

—Entonces, ¿por qué...?

—Dinero —contesta Lisa—. Todo es cuestión de dinero.

—Entiendo.

—En un mundo perfecto, solo la gente buena tendría éxito. Por desgracia, no vivimos en un mundo perfecto.

Me río con sarcasmo.

—Es cierto. Gracias, Lisa.

—No hay de qué. Pareces una persona en la que puedo confiar.

—Por supuesto.

Comprueba el maquillaje de sus labios y se lava las manos.

—Tengo que volver. Estoy segura de que nos volveremos a ver.

—Estoy segura de que lo haremos. —Sonrío mientras ella sale del baño.

Lisa tiene buenas intenciones y aprecio su franqueza.

Lo sabe todo sobre Addie, al igual que yo.

Entonces, ¿por qué me siento tan falsa?

¿Una impostora?

¿Un pedazo de mierda?

La respuesta viene a mi cabeza, pero en realidad no lo hace. Ha estado ahí desde el principio de esta aventura.

En el fondo, sé la verdad.

A nadie le importa lo que piense Skye Manning.

A la gente solo le importa lo que piensa la novia de Braden Black.

Me estoy perdiendo a mí misma.

Estoy vendiendo mi alma por una carrera de *influencer*.

Sí, es una oportunidad maravillosa.

Sí, es una forma de mostrar mi fotografía.

Y sí, es una fuente de ingresos que necesito, ya que estoy en el paro.

Así que sí, estoy dentro.

Estoy dentrísimo.

¿El único problema?

Que ya no estoy segura de quién soy.

40

Siento una extraña sensación de pérdida cuando Braden y yo dejamos Nueva York. Dejamos atrás el estilo de vida que él me ha enseñado, aunque todavía no estoy preparada para ello.

Quiero practicar más *bondage*. Me siento completa cuando estoy atada, aunque eso no tiene ningún sentido, dado lo que sé de mí misma.

—No pareces tú —me comenta Tessa en la comida de esta semana.

No puedo reprocharle su observación.

—Estoy bien.

—Deberías estar en una nube. Este contrato nuevo es increíble.

No puedo reprocharle su observación.

—Estoy muy agradecida —contesto.

—No te lo tomes a mal, Skye, pero pareces tan agradecida como un cerdo que va al matadero.

Sonrío. Más o menos. Tessa siempre tiene una manera de poner las cosas en perspectiva.

—Vamos —dice ella—. Cuéntamelo. ¿Qué más ha pasado en Nueva York?

¡Ojalá pudiera contárselo! Ese puñetero acuerdo de confidencialidad que he firmado me está carcomiendo. Lo entiendo. De verdad que lo entiendo. Braden no es la única persona famosa del club. La clientela necesita estar segura de que su confidencialidad se respetará.

Pero se lo cuento todo a Tessa.

Y esto no puedo contárselo.

No puedo contarle que yo, Skye Manning, una granjera de Kansas, he ido a un *leather club* en Manhattan.

Nunca le contaría lo que Braden y yo hemos hecho allí, pero cómo me gustaría poder describirle el ambiente.

—¿Hola? —dice ella.

Me trago mi bocado del sándwich.

—¿Qué?

—¿Vas a responderme a la pregunta?

¿Cuál era su pregunta?

—No ha pasado mucho más. Braden ha tenido reuniones la mayor parte del tiempo, aunque hemos ido a comer a sitios increíbles.

Ella asiente.

—No me lo creo.

—¿Qué es lo que no te crees?

—Me estás ocultando algo.

Me pongo rígida.

—O eso —continúa—, o algo más te está molestando.

En parte sí, pero no puedo hablar del tema con ella ni con nadie. Es algo muy personal.

¿Cómo le dices a tu mejor amiga de los últimos seis años que estás perdiendo algo que ni siquiera puedes expresar con palabras?

Se supone que debo vender una nueva línea de cosméticos.

Yo.

Skye Manning.

Excepto que ya no soy Skye Manning.

Soy el trofeo de Braden Black.

—Skye... —insiste Tessa.

—Estoy bien —repito, con un poco más de dureza de la que pretendo—. ¿Puedes venir a mi casa? Estoy esperando un paquete de Eugenie. Muestras de los cosméticos. Se lanzan la semana que viene y mañana empiezo con las publicaciones.

—Eh... No, no puedo.

—¿Por qué no?

—Skye, estoy en mi hora del almuerzo. Trabajo. ¿Recuerdas?

¡Mierda! Me siento como una cabrona.

—Lo siento. No sé en qué estaba pensando. ¿Mañana entonces? Es sábado.

—Claro. Después del yoga. Todavía haces yoga, ¿no?

De hecho, he estado yendo a clases extra sin Tessa desde que ya no tengo un trabajo de día, pero me perdí el último sábado con ella.

—Por supuesto. Te veré allí mañana por la mañana.

Tessa se excusa unos minutos después.

—He quedado con Betsy para tomar algo esta noche. ¿Quieres venir?

Por mucho que las quiera a ambas, no estoy de humor para escuchar todas sus travesuras con Garrett y Peter cuando no puedo contarles nada de las mías.

—No, gracias —le respondo—. Tal vez la próxima vez.

—Claro. La próxima vez. —Tessa se va sin dirigirme la mirada.

Y tengo un muy mal presentimiento.

Brillo de labios. Colorete. Base de maquillaje. Sombra de ojos. Máscara de pestañas. Esmalte de uñas. Crema hidratante de día. Crema hidratante con color. Crema de noche. Tónico. Espray de acabado con SPF 15.

Estos y otros innumerables productos de Susie Girl se encuentran en el suelo de mi casa después de abrir el paquete de Eugenie.

Mañana, publicaré por primera vez con mi nuevo contrato... y no tengo ni idea de lo que estoy haciendo.

Tengo mucho margen de maniobra. Publico lo que quiero, siempre que mencione un producto. Puedo estar fuera de casa, haciendo yoga, tomando un café, almorzando, dando un paseo..., lo que sea. Tengo algunas directrices, pero la mayor parte del tiempo voy por libre.

Están apostando mucho por mí.

Más bien, están invirtiendo un montón en el trofeo de Braden.

Suspiro. Es momento de controlarme a mí misma. Tanto si me quieren a mí como a otra, tengo el contrato. He firmado en la línea de puntos.

Debo hacer el trabajo.

Decido empezar con la línea de cosméticos. Quiero usar la línea de cuidado de la piel durante una semana más o menos antes de publicar sobre ella.

Encuentro un buen lugar en mi apartamento, ajusto la iluminación y me hago un selfi. Esta es mi foto del «antes». Tras usar los productos para el cuidado de la piel durante una semana, me haré otro selfi, y espero ver una gran diferencia.

Mi piel nunca ha sido un gran problema. Tuve algunos brotes de acné en la adolescencia, pero en los últimos cinco años, tengo la piel como la porcelana. Sin embargo, esta tiende a ser un poco seca, así que tal vez vea una diferencia. Incluso si no lo hago, tengo que publicar sobre los productos. Estoy bajo contrato.

Compruebo los colores que me ha enviado Eugenie. Tengo que reconocerlo. Es buena. Todos los colores que ha elegido me servirán.

Pero esas tres primeras publicaciones... ¿cómo voy a superarlas? Sobre todo la última, en la que me paré delante de la ventana de Braden con una sábana, una máscara negra y el tinte labial Cherry Russet.

Tengo que superarlas. No tengo otra opción.

Soy una artista. Una fotógrafa. Esto es lo que hago.

Entonces, ¿por qué me siento tan insuficiente?

Fácil.

Conozco la respuesta y no me apetece insistir en ella.

Braden y yo no hemos hecho planes para cenar esta noche. Quizás debería haber aceptado la invitación de Tessa para tomar unas copas con ella y Betsy. Me vendría bien pasar un rato con amigas, con gente que me conoce y me acepta por ser simplemente Skye. ¿Y qué pasa si no puedo hablar de mi novio?

Ya es demasiado tarde.

Me estremezco cuando me suena el teléfono. Mmm. No es un número que reconozca, pero no dudo en contestar. Podría ser una oportunidad que está llamando a mi puerta.

—¿Dígame?

—Hola, ¿Skye?

—Sí.

—Genial. Soy Kathy Harmon. Nos conocimos en casa de Bobby Black. ¿Te acuerdas?

—¡Ah, claro! ¿Cómo estás, Kathy? —«¿Y por qué me llamas?».

—Bien, gracias. Esto puede sonar un poco fuera de lugar, pero me preguntaba si estabas libre para cenar esta noche. Yo invito.

Ojalá Braden y yo hubiéramos hecho planes...

¿Y ahora qué?

—Claro. ¿Qué tienes en mente?

—Solo quiero hablar un poco contigo. Sobre ser *influencer*.

—Soy bastante novata en esto —la aviso.

—¡Ah! Lo sé, pero seguro que sabes más que yo. ¿Qué tal si quedamos en Ma Maison a las siete? Me apetecen unos *escargots*.

—Claro. Me parece bien. Te veo allí.

—Lo estoy deseando. ¡Gracias!

Le envío un mensaje a Braden al instante.

La novia de tu padre, Kathy, me ha invitado a cenar
esta noche a las siete. ¿Te veré más tarde?

Los tres puntos se mueven.

Ven a mi casa a las diez. No llegues tarde.

Vale.

Tres horas para cenar con Kathy serán más que suficientes. Sobre todo, cuando descubra que no sé una mierda sobre ser *influencer*.

41

Los *escargots* de Ma Maison están deliciosos. Me hago un selfi. Tal vez el restaurante aprecie una publicidad gratuita. Su comida es deliciosa.

> ¿A quién le gustan los caracoles? ¡Los *escargots* en @mamaisonboston son fabulosos! #sícomocaracoles #escargots #cocinafrancesa

—Me parece fascinante lo que haces —dice Kathy—. Es increíble que la gente se interese por lo que comes.

—No te voy a mentir —replico—. Es bastante surrealista.

—Como te he dicho, fascinante. ¿Te importa si nos hacemos un selfi juntas?

Publicidad. Eso es lo que busca. No le interesa ser *influencer* en absoluto. Pero ¿qué daño puede hacer? Cuanto más publique, más pareceré una persona normal a la gente a la que me quiero dirigir. ¿Por qué no publicar que voy a cenar con una nueva amiga?

—Para nada. Vente a este lado de la mesa.

Casi salta de su asiento, moviendo la cabeza.

—¿Estoy bien?

—Estás muy bien. Pero no te preocupes por eso. Yo edito todas mis fotos. Estarás genial pase lo que pase.

—Perfecto.

Hago unas cuantas fotos de las dos y se las enseño a Kathy.

—Usa esa. —Señala.

Sacudo la cabeza.

—Hay un resplandor en el fondo. La tercera es la mejor.

—Pero no salgo tan bien.

La verdad es que está idéntica en todas ellas.

—No te preocupes. Saldrás increíble cuando termine.

—¡Oh, perfecto! No te olvides de etiquetarme. —Lanza una amplia sonrisa.

—¿Cuál es tu nombre en Insta?

Se le sonrojan las mejillas.

Levanto las cejas, esperando su respuesta.

—Es arroba Harvard Law Hottie —dice por fin—. Con guion bajo entre cada palabra.

Contengo una risa ante el significado de su nombre: «La buenorra de Derecho de Harvard».

—Lo he encontrado.

Hago la publicación en un santiamén.

—¿Cómo van las cosas entre Braden y tú? —me pregunta.

—Bien.

—Es un partidazo increíble —declara.

No sé qué decir a eso, así que me limito a asentir.

—Su padre es un tigre —añade.

Sí. Demasiada información. Sonrío y me meto otro *escargot* en la boca.

—Cuando me invitó a salir por primera vez —continúa—, casi le digo que no. A ver, ya sabes. Por la diferencia de edad y todo eso. Pero es tan guapo...

¿Se supone que debo comentar?

—Sí, lo es.

—A mi padre casi le da un ataque de nervios cuando se lo dije, pero mi madre está encantada.

—¡Oh!

—Bueno, por supuesto. ¿La tuya no?

—La verdad es que no he hablado con ella sobre mi relación con Braden.

Ni lo he intentado.

—¿No lo has hecho?

—No. Mis padres viven en Kansas.

—¿Y? ¿No les has dicho nada de nada?

Tomo un sorbo de agua.

—Les he dicho que estoy saliendo con alguien.

Sus ojos se abren como platos.

—¿Alguien? No estás saliendo con alguien, Skye. Estás saliendo con Braden Black.

Kathy tiene razón. ¿Por qué no les he contado a mis padres más sobre Braden? ¿O que he perdido mi trabajo con Addie y ahora soy una *influencer* autónoma? Tenemos una relación perfecta. Hablo con ellos una vez cada dos semanas más o menos, pero eso es todo. No les gusta mucho el correo electrónico ni las redes sociales, y ninguno de los dos tiene una cuenta de Instagram, así que no saben nada de mis publicaciones recientes.

Es que... es todo tan nuevo... Tan... diferente. Sobre todo la relación con Braden. No es que mis padres necesiten saber qué clase de sexo tenemos. Tampoco es que les haya descrito mi vida sexual con ningún otro novio.

—Nuestra relación acaba de empezar —digo.

—Te ha llevado a cenar a casa de Bobby. Según Bobby, Braden casi nunca lleva una mujer a casa.

Resisto el impulso de alzar las cejas, pero no puedo negar que sus palabras me dan un poco de vértigo.

—¿Ah, no?

—No, eso es lo que dice Bobby. Creo que sus palabras exactas fueron: «Parece que esta vez va en serio».

—Como he dicho, nuestra relación acaba de empezar.

—Yo en tu lugar me aferraría a él y no lo soltaría. —Sonríe con timidez—. Solo lamento que lo hayas visto primero.

—¿No trabajas en su oficina?

Asiente.

—Ha sido una oportunidad fabulosa.

—Entonces es probable que lo vieras primero —no puedo evitar decir.

—Unas cuantas veces —admite—, pero nunca nos conocimos de forma oficial, y nunca me dio ni la hora. Bobby dice que no se relaciona con la gente de la oficina.

—Pero Bobby sí, o eso parece.

—Eso parece. —Toma un sorbo de su agua—. ¿Dónde está el camarero con nuestro vino?

—Háblame de ti y de Bobby —le pido.

Sonríe.

—Como dije, es un tigre. En la sala de juntas y en el dormitorio. No te creerías lo que le va.

«¿Sí? Pruébame». Pero no lo digo. De ninguna manera voy a hablar de lo que Braden y yo hacemos en el dormitorio con una completa desconocida, con acuerdo de confidencialidad o sin él.

—Tiene la resistencia de un tipo con la mitad de su edad —continúa—. Y su cuerpo... es de ensueño. El mejor cuerpo con el que he estado, y la mayoría de mis citas han sido con hombres bastante más jóvenes.

¿La mayoría? Interesante, pero no sorprendente, dado lo que Ben parecía pensar de Kathy.

—Sí, parece que se mantiene en forma.

—Mucho de eso le viene de genética —replica Kathy—. Quiero decir, mira a sus dos hijos. Pero hace ejercicio casi todas las mañanas.

¿Braden hace ejercicio? Es curioso que no sepa la respuesta a esa pregunta. Aparte de su cita con el ráquetbol, nunca ha mencionado el ejercicio. Debe de hacerlo para mantener ese físico perfecto. He dejado que este hombre me ate y tome el control de mí, pero no tengo ni idea de si hace ejercicio.

—Skye.

—¿Sí?

—Parece que te has desconectado por un minuto. ¡Oh! Estupendo. Aquí viene nuestro vino.

Nuestro camarero pone las dos copas de Burdeos delante de nosotras.

—Sus entrantes estarán en unos minutos.

—Gracias —responde Kathy. Recoge su vaso—. Por nosotras.

—¿Por nosotras?

—Sí. Por una nueva amistad.

Alcanzo mi vaso y lo choco con el suyo. ¿Esta es una nueva amistad? ¿No está aquí solo porque quería el selfi? Tal vez he juzgado mal a Kathy. Tal vez ella de verdad tiene sentimientos por el padre de Braden.

Si ese es el caso, ¿debería decirle que solo la está utilizando? ¿Al menos según Ben?

Contengo un suspiro. Nada de eso es de mi incumbencia.

Sonrío.

—Por una nueva amistad.

Mi sonrisa se tambalea y me da un vuelco el estómago.

Un metre conduce a dos mujeres por el restaurante y mi mirada se cruza con la de una de ellas.

Es Tessa.

42

Tessa levanta una ceja hacia mí.

Esbozo una débil sonrisa.

Tessa y Betsy se sientan en una mesa detrás de mí, gracias a Dios, para que no tenga que verlas.

Soy la peor mejor amiga del mundo. He rechazado la invitación de Tessa y aquí estoy sentada con una mujer que no conoce. Podrían ser negocios, por supuesto. Eso es lo que le diré a Tessa si pregunta.

Pero eso es mentira.

La verdad es que no quería hablar con Tessa y Betsy, y no porque no pueda contarles acerca de mi viaje a Nueva York.

¿Ese mal presentimiento que tuve después de rechazar a Tessa en el almuerzo?

Ha vuelto con fuerza.

—¿Pasa algo? —pregunta Kathy.

Le sonrío. De nuevo, débilmente.

—No. ¿Por qué lo preguntas?

—Parece que te pasa algo por tu cara.

—Estoy bien.

Excepto que no lo estoy. Miro el teléfono, que he silenciado para evitar las toneladas de notificaciones de mis publicaciones en

Instagram. Kathy y yo estamos en primer plano. Tessa habría visto la publicación de todos modos.

¿Debería ir y explicárselo?

Si lo hago, ¿qué le digo?

¿Quién cojones soy?

Kathy charla durante el resto de la cena.

No sabría decir ni una palabra de lo que habló.

Cuando faltan cinco minutos para las diez, le envío un mensaje a Braden.

Estoy en el vestíbulo de tu edificio.

Unos minutos después, las puertas de su ascensor privado se abren y Christopher sale.

Me acerco a él, pero me hace un gesto para que me quede quieta. Abro los ojos aún más.

—El señor Black me ha pedido que te lleve a un sitio —me explica.

—¿A dónde?

—No puedo decírtelo.

—Christopher, no puedo ir a un sitio sin saber a dónde voy.

Christopher se ríe.

—Él esperaba que dijeras algo así.

Pongo los ojos en blanco. Perfecto. Braden me conoce mejor que yo misma, lo que irónicamente no es tan sorprendente.

Me miro los vaqueros y la blusa.

—¿Y si no voy bien vestida?

—Vas bien vestida. Ven conmigo.

Cedo y dejo que Christopher me lleve al Mercedes del garaje. Antes de salir, me entrega un trozo de seda negra.

—Ponte esto sobre los ojos.

—¿En serio?

—¿Alguna vez has sabido que el señor Black no iba en serio?

Me ha pillado.

—Supongo que no me llevarás si no me lo pongo.

—Exacto.

—Bueno, está bien...

Me interrumpe con una carcajada.

—Ha dicho que también dirías eso.

Resoplo y me cubro los ojos con la venda y me la ato.

—¿Satisfecho?

—A mí no me importa —responde—, pero el señor Black sí que estará satisfecho.

Que es lo único que importa, por supuesto.

Siento un hormigueo en la piel. ¿Me estará llevando a un...?

No. Braden fue claro. Solo se dedica al estilo de vida del BDSM en Nueva York. Entonces, ¿a dónde vamos?

Unos veinte minutos más tarde (supongo, ya que no puedo ver mi reloj ni mi teléfono), el coche se detiene.

—Ya estamos aquí —me avisa Christopher.

—¿Puedo quitarme la venda de los ojos?

—Todavía no. El señor Black vendrá a buscarte y luego te dirá lo que tienes que hacer.

Unos minutos después, la puerta del coche se abre.

—Skye.

La voz de Braden. Es baja y sexi.

—Hola, Braden.

Sus dedos me tocan el brazo. Me estremezco.

—Acompáñame.

Me ayuda a salir del coche y me pasa el brazo por la cintura.

—No tengas miedo.

Me aclaro la garganta.

—No lo tengo.

—Sí lo tienes. Puedo sentir la tensión de tu cuerpo. No hay razón para tener miedo.

—Ya lo sé.

—Bien. Disfrutarás esta noche. Te lo prometo.

Unos momentos después, estamos dentro de un edificio. El aroma del humo de los puros llega hasta nosotros. ¿Dónde estamos? Fumar es ilegal en lugares públicos en Boston, excepto en los bares de fumadores. Braden no me ha llevado a un bar de fumadores, ¿verdad?

La música *jazz* suena suavemente.

—¿Dónde estamos? —le pregunto.

Me quita con suavidad la venda de los ojos.

—Mira a tu alrededor. Velo tú misma.

Mis ojos se adaptan a la oscuridad. El ambiente es humeante y brumoso, y no tengo ni idea de lo que está pasando.

—Este es otro lugar de mi propiedad. Una inversión. Es un bar de fumadores y un club de *jazz*, pero esta noche es todo nuestro.

—¿Qué?

—Lo he cerrado al público esta noche. Solo estamos tú y yo, Skye. Vamos a escuchar una música increíble.

—¡Oh! —Suelto un leve suspiro—. Suena maravilloso.

—No solo eso —continúa—, sino que vamos a hacer el amor aquí, Skye.

—Pero ¿qué pasa con la banda? —pregunto, mirando a mi alrededor.

El escenario está vacío.

—La música está en el sistema de sonido —dice Braden—. Les he hecho grabar una actuación y luego les he dado a todos la noche libre con el doble de sueldo.

Me derrito entera. Ha cerrado un bar de *jazz* para mí. El olor a humo de tabaco no me molesta. De hecho, parece normal para este lugar, se suma al ambiente. Las sillas de cuero están desgastadas, la iluminación es tenue. Me siento como si hubiera entrado en un viejo bar clandestino durante la ley seca. En cualquier momento, espero que aparezca Al Capone con una chica en cada brazo.

—¿Por qué, Braden?

—Porque es diferente. Es excitante.

Diferente, sí. ¿Excitante? Si no hubiera experimentado el club de BDSM en Manhattan, ahora mismo estaría muy excitada. Pero desde el Black Rose Underground, todo lo demás parece tan... insulso.

Los ojos azules de Braden arden.

Y sé que tiene algo en mente.

Algo que me hará excitarme.

Miro a mi alrededor. Una barra de madera se encuentra a lo largo de un lado de la gran sala. Hay mesas con sillas de cuero desgastadas repartidas por toda la habitación. Una pequeña zona junto al escenario sirve de pista de baile improvisada.

Todo aquí rezuma carácter.

—¿Cómo se llama este lugar? —le pregunto.

—No tiene nombre —dice.

Alzo las cejas.

—Es un club secreto —continúa.

—¡Así que tenía razón!

—¿Sobre qué?

—Sobre que parece un viejo bar clandestino.

Levanta las comisuras de los labios.

—Esa es la idea. Excepto que nada es ilegal en este lugar.

—No sabía que había lugares así en Boston.

—Todas las grandes ciudades tienen lugares como este. Son icónicos.

—Y tú...

Se ríe.

—Por supuesto que debía tener uno.

Asiento. De alguna manera extraña, tiene sentido. Braden es reservado en muchas cosas de su vida. Por supuesto que quiere tener un bar secreto. ¡Joder, es dueño de un club de BDSM en Nueva York!

Esta noche he descubierto otra capa de Braden Black.

Sonrío para mis adentros.

—El bar —dice Braden— es de madera antigua, de los locos años veinte. Me gusta pensar que podría haber estado en un auténtico bar clandestino.

Asiento.

—Quítate la ropa, Skye.

Abro los ojos de par en par.

—Hazlo.

Miro tímidamente a mi alrededor. No hay nadie más que nosotros, por supuesto. Ha dicho que había cerrado el sitio. Aun así, estamos en un lugar público...

Lo cual es bastante excitante. Casi deseo que alguien pueda entrar en cualquier momento.

—¿Es necesario que me repita?

Me quito la blusa y el sujetador. Luego los zapatos y los vaqueros, hasta que me quedo solo con las bragas de encaje.

—Sigue.

Miro con nerviosismo a mi alrededor, todavía esperando (¿deseando?) que entre alguien.

—No hay nadie más aquí, Skye.

Me quito las bragas y se las tiendo a Braden. Las coge y las mira durante unos segundos. Casi espero que las huela, pero no lo hace.

—Ahora, súbete a la barra.

Me acerco a la barra y me subo a ella. La madera está fría contra mi piel desnuda.

—Abre las piernas.

Obedezco. Estoy mojada y preparada, pero me falta algo. No puedo decir el qué. Miro a mi alrededor el ambiente oscuro, escucho el *jazz* que se filtra por el sistema de sonido.

Hace una semana, este ambiente, Braden dispuesto a hacerme lo que quiera, me tendría ya a punto de llegar a un orgasmo.

Entonces, ¿qué me falta?

Braden está tan guapo y magnífico como siempre. Se afloja la corbata y se la quita. Se deshace de su traje y se desabrocha los dos primeros botones de su camisa blanca. El pelo negro de su pecho asoma.

Sí, está tan majestuoso como siempre, y la idea de que deslice su polla dentro de mí me hace temblar.

Siempre estoy lista para Braden.

Pero esta noche... quiero más.

¿El qué? No puedo decirlo.

Braden acerca un taburete y se sienta frente a mi coño desnudo. Inhala.

—Me encanta tu aroma, Skye. Me encanta que siempre estés lista para mí.

Lo estoy.

Estoy empapada. Lo deseo. Siempre lo deseo. ¿Pero qué...?

—¡Ah!

Me mete dos dedos y me estremezco. La sensación es maravillosa... e inesperada. Normalmente me lame primero.

Aun así, estoy lista. Mojada. Y mientras él desliza sus dedos dentro y fuera y alrededor, me retuerzo en la barra, haciendo círculos con las caderas.

—Tócate —me dice—. Juega con tus pezones.

Ya están duros y tiesos, y me los toco ligeramente, haciendo que mi propio tacto me haga estremecerme y gemir.

—Eres tan hermosa... —dice—. Tan sexi...

Cierro los ojos, como si persiguiera un conejo invisible a través de un agujero. Sin embargo, me elude, incluso mientras me revuelvo contra la mano de Braden.

El ruido de su cremallera.

Entonces está dentro de mí, bombeando. No tengo ni idea de cómo me alcanza a la altura de la barra. No me importa. El roce de su vello púbico contra mi clítoris hace que me tambalee, y ya casi estoy... Ya casi...

Pero el clímax es más rápido que yo. No puedo alcanzarlo a pesar de la gloriosa fricción contra mi clítoris.

Me falta algo.

Algo que persigo... Persigo...

—Córrete, Skye.

Por fin, me apodero del placer que me estaba eludiendo. Mi clímax me atraviesa y me rodea.

—¡Braden! —grito—. ¡Más! ¡Necesito más!

—Sigue —dice con los dientes apretados—. Sigue corriéndote, Skye.

Sus palabras. Lo único que necesito son sus palabras.

Por lo general.

Pero esta noche... no funcionan.

43

—Eso es, nena. —Me embiste más fuerte, más fuerte, más fuerte... hasta que...—: ¡Dios! Sí... ¡Qué apretado! ¡Qué bueno!

Su liberación es larga y sostenida. Embiste dentro de mí, con el sudor goteándole de la frente y los ojos cerrados.

Lo observo. Observo cada microsegundo de su orgasmo. Es hermoso. Grande, fuerte y hermoso cuando se corre.

Y me doy cuenta... de que ya no me voy a correr.

Mi orgasmo ha disminuido.

En este precioso lugar prohibido con el hombre que adoro. Debería estar corriéndome una y otra vez sin parar, pero cuando he tenido el primer orgasmo, he terminado.

¡Qué raro!

¡Qué raro e inquietante!

Al final, Braden se retira.

—¿Skye?

—Dime.

Frunce un poco el ceño.

—Pensaba que esto te iba a gustar. El venir aquí.

—Y me gusta. De verdad. Este sitio es precioso. De ensueño, incluso. Me recuerda a otra época.

—Sí, así es.

—Me encantaría hacer una sesión de fotos aquí alguna vez. Quizás para una de mis publicaciones.

—Por supuesto. Cuando quieras. Pero hay algo que no me estás diciendo.

Me quedo callada.

—¿Qué ocurre?

¿Cómo lo sabe?

—Nada. ¿Por qué?

Me pasa un dedo por la mandíbula.

—Pareces... en otra parte esta noche.

Me obligo a sonreír.

—Te estás imaginando cosas.

Ladea la cabeza.

—No me mientas, Skye.

Suspiro.

—Desembucha —dice.

—Es una tontería, de verdad.

—Nada es una tontería. Deja que te ayude.

—Me siento... Esto es difícil de decir para mí.

—Solo dilo.

—No estoy segura. Insuficiente, supongo.

—¿Por qué?

—Por un montón de razones. No estoy siendo una buena amiga para Tessa. Estoy dejando que Addie me afecte. Siento como si ya no...

Y he cedido el control a Braden en el dormitorio, aunque, si soy sincera, eso me hace sentir más como yo misma de lo que nunca me había sentido.

Sobre todo es por el resto de las cosas, pero no puedo negar que en parte también es por Braden.

—¿Como si ya no qué?

—Como si ya no fuera yo misma.

Espero que frunza el ceño. Que me diga que estoy haciendo el ridículo. Que... Que haga cualquier cosa que no sea lo que al final hace.

Me toma la mejilla y me pasa el pulgar por el labio inferior.

—Mírame.

Me encuentro con su mirada azul.

—Dime, Skye. Desde que nos conocimos, ¿cuándo te has sentido más como tú misma?

—Son pequeñas cosas, Braden. No es...

Me pasa los dedos por los labios.

—Solo contéstame, Skye.

Cierro los ojos y suelto un suave suspiro.

La aprensión me atraviesa.

No porque tenga miedo de contestarle.

Sino porque sé la respuesta, y eso es lo que me sorprende y me asusta.

44

—Skye... —me insta.

Abro los ojos, giro la cabeza y le beso la palma de la mano.

—En Nueva York —le digo—. En tu club.

Sonríe.

—Eso me gusta.

—¿Por qué?

—Porque en el club es cuando más me siento yo mismo —contesta.

—Entonces, ¿por qué te das ese gusto solo en Nueva York?

—Ya te he respondido a esa pregunta.

—Pero...

—Hay ciertas cosas que mantengo fuera de mi vida en Boston. ¿No hay ciertas cosas que mantienes fuera de tu vida en Kansas?

Me viene a la cabeza el hecho de que no les haya hablado a mis padres sobre Braden. ¿Por qué no lo he hecho? Estarán encantados de que sea feliz, por no hablar de que estoy saliendo con un multimillonario. ¿Qué padres no lo estarían?

—Supongo que sí —digo.

—Hablando de Kansas...

¡Dios! Va a decir que quiere conocer a mis padres. Después de todo, yo ya he conocido a su padre y a su hermano.

—Nunca he ido.

—¿En serio?

—¿Te sorprende?

—Un poco. Has estado en todas partes.

—No en todas partes, pero sí en muchos lugares, tanto aquí como en el extranjero.

No puedo evitar una sonrisa.

—Kansas nunca estuvo en tu lista, ¿eh?

Me devuelve la sonrisa, lo que me hace sonreír aún más. Cada vez que veo su auténtica sonrisa, me derrito por dentro. Suele ser muy estoico.

—Todavía no. Pero lo estará. Iremos tú y yo.

—¿Cuándo?

—¿Cuándo te gustaría ir?

—No lo sé. Mañana empiezo mi contrato con Susanne. No estoy segura de que Eugenie quiera que haga sus publicaciones en un campo de maíz de Kansas.

Me besa en la frente.

—Lo más probable es que no.

—Pero en Nueva York sí, Braden. Podría hacer mis publicaciones en Nueva York.

Esa deliciosa sonrisa se extiende por su cara una vez más.

—¿Quieres volver a Nueva York?

Cierro los ojos.

—Más que nada en el mundo.

—Tengo reuniones toda la semana que viene aquí en Boston —dice—. Pero podemos ir el próximo fin de semana.

—Me encantaría.

Vuelve a besarme, esta vez en los labios. Es solo un suave roce, pero siento un cosquilleo en todo el cuerpo.

—A mí también me encantaría.

Salgo de casa de Braden a las diez de la mañana siguiente para reunirme con Tessa para hacer yoga. Ella ya está en el estudio calentando.

—Hola, Tess —la saludo.

—No estaba segura de si ibas a venir —dice.

—¿Por qué no iba a hacerlo? Habíamos quedado.

—Es verdad —murmura, sin mirarme a la cara—. Habíamos quedado.

Está pensando en la noche anterior, en cómo rechacé su invitación para tomar algo, que al parecer se convirtió en una cena en Ma Maison con Betsy.

—Tess...

—No te preocupes —contesta.

—Es que me siento un poco incómoda cerca de Betsy —le cuento—. Ya se me pasará. —No es una mentira, pero tampoco estoy siendo completamente sincera.

—Se siente fatal —dice Tessa.

—¿Por qué?

—Por irse de la lengua con lo de Braden y Addison.

—No tiene por qué sentirse mal. Estaba comportándose como una amiga. Estaba cuidando de mí.

—Entonces, ¿va todo bien?

Me encojo de hombros.

—¿Por qué no iba a ir bien? Fue hace diez años. Y la dejó. ¿Qué más da?

—Pero sucedió algo que la hizo asustarse.

Suspiro.

—Si estaba tan asustada, ¿por qué le molestó que él cortara con ella? Por lo que sabemos, podría estar mintiendo.

Tessa no dice nada, solo hace la postura del perro boca abajo para estirar los isquiotibiales y las pantorrillas.

Odio el maldito perro boca abajo. Lo odio con todo mi corazón.

No hablamos durante el resto de la clase.

—¿Un café? —le pregunto, limpiándome el cuello con una toalla después de la clase.

—No estoy segura de que me apetezca —dice Tessa.

—Siempre tomamos café después del yoga.

—Y siempre cumplimos con nuestras quedadas para ir a comprar —replica.

¿Es por eso por lo que está molesta? ¿Porque me olvidé de cancelar nuestra quedada para ir de compras porque Braden y yo nos fuimos a Nueva York antes de tiempo? No dijo nada al respecto cuando hablamos por teléfono entonces. Por supuesto, eso fue antes de que me pillara en Ma Maison con Kathy.

Creía que lo habíamos superado, pero aún la he estado descuidando.

—Un café —le digo—. Tenemos que hablar.

Me sostiene la mirada durante unos segundos antes de asentir.

—De acuerdo.

Una vez que estamos instaladas en Bean There Done That, tomo la iniciativa.

—Lo siento.

—No pasa nada.

—Sí pasa, o no estarías molesta todavía. Debería haberte enviado un mensaje y haber cancelado nuestra quedada para ir de compras. Y debería haber sido sincera contigo sobre ir a tomar algo anoche.

—Tan solo te echo de menos, eso es todo —responde.

—Yo también te echo de menos.

Mira fijamente su café con leche.

—Siento que me estás dejando atrás. Tienes este proyecto nuevo de ser *influencer*. Tienes un novio multimillonario. Estás haciendo nuevos amigos. Como esa Kathy con la que cenaste anoche. ¿Quién era?

—¿Cómo sabes su nombre?

—La has etiquetado en tu publicación, tonta. —Tessa se ríe con nerviosismo.

—¡Ah! Es verdad. —Me contengo de poner los ojos en blanco—. Es estudiante de Derecho en Harvard. Está haciendo unas prácticas en Black Inc. Y, no te lo vas a creer, está saliendo con el padre de Braden.

Los ojos oscuros de Tessa se abren como platos.

—Me invitó a cenar anoche después de que te dijera que no. Braden y yo no habíamos hecho planes, así que fui. Resulta que solo me está utilizando.

Tessa arruga la frente.

—¿Por qué dices eso?

—Me dijo que quería hablar conmigo sobre ser *influencer,* pero hablamos muy poco del tema. En cambio, aprovechó la oportunidad de hacerse un selfi conmigo y darse a conocer ante mis seguidores.

La mentira tiene un sabor amargo en mi boca. No todo es inventado. Kathy está sin duda interesada en la publicidad, pero también es agradable a su manera. Anoche brindamos por nuestra amistad.

¿Por qué estoy siendo falsa con Tessa? Es mi mejor amiga. Ella no va a juzgarme.

¿Qué cojones pasa conmigo?

—No puedo culparla —dice Tessa—. He conseguido un montón de seguidores más desde que publicaste una foto conmigo.

—Supongo. —Tomo un sorbo de café—. ¿Cómo le va a Betsy? En cuanto a los negocios, quiero decir.

—Está a punto de lanzar su tienda en línea. La he estado ayudando con la parte de la contabilidad.

—Me alegro de oír eso. ¿Y cómo está Rita?

Eso hace que Tessa sonría de verdad.

—¡Es una adorable bola de pelusa! ¿Cómo está Penny?

—Te juro que cada día crece más. No tengo ni idea de lo grande que va a ser. Estoy deseando tener un nuevo hogar y poder traerla a casa.

—¿Por qué no te mudas con Braden?

Su pregunta me desconcierta. Primero, porque él no me lo ha pedido. Segundo, porque ni siquiera había pensado en ello.

Y tercero, porque sé que lo haría al instante si me lo pidiera, y eso es un poco raro.

—Todavía no hemos llegado a ese punto —le contesto. No es una mentira, pero tampoco parece la verdad.

—¡Ah!

—¿Y cómo vais Garrett y tú?

—Bien. Me gusta mucho. No es Braden Black, por supuesto. —Toma un trago y luego se limpia la boca con una servilleta.

No estoy segura de cómo responder a eso, así que tomo otro sorbo de café y dejo que el calor se asiente en mi lengua por un momento antes de tragar.

Finalmente, suelto:

—Tessa, ¿qué te pasa?

—Nada.

—Me he disculpado. La he cagado y lo siento. ¿Vamos a volver a la normalidad algún día?

Ella mira hacia abajo y hace girar su café con leche en su vaso de cartón.

—No lo sé, Skye.

—Mírame, Tess.

Se encuentra con mi mirada.

—¿Qué quieres decir con que no lo sabes? Sigo siendo yo.

—Sí, pero a la vez ya no eres tú. Eres la novia de Braden Black. Eres una estrella en ciernes en Instagram. Eres la nueva cara de los cosméticos Susie Girl. Lo próximo que sabrás es que tendrás galerías peleando por quién puede exponer tu trabajo. Estás ascendiendo, Skye, y siento que me estás dejando atrás.

Le toco el antebrazo.

—Nunca te dejaré atrás. Llevamos siendo mejores amigas durante seis años.

—Sí, y durante esos seis años siempre hemos sido iguales.

—Seguimos siendo iguales.

Ella sacude la cabeza.

—No lo siento así.

Vuelvo a recordar el primer año en la Universidad de Boston. Tessa y yo no éramos compañeras de habitación, pero vivíamos en el mismo pasillo de la misma residencia. Aunque las dos nos llevábamos bien con nuestras respectivas compañeras de habitación, ninguna de las dos tuvo una gran conexión con ellas. De hecho, nos reíamos de mi compañera de dormitorio, Mary Ellen, que una vez nos dijo que las amigas a veces tenían que romper como si fueran una pareja.

—¿Estás rompiendo conmigo? —le pregunto, intentando sonar alegre.

Espero que rompa a reír al recordar la declaración de Mary Ellen, que en su momento nos pareció divertidísima.

No lo hace. En su lugar, responde:

—No lo sé. Tal vez deberíamos tomarnos un descanso.

—¿Como Ross y Rachel? —No puedo evitar preguntar, aunque sé que no es el momento para mis tontos intentos de ser graciosa.

—Bueno..., Ross y Rachel al final volvieron a estar juntos —responde—. No digo que sea para siempre, Skye.

—Siete años más tarde —le digo.

Permanece en silencio.

—¡Joder! —exclamo—. Lo estás diciendo en serio.

—Las cosas son más fáciles con Betsy —afirma—. Estamos al mismo nivel.

—¿Y qué nivel es ese? —pregunto de forma sarcástica.

Ella sacude la cabeza despacio.

—No actúes como si no supieras de qué estoy hablando. Eres diferente. La antigua Skye nunca se habría olvidado de cancelar una quedada de compras.

Mi corazón late rápidamente. Esto no está sucediendo.

—Fue un error. ¡Por el amor de Dios, Tess! Braden y yo volamos a Nueva York en medio de la noche. Todo ese fin de semana estuve fuera de juego.

—Lo sé. La verdad es que lo entiendo y acepto tus disculpas. Pero se suponía que ibas a llamarme después de tu reunión en Nueva York, y no lo hiciste.

Se me hace un nudo en el estómago. Tiene razón.

—¡Dios, Tess! Lo siento mucho.

—Es lo que hay —replica—. Ya no es lo mismo.

—Ya no somos estudiantes universitarias, si te refieres a eso. Pero yo sigo siendo la misma. Sigo siendo Skye.

Sin embargo, incluso cuando digo las palabras, no me suenan a verdad.

¿Quién es Skye Manning?

La respuesta es...

No lo sé.

La Skye Manning que está más a gusto en el *leather club* clandestino de Braden no es la Skye Manning que es la mejor amiga de Tessa Logan.

¿Lo es?

¿Y la Skye Manning que está arrasando en Instagram?

¿La Skye Manning que Addison Ames odia?

¿Cuál de ellas soy?

¿Soy todas ellas? ¿O ninguna de ellas?

Me trago el último sorbo de café y me levanto.

—Tengo que marcharme. Llámame si cambias de opinión.

—Skye...

Tessa sigue hablando, pero yo salgo por la puerta.

¿Quiere destrozar una amistad de seis años?

Está bien.

Le envío un mensaje a Braden.

Quiero ir a Nueva York. Esta noche.

45

No vamos a ir a Nueva York esta noche.

El mensaje de Braden es breve y sucinto, y reitera que tiene trabajo que hacer aquí en Boston.

Estoy sentada en mi sofá regodeándome en la miseria cuando recuerdo...

¡Hoy tengo que hacer mi primera publicación para la línea Susie Girl!

¡Joder! Estoy a punto de tirarlo todo por la borda por estar aquí regodeándome. Por supuesto, acabo de perder literalmente a mi mejor amiga. Estamos tomándonos un descanso. Menudo cliché.

Aun así, he firmado un contrato. Tengo un trabajo que hacer.

Los cosméticos y los productos del cuidado de la piel siguen esparcidos sobre mi mesa, donde los dejé ayer después de abrir el paquete. Mi nueva cámara de Braden está junto a ellos. Todavía no he probado la cámara. Hoy es el día. Pero primero la publicación de Susanne.

Elijo un brillo de labios y me lo aplico. Sigo con mi ropa de yoga y me gustaría estar todavía en el estudio. La foto sería mejor allí.

¿Qué cojones?

Con la nueva cámara a cuestas, me dirijo al estudio. Si hubiera pensado en esto antes..., pero estaba en mitad del drama con mi mejor amiga.

Se está haciendo tarde, pero sigue habiendo dos clases. Una es de Bikram yoga, que odio. Sudar a mares no quedará bien en una publicación de Instagram.

La otra es el yoga prenatal, que tampoco va mucho conmigo. En su lugar, entro en el vestuario y hago la publicación allí.

¡El brillo de labios transparente Honey Glaze de @susiegirlcosmetics es perfecto después de una clase de yoga! #colaboración #yoga #brillodelabios #susiegirl

No es el texto más emocionante que he escrito, pero quiero terminar de una vez. Edito la foto enseguida y la publico.

Estupendo, una cosa menos. Braden y yo no tenemos planes para cenar.

Suspiro.

Echo de menos a Tessa. De verdad que la echo mucho de menos, como si hubiera perdido un miembro. Casi nunca pasamos una semana sin vernos y solemos hablar a diario.

Solo han pasado unas horas y siento la pérdida de forma intensa.

Todavía con mi ropa de yoga, agarro el bolso y la nueva cámara. Camino por la calle haciendo fotos improvisadas, que siempre me ponen de buen humor.

Sin embargo, hoy no me pasa. Hacer fotos con la cámara de mis sueños no ayuda a mi estado de ánimo.

Pero sé lo que sí podría.

Treinta minutos después, estoy fuera del edificio de Braden. Es sábado, pronto será la hora de la cena, y no tengo ni idea de si mi novio está en casa. Respiro hondo, sonrío al portero y entro en el edificio. Me dirijo directamente al ascensor privado de Braden y pulso el botón.

—¿Sí? —Suena la voz de Christopher por el intercomunicador.

Bien. Si Christopher está en casa, es probable que Braden también.

—Hola, Christopher. Soy Skye.

—¿El señor Black la está esperando?

—Lo más seguro es que no. ¿Está ahí?

—Sí. Está en una llamada en su oficina.

—¿Puedo subir?

—Déjeme que se lo pregunte.

Miro mi reloj. Son poco más de las cuatro. De un sábado. Pero el negocio de Braden no tiene un horario regular, como aprendí el fin de semana pasado.

Espero.

Y espero.

Diez minutos más tarde, las puertas del ascensor se abren y Christopher se encuentra ante mí.

—Suba, señorita Manning.

Entro en el ascensor, con los nervios a flor de piel.

—Es Skye, Christopher. Skye.

—Skye. —Se aclara la garganta—. Por supuesto.

Subimos al ático sin decir nada más hasta que llegamos. Penny y Sasha corren a saludarme y yo me arrodillo y acepto sus felices besos de cachorro.

—¡Qué chicas más buenas! —Las acaricio a las dos y luego tomo a Penny entre mis brazos. Pesa un poco más. Pronto será tan grande como Sasha—. ¿Te has portado bien con Christopher? —Beso su suave cabeza.

—Es una cachorrita muy buena —dice—. Aunque hay algún accidente de vez en cuando.

—Es muy pequeñita. Ya aprenderá.

Penny se escabulle de mis brazos para pelearse con Sasha.

—El señor Black todavía sigue en llamada —dice Christopher—. Puedes esperar donde quieras.

—¿Sabes cuánto tiempo estará? —pregunto.

—No. Siéntete como en casa.

De acuerdo, entonces. Entro en la cocina.

—Hola, Marilyn.

—Señorita Manning.

—Skye, por favor.

Asiente.

—Estoy disponiéndolo todo para preparar la cena del señor Black. ¿Te unirás a él?

¿Lo haré?

—Claro —respondo—. ¿Por qué no? —Entonces se me ocurre una idea—. De hecho, me gustaría cocinar para él esta noche. ¿Por qué no te tomas la noche libre?

Sus cejas se levantan.

—Sé cocinar, ¿sabes?

—Seguro que sí, pero el señor Black ha pedido su cena a las seis de la tarde de hoy. En punto.

—Eso me da casi dos horas. Creo que podré preparar algo para entonces. —Paso junto a ella y abro el congelador. Saco una bolsa—. Gambas. Perfecto. Hago un estofado buenísimo.

—Skye...

—Por favor. Quiero hacer esto por él. —Abro el frigorífico. Cebolla, perfecto. Ajo, perfecto. Apio, perfecto. Pero no hay pimiento verde—. Tengo que ir a la tienda —le digo a Marilyn.

—¿Qué necesitas? Le pediré a Christopher que te lo traiga.

Incluso mejor. Hago una lista rápida en mi teléfono.

—Puedo enviarle un mensaje de texto con la lista. ¿Cuál es su número?

Introduzco los dígitos tal y como me los da, y luego pulso «Enviar».

Responde con un mensaje de texto.

Yo me encargo.

Envío un mensaje con un pulgar hacia arriba y un agradecimiento y vuelvo a mi cocina.

Aunque no es mi cocina.

Pero esta noche va a serlo.

Esta noche, voy a prepararle la cena a mi novio. No soy una *gourmet*, pero tengo un repertorio decente. Todo lo que ha comido hasta ahora son mis sobras de estofado de carne. Tenemos una relación. Debería ser capaz de cocinar para él.

Además, me da algo que hacer para alejar mi mente de Tessa.

Y para quitarme de la cabeza mi publicación de antes. No estoy satisfecha con ella. Ha sido rápida y casi ni me lo pensé siquiera.

Tengo que mejorar mi táctica.

Sí, tengo un contrato y cobraré tres meses pase lo que pase, pero nunca he hecho nada cutre en mi vida.

Y esa publicación ha sido muy cutre.

Y encima es la primera.

Me gustaría poder borrarla y empezar de nuevo, pero ya tengo más de cinco mil me gusta, lo que me ha hecho ganar otros cincuenta dólares. He llegado a casi cincuenta mil seguidores, y están respondiendo.

Aun así, siento que he hecho un trabajo cutre.

No volverá a ocurrir.

La publicación de mañana será perfecta. Tres publicaciones a la semana. Las subiré el miércoles, el sábado y el domingo. La gente es más activa en las redes sociales los fines de semana.

Además, necesito hacer publicaciones regulares también. El público necesita verme como una persona real, no solo como la cara de Susie Girl.

¿Qué mejor manera de hacerlo que mostrarles cómo cocino?

Addison tiene razón. Soy la cara de los cosméticos baratos. Pues vale. Al menos puedo ser una persona normal, ¿no? Tal vez esa sea la clave. Si una doña nadie como yo puede ganarse el corazón de Braden Black, cualquiera puede hacerlo.

¡Argh! No es un buen pensamiento. Lo borro de mi mente.

Ahora, la cena.

Problema número uno: no tengo ni idea de dónde están las cosas en la cocina de Braden.

Abro la boca para llamar a Marilyn, pero luego decido no hacerlo. Lo encontraré todo yo misma. Claro que me llevará más tiempo, pero ¿qué más da? Abro y cierro armarios hasta que encuentro lo que busco.

El procesador de alimentos.

Por supuesto, Braden tiene un Cuisinart de alta gama.

Enchufo el aparato y pico el apio y la cebolla. Lo echo en una sartén de hierro fundido, junto con un trozo de mantequilla.

Ya, el estofado de gambas no es precisamente bueno para el colesterol, pero está delicioso. Una receta que he aprendido de mi madre, a quien le encanta la cocina cajún. Es una cocinera y una repostera maravillosa.

¡Ay, mi madre!

De verdad, tengo que contarle a ella y a mi padre lo que está pasando en mi vida.

Mañana. Mañana es domingo. Los llamaré.

Por ahora, me voy a concentrar en esta increíble comida que estoy haciendo para Braden.

Hago una foto del apio y la cebolla cociéndose a fuego lento en la sartén de hierro fundido. Voy a documentar el proceso en fotos, hasta el plato terminado. Al menos mis seguidores tendrán algo interesante que ver esta noche, ya que mi publicación de Susie Girl está destinada a fracasar.

No puedo empezar el estofado hasta que Christopher vuelva con los pimientos, así que saco los huevos y la nata para la *mousse* de chocolate que tengo pensada para el postre. En el rincón hay una batidora de pie KitchenAid. ¿Dónde están las varillas? Abro un cajón tras otro hasta que las encuentro. Entonces separo los huevos y bato las claras. Hago otra foto.

Christopher regresa con la compra y yo derrito el chocolate semidulce al baño maría a fuego lento. Una vez que se ha enfriado, añado la nata, un toque de vainilla y lo incorporo a las claras de huevo.

Sonrío. Mi *mousse* queda perfectamente esponjosa... y deliciosa después de probarla para ver cómo sabe. Con una cuchara, la pongo en vasitos *parfait*, hago una foto rápida y los vuelvo a poner en la nevera.

Vuelvo a mi estofado. Enjuago, corto y proceso los pimientos, y luego los añado a la sartén. Es hora de encender el fuego. Mientras la salsa del estofado se cocina y se reduce, hago una foto. Luego abro la puerta de la despensa y encuentro una bolsa de arroz de grano largo.

Mmm. El aroma de mi estofado me hace la boca agua.

Estoy satisfecha conmigo misma.

Y esa es una sensación bienvenida después de la mayor parte del día de hoy.

Marilyn asoma la cabeza en la cocina.

—¡Qué bien huele! ¿Hay algo en lo que pueda ayudarte?

—Gracias, pero no. Quiero que esto sea mi regalo para Braden esta noche.

Ahora, a buscar un vino para la cena...

Braden tiene una vinoteca refrigerada en la cocina y un botellero en el comedor. Quizás necesite la ayuda de Marilyn después de todo. No estoy segura de cómo elegir un vino. Suelo beber tinto con todo, pero Braden pidió un blanco con nuestras ostras y el marisco la primera vez que cenamos juntos. Quizás prefiera el vino blanco con las gambas.

Paso las yemas de los dedos por las botellas verdes del botellero. Syrah. Demasiado fuerte para las gambas. Beaujolais. Es un tinto ligero que se bebe joven. Podría valer, pero no estoy segura.

Se me enciende la bombilla.

Le pediré a Braden que elija él el vino.

Perfecto.

Pero empezaremos con un Wild Turkey solo, por supuesto.

¡Mierda! Eso significa que debería preparar un aperitivo para acompañar al *bourbon*.

Vuelvo a la cocina, donde rebusco en la despensa mientras mi estofado se cuece a fuego lento. ¿Qué acompañará a mi plato principal picante? No es que tenga los ingredientes para hacer bocaditos de carne de cocodrilo fritos o bolitas de carne cajún, y ni siquiera me gustan estas últimas. Una bolsa de almendras crudas me llama la atención. Perfecto. Las asaré en una sartén con un poco de condimento cajún, y estarán deliciosas con nuestro Wild Turkey.

Busco otra sartén, empiezo el proceso y compruebo el estofado. Está listo para las gambas. Las añado, lo remuevo todo rápidamente y dejo que siga cociendo a fuego lento. Es hora de comenzar a hacer el arroz. Hago dos fotos más.

Diez minutos después, la cena está casi terminada.

Braden aún no ha aparecido. Compruebo mi reloj. Faltan diez minutos para las seis. Marilyn dijo que quería su cena a las seis, así que debería salir de su despacho en breve.

Se me acelera el corazón.

¿Estará satisfecho con la comida? ¿Y conmigo?

Me quiere, pero es tan difícil de interpretar a veces...

Corrección: todo el tiempo. Excepto en el dormitorio.

El dormitorio, donde le he dado el control sobre mí.

E incluso ahí nunca lo sé con certeza.

Suspiro.

No hay nada más que hacer. La cena se está calentando en la cocina y está lista para ser servida. Una foto más del estofado cuando lo emplate y luego subiré el carrusel de fotos.

Me miro a mí misma.

Todavía llevo la ropa de yoga y, como me negué a buscar un delantal, tengo salpicaduras por la parte delantera.

Genial.

Vuelvo a mirar el reloj.

Faltan cinco minutos para las seis.

Es hora de subir corriendo a mi habitación en la segunda planta y espero encontrar algo con lo que pueda cambiarme.

46

A las seis en punto de la tarde, bajo la escalera con un vestido verde que encontré en mi armario. Me sienta como un guante y le añado unas sandalias de cuero marrón. No he tenido tiempo de hacer más que desatarme el pelo de la coleta y pasarme los dedos por él. Me he pintado un poco con el brillo de labios Honey Glaze y ya está.

Esta soy yo tal y como soy.

Braden aún no ha salido de su despacho y suspiro aliviada.

¿Y ahora qué?

No he puesto la mesa, así que busco platos en los armarios y me encargo de eso. Luego sirvo dos Wild Turkey.

Y espero.

Y espero.

Y espero un poco más.

El reloj sigue haciendo tictac.

Vuelvo a la cocina, apago los fogones y tapo el estofado para mantenerlo caliente. Vuelvo al comedor y me como un par de mis almendras cajún. ¡Qué ricas!

Al fin aparece Braden.

Se me corta la respiración.

Lleva vaqueros y una camiseta, y está muy atractivo.

¿Alguna vez lo he visto vestido tan informal? Aparte de cuando llevó los pantalones negros sin camisa en el club de Nueva York, y eso no me pareció informal en absoluto. Iba vestido para el club.

—Skye —me saluda. Luego inhala—. ¡Qué bien huele! ¿Qué ha preparado Marilyn para nosotros?

—Nada —contesto, sonriendo como una colegiala aturdida.

—¿Nada?

—Marilyn no ha hecho la cena esta noche. La he hecho yo. —Le doy su vaso de *bourbon* y luego sostengo el tazón de almendras recién tostadas en la sartén—. Almendras cajún. Prueba una y luego toma un sorbo de Wild Turkey.

—Skye...

Alzo las cejas.

—¿Qué?

—No teníamos planes para esta noche.

—Lo sé, pero quería verte. —Doy una zancada hacia él, esperando parecer más seductora de lo que me siento—. ¿Está mal?

—Es... —Se pasa los dedos por el pelo—. No, no está mal.

—Entonces, ¿qué pasa? ¿Esperabas a alguien?

—¡Claro que no!

—Entonces, ¿por qué no puedo venir y sorprender a mi novio con una cena? —Acorto la distancia entre nosotros hasta casi poder tocarlo.

—¡Dios! Tu boca... —dice con voz ronca.

Sonrío.

—Quería cocinar para ti. Espero que te guste la comida cajún.

—Me encanta.

—Genial. He preparado estofado de gambas. ¿Por qué no eliges un vino? Sabes mucho más que yo de esas cosas.

Suspira.

—Skye...

Doy un paso hacia atrás, irritándome.

—¿Qué? ¿Qué pasa, Braden?

—No te he dado permiso para esto.

Pongo los ojos en blanco.

—¿De verdad vamos a hablar de eso, Braden? He tenido un día de mierda. Quería hacer algo que me hiciera sentir bien. Y me ha hecho sentir bien venir aquí y cocinar para ti. ¿Necesito permiso para hacer algo agradable para el hombre al que quiero?

No responde.

Lo que me da mi respuesta.

Al fin, dice:

—Siento que hayas tenido un mal día.

Dejo mi bebida y caigo en sus brazos.

—Eso es justo lo que necesitaba oír.

Me besa la parte superior de la cabeza.

—¿Hay algo en lo que pueda ayudarte?

Me retiro y me encuentro con su mirada.

—Puedes ayudarme eligiendo una botella de vino y luego comiéndote la cena que te he preparado.

—Muy bien. —Va hacia el botellero, saca una botella y vuelve—. Este Beaujolais-Villages será perfecto. Tiene un cuerpo ligero y su acidez complementará la comida.

Le quito la botella, satisfecha en el fondo. Era uno de los que había pensado.

—Suena perfecto. —Lo pongo sobre la mesa.

Asiente, todavía estoico.

—Aún te sigue molestando algo.

—No es lo que crees.

—¿Así que no te molesta que haya aparecido y me haya apoderado de tu cocina?

—No, Skye. No me molesta.

—¿Entonces qué?

Me toca la mejilla.

—Me molesta que no me moleste que hayas aparecido y te hayas apoderado de mi cocina.

Me quedo con la boca abierta.

—No parezcas tan sorprendida.

—¿Por qué quieres que esto te moleste? Tenemos una relación, Braden.

—Skye, sabes que he hecho muchas concesiones por ti.

—Sí, sí, sí. Lo sé. No querías una relación. Pero cambiaste de opinión tú solo. Yo no te hice cambiar de opinión.

—Ya lo sé.

—No me lo digas —interrumpo—. Te molesta que hayas cambiado de opinión.

—Un poco.

Me da un vuelco el corazón. Me quiere. Ha cambiado su opinión sobre las relaciones por mí.

Pero le molesta.

Todavía hay muchas cosas que no sé.

Evita las relaciones por una razón, una razón que necesito descubrir si alguna vez voy a conocerlo de verdad.

Descubrirlo será un trabajo ingente, uno que no sé si podré conseguir.

Pero una cosa es verdad. Esto me ha hecho olvidar, aunque sea por unos minutos, el día de mierda que he tenido.

Suspiro.

—He preparado esta comida. ¿Quieres sentarte y comértela conmigo?

Me pasa el dedo índice por el labio inferior.

—Por supuesto.

Contengo otro suspiro.

—Toma asiento entonces y abre el vino, ¿de acuerdo? Yo serviré la cena. —Vuelvo a la cocina.

Con una cuchara pongo el arroz en los platos y luego quito la tapadera del estofado.

Y el alma se me cae a los pies.

Se supone que apagué el fuego. Estaba segura de haberlo hecho, pero, como es una cocina a la que no estoy acostumbrada, he girado la perilla en sentido contrario.

Mi estofado se ha reducido a nada más que unas gambas gomosas y una salsa con la consistencia de la pasta del papel pintado.

Se ha echado a perder.

Se ha echado a perder totalmente.

Ahogo un sollozo.

Nunca he llorado delante de Braden, pero me temo que ahora no podré contenerme.

Hoy he perdido a Tessa.

He hecho una publicación de Instagram cutre.

Me estoy perdiendo a mí misma.

Y ahora esto.

Mi cena, la rica cena que he preparado para el hombre al que quiero, está echada a perder.

No puedo servirle a Braden un plato de arroz blanco.

Me deslizo hasta el suelo, con el vestido subiéndoseme. Mi cabeza cae sobre mis manos mientras me esfuerzo por contener los sollozos que pugnan por salir.

No tengo ni idea de cuánto tiempo transcurre.

Pero, al final, las piernas de Braden vestidas con unos pantalones vaqueros aparecen frente a mí.

—¿Skye?

Entonces llegan las lágrimas.

No puedo detenerlas.

Lo intento. De verdad que lo hago. Jadeo y jadeo e intento reprimirlas.

Nada de eso funciona.

Se deja caer a mi lado y me acaricia la mejilla.

—¿Qué ocurre?

—Se ha echado a perder. La cena se ha echado a perder.

—¿Qué ha pasado?

—En lugar de apagar el fuego, lo he puesto a tope. Si hubiese pasado mucho más tiempo se habría chamuscado hasta el fondo y todo tu ático olería a estofado de gambas quemado.

—No pasa nada.

—No, sí que pasa. Pasa mucho. Estaba delicioso, Braden. Era el mejor estofado de gambas que he hecho nunca, y lo he echado a perder.

—Te llevaré a cenar fuera. A donde quieras ir.

—A ningún sitio. No quiero ir a ninguna parte. Este día puede irse a la mierda.

—Sin duda, no puedes estar tan molesta por un plato quemado.

—Pues lo estoy.

—Skye..., no me mientas.

Entonces estallo, como el monte Santa Helena. Saco todo lo que ha pasado hoy. Cómo he perdido a mi mejor amiga. Cómo casi me olvido de hacer mi primera publicación de mi nuevo contrato y cómo pienso que es cutre. Cómo he hecho un montón de fotos mientras cocinaba la cena y cómo no puedo publicar ninguna de ellas porque dicha cena está echada a perder. Cómo le molesta el hecho de que no le moleste que esté aquí.

Todas las cosas.

Todas las putas cosas.

Las lágrimas se deslizan por mis mejillas. Me restriego los mocos que quieren brotar de mi nariz. Sé que tengo un aspecto atroz, con la cara roja y los ojos hinchados, pero no puedo parar.

¡No puedo parar, joder!

Entonces sucede algo. Algo que no esperaba.

Braden se sienta a mi lado, me abraza para que solloce en su hombro, me besa la cabeza y me dice:

—Está bien, cariño. Todo va a salir bien.

El tiempo transcurre como en una especie de túnel del tiempo. No tengo ni idea de cuánto tiempo estamos allí sentados, pero al final mis sollozos se suavizan, respiro con más regularidad y me siento... reconfortada.

Realmente reconfortada.

No recuerdo haberme sentido así desde que era una niña pequeña sentada en el regazo de mi padre después de aquel horrible día en el maizal.

Y quiero aún más a Braden.

Me abraza, sin soltarme, hasta que al fin me alejo un poco.

—Tengo que sonarme la nariz.

Se saca un pañuelo del bolsillo y me lo entrega. Me sueno sin contemplaciones en él, casi llenándolo, y luego lo arrugo en mi puño. Me encuentro con su mirada. Sus ojos azules son amables. Llenos de amor. Una mirada que hasta ahora no había visto en su rostro.

—Lo siento. —Me atraganto—. Quería hacerte una cena maravillosa.

—Me la has hecho.

—Pero no cuenta si no te la comes.

Sonríe. Esa sonrisa que veo tan pocas veces y que me gusta tanto.

—¿Qué puedo hacer por ti? ¿Cómo puedo hacer que este día sea mejor para ti?

Resoplo y me encuentro con su cariñosa mirada.

Sé qué pedir, qué me ayudará a dejar atrás este día de mierda.

—Puedes llevarme a Nueva York.

47

Me besa con ternura en los labios.

—De acuerdo, Skye. Tú ganas. Iremos a Nueva York.

El yunque se levanta de mis hombros. A Nueva York. Al club de Braden. Allí encontraré la paz.

—¿Cuándo? —le pregunto.

—Mañana. Llamaré y tendré el *jet* listo para salir por la mañana.

Sonrío a través del desastre que es mi cara.

—Gracias, Braden.

—Pero, Skye...

—¿Qué?

Me quita una lágrima de la mejilla.

—Nueva York no es una vía de escape. El club no es una vía de escape.

—Ya lo sé.

—¿Seguro?

—Por supuesto. —Resoplo—. Solo siento que... No lo sé. Siento que todo irá bien allí, ¿sabes?

—Lo sé, quizás incluso más de lo que tú misma comprendes, pero no tengo la ilusión de que la vida real deja de existir en el club.

«Lo sé».

Él lo entiende. El club es algo que él también necesita.

Pero lo mantiene en Nueva York por una razón (una razón distinta a la que dice) y estoy empezando a entenderlo.

Pero ¿por qué? Si le da placer, si le da una vía de escape de la vida real, aunque sea por unas horas, ¿por qué limitarse?

No se lo pregunto, porque sé que no me responderá.

Me regocijo al saber que mañana vamos a volver a Nueva York. Haré una publicación increíble para Susie Girl en el centro de Manhattan. Escribiré textos que hagan que los cosméticos vuelen de las estanterías, no algo mundano sobre el brillo de labios después del yoga.

Voy a restaurar la fe que Eugenie tiene en mí.

—¡Ay! —Me sacudo hacia arriba para ponerme de pie.

Braden también se levanta.

—¿Qué?

—¡La *mousse* de chocolate! He hecho el postre y ha salido perfecto. No puedo ofrecerte un estofado de gambas, pero sí un postre delicioso.

—Todavía no hemos cenado, Skye.

—¿Y qué? ¿Qué hay de malo en comerse primero el postre? Podemos pedir algo a domicilio y tomar el postre mientras esperamos.

Braden abre el frigorífico y saca los dos vasitos *parfait* de *mousse* de chocolate.

—Vale. Haré que Christopher pida algo para nosotros, y nos comeremos esto primero, con una sola condición.

—¿Y cuál es?

Se le oscurece la mirada.

—Que nos lo comamos en el dormitorio.

Se me calienta la piel. El dormitorio. Tiene planes para mi *mousse* de chocolate, planes que sé que me van a encantar.

Pero vaya cara tendré. Estoy roja, hinchada y con lágrimas en los ojos.

—Braden...

—Sígueme —dice, con un tono de voz bajo y sombrío.

No parece que le importe mi cara, lo que debería complacerme, pero no lo hace. Porque a mí me importa mi aspecto para él. Quiero estar guapa o, por lo menos, no repugnante.

Entramos en su habitación y cierra la puerta. Entonces hace algo que casi nunca hace. Deja los dos vasitos *parfait* en la mesita de noche y se quita toda la ropa sin que yo lo haga primero. Me quedo sin aliento ante su hermosa imagen, su perfección masculina.

Se dirige a mí.

—Quítate la ropa.

Solo llevo un vestido, zapatos y bragas, y me deshago de todo en un santiamén.

Se acerca a mí, con su polla enorme y erecta. Espero que me agarre y me bese o que me ordene que me vaya a la cama.

En su lugar, toma mi mejilla.

—Hoy se ha roto algo dentro de mí, Skye.

Separo los labios y abro los ojos.

—Cuando te he visto tan angustiada, tan triste, tan alterada, algo me ha estrujado el corazón. Me he dado cuenta de que tenía que actuar, de que tenía que hacer lo necesario para que volvieras a sonreír.

Curvo los labios hacia arriba.

—Ahora estoy sonriendo, Braden.

Me pasa el dedo por el labio inferior.

—Tienes una boquita tan sexi... ¿Tienes idea de lo que provocas en mí?

—Estoy empezando a saberlo.

—No me refiero solo a lo físico. Cuando separas tus labios de esa forma tan seductora, quiero devorarlos. Sino también en un plano mental, Skye. Emocional. Cuando sollozabas, yo también lo hacía.

Ladeo la cabeza.

—No es solo físico, sino emocional. Me duele cuando te duele a ti. —Sacude la cabeza—. Esto nunca me había pasado, al menos no hasta este punto.

Separo más mis labios, resistiendo el impulso de formar una «O» con ellos.

—Te has metido dentro de mí de alguna manera. Sí, me he enamorado de ti, pero es más que eso. Es... ¡Joder! No tengo las palabras. No estoy seguro de que existan.

—Braden, yo...

Luego, sus labios están sobre los míos, su lengua dentro de mi boca, su mano sobre mi pecho desnudo, apretando, acariciándome el pezón con el pulgar. La otra mano está entre mis piernas, separando los resbaladizos pliegues de mi vulva. Le rodeo el cuello con los brazos y me derrito contra él, nuestros cuerpos se tocan por todas partes. Su miembro empuja contra mi vientre. Me aprieto contra él, empujando mi clítoris contra su dureza.

«Te quiero, Braden. Te quiero, Braden. Te quiero, Braden».

La emoción se arremolina a mi alrededor, se enrosca en mí: todo el amor que nunca supe que podía sentir, lo siento ahora. En este momento. Por este hombre.

Arranca su boca de la mía y jadea. Después aprieta sus labios en la parte superior de uno de mis pechos y me muerde.

Fuerte.

Muy fuerte.

Grito ante el placer-dolor.

—Te voy a marcar —jadea contra mi piel—. Eres mía.

Muevo la mano hacia mi cuello desnudo. Me quitó la gargantilla de diamantes después de nuestra primera vez en el club.

—El collar... —digo.

—No es suficiente. No es suficiente para hacerte mía. —Me levanta entonces, por encima de su hombro, como si fuera un saco de patatas. Casi me arroja sobre la cama—. Lo que siento por ti es fuerte. Muy fuerte.

—Yo también siento algo muy fuerte por ti, Braden.

Sacude la cabeza y se pasa los dedos por el pelo revuelto.

—No. No lo entiendes. Es... molesto.

Ya ha usado esa palabra antes. No quiero molestarlo.

—Braden...

—¡No! No hables. No me digas que lo que siento es normal, que está bien. ¡Joder!

Entonces un sonido sale de su garganta. No es un gemido o un gruñido. No. Es más bien... Más bien...

Un rugido.

Agarra uno de los vasitos *parfait* llenos de *mousse* de chocolate.

—Te voy a llevar a Nueva York, Skye. Te voy a llevar al club, porque la verdad es que yo también quiero. Lo quiero más de lo que puedas imaginar. Ahora mismo me viene fatal, tendré que reorganizar algunas cosas, pero lo haré. Lo haré porque haría lo que fuera para asegurarme de que no vuelves a llorar así.

—No puedo prometerte que...

—¡Silencio! Te he dicho que no hables.

Aprieto los labios.

Introduce un dedo en el chocolate y lo lleva hasta mis labios.

—Pruébalo.

Lamo el rico dulzor de él y saboreo su cremosidad.

Entonces me besa, un beso con la boca abierta en el que hace girar su lengua sobre mis dientes y encías, y luego me suelta.

—Delicioso —dice—. Rico, cremoso, oscuro. Pero no tan delicioso como tú.

Mi cuerpo entero palpita.

—Te voy a pintar con *mousse* y después te la voy a quitar a lametazos.

—La cama. Se va a...

—¡Que no hables! ¿Crees que me importa que se manche la cama? Se puede limpiar. Se puede cambiar por otra. Ahora mismo, te necesito, Skye. Quiero comer tu *mousse* de chocolate de tu precioso cuerpo, y pienso hacerlo.

Me tumbo y cierro los ojos.

—¡Ah, no! —me dice—. Mantén los ojos abiertos. Vas a ver todo lo que te hago. —Saca más *mousse* con los dedos y la esparce sobre cada uno de mis pezones.

Ya estaban duros, pero el frescor de la *mousse* combinado con el calor de los dedos de Braden hace que se me endurezcan aún más. Braden se cierne sobre mí, con sus labios cerca de mi pezón. Arqueo la espalda, intentando que el pezón cargado de chocolate llegue a sus labios.

Aun así, me provoca. Me hace desearlo aún más.

Y, por supuesto, eso es lo que está intentando hacer.

—¡Joder! Eres tan hermosa... —afirma—. Me encantan tus tetas.

Por fin, me lame la *mousse* de un pezón.

—¡Oh, Dios!

—No hables —gruñe contra mi piel.

Me muevo hacia delante, retorciendo las caderas, intentando alcanzar su lengua de nuevo.

Él mordisquea el otro pezón, lamiendo el chocolate y luego chupando mi pezón entre sus labios. Gimo, mi coño se muere de ganas. Fricción. Necesito fricción en mi clítoris, pero no la encuentro. Su miembro está duro, pero está entre mis muslos mientras me chupa los pezones.

Y, ¡oh!, me los chupa como los dioses.

Todo mi cuerpo está ardiendo, muriéndose de ganas, anhelando más, más, más...

Me vacía más postre, esta vez en el abdomen, y luego lo lame, cada azote de su lengua me lleva a un frenesí más acalorado.

Está tan cerca... Tan cerca de mi clítoris...

Por fin, me cubre el coño de *mousse*, el calor de mi cuerpo lo derrite sobre las sábanas. Pero si a él no le importa, ¿por qué debería importarme a mí?

—No me imagino nada que te haga saber mejor de lo que ya sabes, pero vamos a ver.

Se zambulle, chupando el chocolate, tirando de mis pliegues con los labios y los dientes, metiéndome la lengua hasta el fondo. Luego lame aún más abajo, donde la *mousse* se ha deslizado por mi culo.

Me estremezco.

¿Esta noche será la noche?

—No —dice contra mi piel, como si me estuviera leyendo la mente—. Lo dejaremos para Nueva York.

Me siento aliviada y decepcionada a la vez, pero esas emociones huyen mientras me come, haciendo girar su lengua alrededor de mi clítoris y luego metiéndola dentro de mi calor.

Me saquea, me devora, mientras persigo la cima que se me escapa. Alargo la mano hacia arriba para agarrarme a los travesaños del cabecero.

Incluso sin ataduras, quiero estar atada. Quiero estar expuesta para el placer de Braden.

No, no lo quiero. Lo necesito.

—¡Joder, qué delicia! —murmura contra mi piel—. Podría pasarme la eternidad comiéndote.

Aprieto los puños en torno a la madera y, cuando me pellizca el clítoris, me suelto y vuelo, con un cosquilleo que se dispara hacia mi interior y luego hacia el exterior, a través de las yemas de los dedos, llevándome al viaje salvaje al que me he acostumbrado: el clímax que solo Braden puede darme.

Gimoteo. Grito. No con palabras, sino con pura emoción.

Vagamente, soy consciente de que Braden se arrastra hacia arriba, besándome los pezones, el pecho, el cuello.

Entonces su miembro está dentro de mí, y está embistiendo, bombeando, haciéndome el amor de forma gloriosa mientras mi clímax continúa.

Todavía me agarro al cabecero, mis ataduras son solo la voluntad de Braden o la mía. No sé cuál de las dos, porque están unidas. Su voluntad y la mía.

Se encuentra con mi mirada, nuestros ojos fijos, mientras el sudor le gotea de la frente, haciendo que su cabello oscuro se le pegue a la cara.

—Te amo, Skye —jadea—. ¡Joder, cómo te quiero!

48

Sus palabras me curan de una manera sutil. Aunque las siento, no puedo devolvérselas.

Me ha prohibido hablar y él tiene el control.

La desdicha del día aún perdura, pero esas palabras, en pleno arrebato de pasión, han sido difíciles para Braden.

Lo sé. Lo respeto.

Embiste con dureza y se queda incrustado en mí, y mientras mi clímax se ralentiza, siento cada pulso del suyo.

Se da la vuelta. Aun así, me agarro a los travesaños del cabecero, aunque anhelo acurrucarme en sus brazos.

Su respiración se ralentiza tras unos minutos y se vuelve hacia mí.

Sigo sin hablar.

—Tenemos otra ración de postre —me dice.

No respondo.

Sus labios se curvan un poco hacia arriba.

—Ya puedes hablar.

Aflojo los dedos del cabecero y los muevo, recuperando la circulación.

—Sí, así es. ¿Puedo comérmela yo encima de ti esta vez?

Gruñe. Gruñe en serio.

—Por lo general te aceptaría eso, pero tengo otra cosa en mente. Discúlpame un momento. —Se levanta, se pone una bata alrededor de su magnífico cuerpo, toma la segunda ración de *mousse* y sale de la habitación.

Sonrío y miro el techo, con la masilla fresca del arnés, que ya no está, todavía blanca contra la pintura de color marrón. Es curioso que aún no haya pintado encima.

Unos minutos después, Braden abre la puerta.

—Nuestra cena está aquí.

Es extraño, pero estoy hambrienta. No he comido más *mousse* que la que he probado de la lengua de Braden. Me levanto y tomo mi albornoz. Una mirada al espejo me recuerda este día atroz. Mis ojos siguen rojos e hinchados. ¿Cómo puede soportar mirarme?

Borro el pensamiento como puedo y me dirijo a la cocina para reunirme con Braden.

Inhalo. Picante.

—Le he pedido a Christopher que nos trajera comida cajún —dice Braden—. No estará tan buena como la tuya, pero al menos podremos tener la cena que has planeado.

El recuerdo de mi cena echada a perder vuelve a ponerme al borde de las lágrimas, pero el dulce gesto de Braden las ahuyenta.

—Es muy bonito por tu parte.

—Aunque he decidido no pedir estofado de gambas. Quiero que el próximo estofado de gambas que pruebe sea el tuyo. He pedido estofado de langosta y *gumbo* con *andouille*. Espero que te guste.

—Huele de maravilla. ¿Seguirá combinando con el vino que has elegido?

—Por supuesto. Ya está abierto. ¿Quieres una copa?

Asiento ensimismada, y él sirve dos copas y me entrega una.

—Por las... posibilidades —dice.

Choco mi copa con la suya y reflexiono sobre el mensaje de su brindis.

Las posibilidades...

No son probabilidades, sino posibilidades.

Me gusta.

Todo es posible.

De alguna manera voy a arreglar mi relación con Tessa. Me redimiré después de la publicación cutre de hoy para Susie. Algún día prepararé estofado de gambas para Braden sin echarlo a perder.

Todo es posible.

Y mañana estaré de vuelta en Nueva York.

De vuelta en el club.

Donde de verdad cualquier cosa es posible.

Sigo a Braden hasta el comedor, donde la mesa sigue puesta para la cena que he preparado. Me hace un gesto para que me siente. Llenamos nuestros platos en silencio.

La comida está deliciosa. Es probable que sea muy superior a la que he hecho yo. El pensamiento me molesta un poco, pero solo un poco.

Me siento mejor.

Me siento querida.

Braden guarda silencio mientras come, sin dejar de mirarme.

Esta noche he aprendido algo sobre él. Mi tristeza le afecta. Le afecta de verdad. La idea me calienta y me da escalofríos. No quiero que se sienta mal nunca, y esta noche se ha sentido mal porque yo lo he hecho.

Esta noche se ha abierto a mí; es posible que más de lo que nunca lo ha hecho.

Gran parte de él sigue siendo un libro cerrado, pero esta noche he podido vislumbrar una página al menos.

Terminamos nuestros platos y Braden se levanta y los lleva a la cocina. Vuelve con la *mousse* de chocolate restante y una cuchara.

Se sienta.

—Ven aquí. —Señala su regazo.

Me derrito de arriba abajo. ¿Alguna vez me he sentado en su regazo? Creo que no. Braden es un hombre maravilloso, pero no es muy dado a ofrecer ese tipo de consuelo. La forma en que me consoló antes en la cocina fue algo fuera de lo común para él, al igual que esto.

No lo dudo. Me levanto y voy hacia él, ansiosa por complacerle, más aún por abrazar el confort de su regazo.

Me siento sobre sus duros muslos.

Toma una cucharada de la *mousse* de chocolate y me la lleva a los labios.

—Todavía no has podido saborear mucho tu creación. Pruébala.

Abro la boca y dejo que la cremosa *mousse* se asiente en mi lengua por un momento antes de cerrar los ojos y tragar.

—Eres una buena cocinera —dice.

—Gracias. Ojalá pudieras haber...

Me pone dos dedos en los labios.

—No importa; ya volverás a cocinarlo. Incluso puedes hacerlo cuando vayamos a Nueva York.

Nueva York. Solo pensarlo me produce un cosquilleo.

—Me encantaría.

—No tendremos que salir nunca del edificio si no quieres.

Abro los ojos, pero rápidamente recuerdo que el club está en la planta baja de su edificio.

—Eso sería increíble.

Me da otra cucharada de *mousse*.

—Quiero darte lo que necesitas, Skye, igual que tú me das lo que yo necesito.

Control. Lo necesita, y aunque tengo una comprensión limitada de por qué, todavía no conozco toda la historia.

Ahora mismo, sin embargo, estoy tan relajada que no me importa. Solo dejo que la *mousse* se deslice por mi garganta y me haga feliz.

—¿No vas a comer nada? —le pregunto.

—Me he comido una entera de tu cuerpo. —Toma una cucharada—. Pero si insistes...

—Eres maravilloso —le digo.

No responde, solo me da otra cucharada de chocolate.

¿Le he hecho sentir incómodo? Nunca me ha dicho que soy maravillosa. Pero sí me ha dicho que me quiere. Y eso es mejor.

Pero es maravilloso. No importa lo que diga Addison, no importa lo que diga nadie.

Braden Black es maravilloso. Y es mío.

Ojalá yo sea digna de él.

49

Le envío un mensaje a Tessa a la mañana siguiente:

Me voy a Nueva York con Braden unos días.

Ella contesta de forma sucinta: Que te diviertas.

¿Le respondo? Quiero decirle lo mucho que significa para mí, lo mucho que me duele que las cosas no estén bien entre nosotras. Que haré cualquier cosa para terminar con este descanso.

Pero esas cosas no se dicen en un mensaje de texto. Debería llamarla.

Mmm. Esas cosas tampoco tienen cabida en una llamada telefónica. Debería ir a verla, pero no puedo. Braden y yo salimos hacia el aeropuerto en unos minutos.

Suspiro. Que sea una llamada de teléfono entonces. Pero antes de que pueda hacer la llamada, alguien me llama a mí.

Betsy.

—Hola, Betsy —digo al teléfono.

—Hola, Skye. Siento molestarte tan temprano en una mañana de domingo.

—Está bien. ¿Qué pasa?

—Tessa ha pasado la noche en mi casa —contesta—. Está hecha polvo.

Se me acelera el corazón. ¿Significa esto que ella está tan disgustada como yo por nuestra ruptura? Odio la idea de que esté sufriendo, pero deseo tanto que vuelva...

—¿Está bien?

—Lo estará. Bebió demasiado, y entonces ella...

La preocupación me atormenta.

—¿Qué? ¿Entonces ella qué?

—Pilló un poco de éxtasis de un tío que había en la discoteca.

Se me hiela la sangre.

—¿Qué? Pero si Tessa no se droga.

—Ya lo sé. Intenté detenerla.

—Es obvio que no te esforzaste lo suficiente. —Mis palabras son crueles, lo sé, pero estoy muy cabreada. Yo sí habría sido capaz de detenerla.

—Skye, sí que lo hice. Hice de todo excepto dejarla inconsciente. Estaba decidida. La buena noticia es que no creo que lo vuelva a hacer. Esta mañana está hecha polvo.

—Lo siento —me disculpo—. No debería haber dicho lo que he dicho. ¿Necesita ir a un médico?

—Se lo he preguntado y me ha dicho que no. Está despierta y ahora mismo parece que ha vuelto en sí. Solo está cansada y dolorida, y se siente como una mierda.

—Ha respondido a mi mensaje —contesto—, así que supongo que tienes razón. Está lúcida. Voy para allá.

—No, Skye. Ha dejado muy claro que no quiere verte.

—No me importa.

—Por favor, no lo hagas. Solo empeorarás las cosas.

—¿Por qué? ¿Por qué lo ha hecho? No le pega para nada. Le gusta beber, sin duda, y a veces se excede, ¿pero drogarse? Siempre ha dicho que no.

—Está bastante destrozada por cómo se han torcido las cosas entre vosotras dos. Además, Garrett le dijo ayer que no quiere nada serio con ella.

—¿Y eso por qué debería molestarla? Tessa nunca ha ido en serio con un chico en su vida.

—Pero sí lo iba con Garrett. Creía que se estaba enamorando.

¿En serio? ¿Cómo no sabía esto de mi mejor amiga?

¿He estado tan desconectada?

Se me rompe un poco el corazón.

—Betsy, lo siento mucho.

—No es tu culpa. Habéis tenido una pelea. Son cosas que pasan. Ella se siente excluida de esta nueva vida que tienes.

—Entonces te equivocas —digo—. Sí que es culpa mía.

—No te hagas eso. No la has dejado de lado de forma intencionada.

—No —respondo—, no lo he hecho, pero eso lo hace casi peor, en cierto modo. Ni siquiera me estaba dando cuenta.

—No te he llamado para hacerte sentir mal. Solo pensaba que querrías saberlo.

Suspiro.

—Sí. Gracias, Betsy.

—Ahora mismo ya tienes bastante con lo tuyo. Lo entiendo.

—Pues sí, pero eso no es excusa. En cuanto colguemos, llamaré a Tess.

—No, no lo hagas. Entonces sabrá que te he llamado y, aunque no me dijo que no lo hiciera, no quiere hablar con nadie en este momento. Lo ha dejado muy claro.

Me duele la garganta, por esa sensación de querer llorar, pero no poder.

—¿Ni siquiera conmigo?

—«Sobre todo, ni con Skye ni con Garrett» han sido sus palabras exactas.

Vuelvo a suspirar.

—Pues sí que la he cagado.

—Como te he dicho, ya tienes bastante con lo tuyo. No te he llamado para hacerte sentir culpable. De verdad.

—Lo sé. Es solo que... las cosas han estado tan fuera de control... Ha habido cambios importantes en mi vida durante el último mes. No intento encontrar excusas. Yo solo...

«Ya no sé quién soy».

No puedo decir las palabras. No pude decírselas a Tessa, y no puedo decírselas a Betsy.

¿Por qué mi identidad está, de repente, tan ligada a los demás?

Soy más que la suma de todas mis partes. ¿No es así?

No soy solo la mejor amiga de Tessa.

No soy solo la antigua asistenta de Addison Ames.

No soy solo una *influencer* en ciernes, la nueva cara de la línea de cosmética barata de Susanne.

Y...

No soy solo la novia de Braden Black.

—Todo se va a solucionar —dice Betsy.

¿En serio?

No estoy tan segura.

Pero, en unos minutos, Christopher nos llevará a Braden y a mí al aeropuerto, donde tomaremos su *jet* a Nueva York.

Todo se solucionará cuando vuelva a Nueva York. Volveré a estar completa.

¿Verdad?

¡Joder! Ya no lo sé.

—Dile a Tessa...

—¿Que le diga qué? —pregunta Betsy.

—Solo dile... Dile que la quiero. Que lo siento. Me tengo que ir.

—Está bien. No te preocupes. Me ocuparé de ella. Va a estar bien.

—Gracias. —Cuelgo el teléfono.

Tessa estará bien. Con o sin mí, pero estará bien. Esto ha sido solo algo puntual para ella. La Tessa que conozco se dará cuenta de que ha hecho algo fuera de lugar y jurará que no volverá a hacerlo. También se dará cuenta de que no necesita a Garrett Ramírez ni a ningún hombre. Que está bien sola.

He sido testigo de ello. Se ha levantado antes y lo volverá a hacer. Ojalá estuviera allí para ayudarla a superarlo.

Es lo que hacen las amigas. Nos ayudamos mutuamente. Comemos Ben & Jerry's juntas y nos compadecemos. Nos decimos que Garrett Ramírez, o quien sea, es una mierda que no merece nuestro tiempo. Nos comprometemos a no repetir nunca el desafortunado comportamiento que hemos tenido.

Nos cubrimos las espaldas mutuamente.

Betsy la ayudará y Tessa estará bien.

Y eso es lo que quiero. Quiero que Tessa esté bien, que sea feliz.

Sí. Eso es lo que quiero.

¿El problema? Que no es lo único que quiero.

50

A primera hora de la tarde, llegamos al ático de Braden en Manhattan.

—¿Cuándo podemos ir al club? —pregunto.

—Esta noche. No abre hasta las ocho de la tarde.

—Pero es tu club. ¿No podemos ir ahora?

Me mira fijamente, con el semblante un poco tenso.

—¿Qué buscas, Skye? ¿Por qué el club es tan importante para ti?

—Por la misma razón que es importante para ti —respondo.

Asiente.

—Creo que eso puede ser en parte cierto, pero parece que buscas algo más que la gratificación sexual.

—¿Y tú no? —pregunto.

—Me gusta tener el control —explica—, ya lo sabes. Y hacer una escena en el club me da el control que me gusta en mayor medida que en un dormitorio normal. Aunque no me costaría construir mi propia sala de juegos.

—¿Y por qué no lo has hecho?

—Porque... este estilo de vida es importante para mí, pero no me define.

—Te entiendo.

—¿Sí?

Asiento con la cabeza, tragando. ¿Lo hago?

—Porque creo —continúa— que has encontrado algo en el club que te ayuda a afrontar otros aspectos de tu vida.

—¿Y qué si lo he hecho? ¿Eso es malo?

—No, Skye. Nada de este estilo de vida es malo. Pero no tengo interés en vivir así las veinticuatro horas del día.

—Yo tampoco.

—Bien. Entonces estamos en el mismo punto.

—¿Cómo puedes pensar que no estoy en el mismo punto que tú? ¿De verdad crees que quiero pasarme cada día de mi vida como tu sumisa?

Sacude la cabeza.

—No, no creo que quieras eso.

—Entonces, ¿por qué has...?

—Te resististe a mi control en el dormitorio. Todavía te resistes a mi control en otros aspectos de tu vida.

—Eso es cierto. Entonces, ¿por qué crees que...?

Se frota la mandíbula.

—No lo creo. Confía en mí. No lo pienso ni por un instante. En cuanto a si es lo que quieres, lo averiguaremos esta noche.

Me sorprendo al notar los escalofríos que me invaden.

Sus palabras son enigmáticas. No quiero ser su sumisa. Lo sé tan bien como sé cómo me llamo.

¿Qué es lo que busco entonces?

¿Por qué me intriga tanto el club?

Existen muchas posibles respuestas.

Y todas ellas me asustan.

51

Esta noche no hay corsé. Braden me ha dado un bustier y una mini-falda de cuero negro junto con las medias de rejilla, el liguero y los tacones de aguja de plataforma. Un conjunto mucho más cómodo. También me ha pedido que lleve el pelo en una coleta alta, lo que me hace preguntarme qué tiene en mente.

La verdad es que me da lo mismo. Ya estoy mojada y lista.

Por último, me coloca la gargantilla de diamantes en el cuello y me mira con lascivia.

—¡Qué bonito! —se limita a decir.

Mis dedos se dirigen a la gargantilla. He investigado un poco sobre el collar. En el ambiente del club, significa que pertenezco a Braden y todos los demás allí lo respetarán. Pero hay otro significado. Un significado en la vida real.

Algunas personas sumisas llevan el collar las veinticuatro horas del día. Son sumisas en la vida real.

La gargantilla está caliente alrededor de mi cuello, casi como si me estuviera quemando. Marcándome.

Me gusta la sensación.

Otra cosa que me asusta.

—¿Qué te vas a poner esta noche? —le pregunto.

—Pantalones negros y camisa negra. Lo de siempre.

—¿Eso es lo de siempre? La última vez ibas con el torso desnudo.

—La última vez, mi camisa negra favorita estaba en Boston. Ahora me la he traído.

—¡Ah! Ya veo.

—La última vez nos fuimos corriendo en mitad de la noche —dice.

—Lo sé. Y no se te ocurrió...

—Exacto. No estaba seguro de que estuvieras preparada para el club. De si alguna vez lo estarías, la verdad. Como te dije, todavía no pensaba enseñarte esta parte de mi estilo de vida.

Sí, dijo todo eso. Pero el club... despertó algo en mí. Algo que me parece casi tan necesario como el aire.

Me aclaro la garganta.

—Algunos de los hombres llevan ropa de cuero.

—Ellos sí. Yo no.

—¿Por qué?

—No la encuentro cómoda.

¿De verdad la respuesta es tan simple?

Y continúa:

—Para mí, el club no es un lugar para jugar a disfrazarse.

—¿Es eso lo que es para algunas personas?

Asiente con la cabeza.

—Vestirse de cuero con los pezones perforados es un fetiche para algunas personas. Para otras, forma parte del exhibicionismo. Para mí, no.

Sonrío.

—Pero sí que te gusta vestirme a mí.

Sus labios se curvan hacia arriba en el lado izquierdo de su boca.

—Sí, pero eso es para mi placer. No para el de nadie más. Ni siquiera el tuyo.

—Me complace verme bien para ti.

—Entonces supongo que también es para tu placer.

Braden se pone una camisa negra con botones, dejando los dos superiores abiertos.

Respiro con fuerza. ¡Dios! Es magnífico.

—¿Estás lista? —me pregunta, entregándome mi gabardina.

Asiento, retorciéndome contra el cosquilleo que siento entre las piernas.

Estoy más que lista.

Nos dirigimos al ascensor.

Unos minutos después, llegamos al club.

Al Black Rose Underground.

—¿Le has puesto tú el nombre al club? —le pregunto.

—Por supuesto. El club es mío.

—¿De dónde viene el nombre?

—Simplemente me sonaba bien.

Asiento. No estoy segura de que me esté diciendo toda la verdad, pero estoy tan enamorada del club que lo dejo pasar.

—¿Tengo que firmar el acuerdo de confidencialidad otra vez? —pregunto.

—No. Tiene una validez de un año.

Braden nos registra y entramos. Está un poco más lleno esta noche, quizás porque es domingo en lugar de lunes por la noche. Braden me lleva hacia la barra, donde pide dos Wild Turkey. La camarera, que esta vez es otra, pero también va en toples, nos pasa los *bourbon* y Braden me da uno a mí.

—¿Qué te gustaría hacer esta noche? —me pregunta.

No lo dudo.

—Quiero que me ates otra vez.

—Eso me gustaría, pero hay muchas cosas aquí que no has visto. Puedo enseñarte mucho más.

—Eso estaría bien —digo—, pero quizás otro día. Me gustaría volver a ver la sala de *bondage*. Después quiero ir a tu *suite*.

Toma un sorbo de su bebida.

—Como quieras, Skye. —Se saca el teléfono del bolsillo—. No te había enseñado esto.

Cojo su teléfono y me quedo con la boca abierta.

Es una foto mía de la última vez que estuvimos aquí. Estoy atada con la cuerda roja oscura y tumbada de lado en posición semifetal, con los ojos cerrados.

Estoy aturdida.

Y excitada.

—Dijiste que podía sacarte fotos. Las cámaras no están permitidas aquí, pero como soy el dueño, me he saltado un poco las reglas. Además, no tengo intención de publicar esta foto en ningún sitio.

Contemplo mi propia imagen, atada y satisfecha.

El trabajo de los nudos es simple pero hermoso y el color de la cuerda contra mi piel blanca es encantador en su contraste.

Llevo el pelo ligeramente revuelto, y solo tengo puestos los tacones de aguja negros.

Y el collar de Braden.

Pero es la mirada de mi semblante la que de verdad atrae mi atención. Parezco...

¿Contenta?

Sí, pero es algo más.

¿Tranquila?

Sí, pero es algo más.

Casi... embriagada.

Pero no estoy borracha. Me tomé una copa esa noche. Solo una, y no me permito emborracharme nunca.

Entonces me doy cuenta: la palabra perfecta para describir la expresión de mi cara.

«Embelesada».

Porque eso es lo que realmente estoy.

Embelesada por Braden. Esclavizada por él. Esclavizada para él. Cautiva de él y cautivada por él.

—¿Qué te parece? —inquiere.

Me pregunta qué pienso de la foto, como profesional. Lo sé, y sin embargo respondo a una pregunta totalmente distinta.

—Veo muchas cosas en esta foto —contesto—, pero sobre todo me veo a mí.

52

No me tomo el tiempo de reflexionar sobre mi propio pensamiento, aunque su significado parece bastante claro. Últimamente me he estado preguntando quién soy, teniendo en cuenta todos los cambios que ha habido en mi vida.

Sin embargo, en la foto de Braden, me veo a mí.

¿Estará complacido con mi respuesta? Parece tan estoico como siempre, así que no estoy segura.

Sus palabras de ayer resuenan en mi mente. «Parece que buscas algo más que la gratificación sexual». ¿Lo busco?

Una vez más, no le dedico mucho tiempo a reflexionar sobre esa cuestión, porque solo tengo una cosa de verdad en mi mente.

—Llévame a la sala de *bondage* —le pido—. Por favor.

Se termina la bebida, deja el vaso en la barra, se levanta y me ofrece la mano.

—Ven conmigo.

Atravesamos la misma puerta, entramos en el pasillo de las habitaciones y después en la sala de *bondage*.

Cobro vida en cuanto entramos, en cuanto contemplo las escenas que tenemos delante.

—Empápate de todo, Skye —me susurra Braden al oído—. Mira. Escucha. Aprende.

Tomo la delantera mientras recorremos la sala. No reconozco ninguna de las caras, pero la última vez no estaba mirando las caras. Estaba mirando las escenas en sí, el *bondage*.

Las de esta noche son similares pero diferentes. Algunas parejas tienen sexo, otras no.

Los nudos de las cuerdas de diferentes colores me atrapan. Todos son muy bonitos, algunos simples, otros intrincados.

Hasta que una escena cautiva totalmente mi atención.

Una mujer está de pie, con los brazos por encima de la cabeza, atada por las muñecas y sujeta a un poste. Está atada por la cintura y los pechos, y solo se le ven los pezones. Aunque nunca me han interesado las mujeres, me pregunto cómo los sentiría con mi lengua.

Sin embargo, el pensamiento es fugaz, porque al dirigir mi mirada hacia arriba, veo lo que me hace estremecer aún más.

Está atada por el cuello, su dominante sostiene una cadena que está unida al improvisado collar.

El hombre tira un poco de él y ella jadea.

Otra vez.

Y otra.

Cada vez que jadea, sus mejillas se enrojecen ligeramente.

Luego le azota el culo desnudo con... no estoy segura de lo que es. Parece una paleta de pimpón.

Su culo se vuelve rosado, y esos pezones, si cabe, sobresalen aún más.

¿Qué me está contando esta escena?

No lo sé, pero quiero ser esa mujer, y quiero que Braden sea ese hombre.

Por eso quería volver a Nueva York. Para representar esta escena.

—¿Has visto suficiente? —me susurra Braden.

Asiento.

—¿Podemos ir ahora a tu *suite*? —murmuro.

—Por supuesto —gruñe.

Me lleva fuera de la sala de *bondage* y al final del pasillo, donde introduce su código. Una vez más, estamos en su *suite* privada. En una esquina hay un poste, algo a lo que no presté mucha atención la última vez.

Esta vez me doy cuenta.

—Braden.

—Dime.

—¿Puedes atarme a ese poste? ¿Como la mujer que acabamos de ver?

—Mis nudos son un poco diferentes, pero sí, puedo adaptarme a ti.

Me baja la cremallera del bustier y este cae al suelo. Mis pechos están hinchados y mis pezones ya están duros y listos.

Me pellizca uno.

—Precioso.

Tiemblo, la sensación asciende hasta mi sexo. Estoy tan mojada que debo de estar goteando por los muslos.

—¿Qué te ha atraído de esa escena, Skye?

Sé la respuesta, pero no estoy dispuesta a decírsela todavía.

—Todo —respondo.

Me da una ligera palmada en uno de mis pechos.

—Sé más específica.

—Sus pezones —contesto.

—¿Qué pasa con ellos?

—La forma en la que sus tetas estaban atadas, pero sus pezones estaban libres. Estaban tan apretados y duros...

Un gemido bajo retumba en su garganta.

—¿Y eso te ha gustado?

—Sí.

—¿Qué más?

—Su culo. Todo rojo después de que la azotara con la pala.

Otro gemido.

—Sí. Muy bonito. —Me quita la falda y me da la vuelta—. Tu culo es más bonito que el de ella. Y lo será aún más cuando te lo ponga rojo. —Me arranca el tanga para que me quede solo con las medias y con los tacones de aguja de plataforma.

Pasa sus dedos por los cachetes de mi culo.

—¿Será esta noche «la noche»? —me pregunta.

Quiere follarme por ahí. He estado tan embelesada por el *bondage* que se me ha olvidado. La idea me intriga, pero lo que de verdad quiero es...

—Contéstame —me ordena.

—Si quieres, sí.

No responde al instante. Está disgustado con mi respuesta. Quería que yo estuviera tan entusiasmada con la idea como él.

Estoy intrigada pero no excitada. Lo que me excita es estar atada para su placer.

Y si estoy atada para su placer...

—Sí —digo, ahora con mucha más firmeza—. Esta noche es la noche.

Esta vez, su mirada se ensombrece.

—Bien. Perfecto. —Se gira hacia uno de los armarios y lo abre. Vuelve con una botella de lubricante y un dilatador anal de acero inoxidable—. Debería haberte hecho llevar esto todo el día, ahora que lo pienso. —Me lubrica el culo y me inserta con cuidado el dilatador.

Jadeo ante la intrusión, pero una vez que está dentro, mi entrada se relaja.

—Cuéntame —dice—. ¿Cómo quieres que te ate?

—Como la mujer de la última escena que hemos visto.

Asiente con la cabeza y agarra una cuerda de uno de los cofres. Esta vez es negra en lugar de roja oscura. ¿Tiene el color algún significado para él? Para mí simboliza la oscuridad, el subsuelo. Esta vez le sigo al lado salvaje.

Y no puedo esperar.

—Arrodíllate ante mí —ordena.

Y caigo.

—Levanta las manos por encima de la cabeza.

Hago lo que me pide y me ata con fuerza las muñecas con la cuerda. Me gustaría poder ver cómo me hace los nudos.

—Ahora, de pie.

Me levanto, resistiendo el impulso de retorcerme contra la invasión del dilatador anal.

Me lleva al poste, donde me sujeta con lo que parecen ser ganchos de mosquetón y correas de cuero. No estoy suspendida, pero estoy casi inmóvil, ya que al mover los pies hacia atrás me estiro hasta una posición incómoda.

—Ahora, gírate hacia mí.

Para mi asombro, puedo moverme. Lo que sea a lo que me haya atado me deja hacerlo.

—Te ha gustado lo que has visto en los pechos de esa mujer —dice con voz rasposa—. Voy a atar los tuyos aún más fuerte.

Mi sexo palpita mientras me pasa un trozo de la cuerda negra alrededor de la parte superior de mi pecho. Mis pechos están llenos, hinchados y sonrosados, y mis pezones...

Sé lo que viene, y parece ser que ellos también.

Sigue manipulando la cuerda, anudándola con tanta rapidez que sus dedos parecen volar, pero cuando llega a la hinchazón de mis pechos, baja dos tiras sobre uno de ellos, utilizando mi propia piel como tope para que mis pezones se deslicen por la cuerda.

El pellizco de la cuerda de nailon contra mi pezón me hace sentir oleadas de corriente eléctrica que aterrizan justo en mi clítoris. Gimo.

No hablo, aunque él no me lo ha prohibido.

Lo que está ocurriendo me parece demasiado reverente, como si hablar lo corrompiera de alguna manera.

Hace lo mismo con el otro pezón.

Esto es distinto al *bondage* que he presenciado, con diferentes ataduras y nudos, pero el resultado es el mismo. Mis pezones están empujando hacia fuera y, joder, ¡qué duros y tiesos están! Con los pechos y los pezones atados, Braden sigue bajando por mi abdomen, atándome horizontalmente hasta llegar a mi ombligo. Se detiene allí.

—Podría atarte las piernas —comenta—, pero no ahora. Quiero que puedas abrirlas cuando te folle el culo por primera vez. Atarte las piernas hará que te duela más.

Casi le contradigo, diciéndole que me parece bien que haya más dolor.

Pero no lo hago.

Porque hablar podría corromper lo que me está pasando.

—¿Estás lista, Skye? —pregunta.

—Siempre —respondo, con la voz entrecortada.

Cierro los ojos, esperando a que complete el *bondage*. Me atará el cuello y sujetará una cuerda que le permitirá apretar y aflojar el collar.

Quiero esto.

Lo necesito.

—Gírate hacia el poste —dice sombríamente.

Obedezco, con los ojos aún cerrados, la piel de mi cuello hormigueando con fuertes escalofríos.

Estoy lista.

Lista para llevar esto al siguiente nivel. Y entonces, cuando esté atada, Braden tomará mi virginidad anal.

Sí.

¡Sí, joder!

Mis pezones se tensan, el apretado roce de la cuerda los estimula de forma deliciosa. Los labios y los dientes de Braden serían aún mejores, pero cada vez que me muevo, la fricción cambia un poco y la estimulación me deja embelesada.

Sí, mi nueva palabra.

«Embelesada».

Estoy embelesadísima.

Totalmente bajo el hechizo de Braden, y cuando ate mi cuello y ejerza el control total, me sentiré en casa.

Por fin en casa.

La espera solo aumenta la intensidad.

¿Cuándo me tocará la piel del cuello? ¿Cuándo me pondrá una cuerda a modo de collar? ¿Cuándo tirará de ella, haciéndome jadear y luego soltándome, permitiéndome respirar la dulce oleada de ese preciado aire? Entonces me azotará con la pala, me dejará el culo bien rojo antes de follarme por ahí.

¿Cuándo?

Espero.

Y espero. Hasta que...

Me saca con cuidado el dilatador del culo.

Gimoteo.

—Tranquila —me dice—. Voy a deslizar la cabeza de mi polla dentro de ti muy rápido. Pasar la entrada es la peor parte.

Pero, espera...

—¡Espera!

—¿Qué ocurre, Skye? —pregunta.

—Yo... Tú... No me has azotado. Como en la escena.

—Vale. No me había dado cuenta de que querías imitar la escena por completo.

—No imitarla, pero...

—¿Pero qué?

—El cuello, Braden. Quiero que me ates el cuello.

No responde durante un momento. Un momento que me parece una eternidad.

Por fin, habla.

—No, Skye.

53

¿No?

¿No va a atarme el cuello?

¿Por qué no? Le estoy mostrando la máxima confianza. Dándole el máximo control. Todo lo que él aprecia.

No me muevo. Estoy de cara al poste, con los pezones todavía tiesos y doloridos.

Mi corazón está listo para romperse, listo para sucumbir a la última esclavitud en esta habitación.

Listo para...

Listo para cualquier cosa. Abro la boca, dispuesta a gritarle a Braden que le daré lo que quiere. Le daré el control de todos los aspectos de mi vida si solo me ata por el cuello...

Se me aflojan los brazos. Braden ha desenganchado la atadura del poste.

—Date la vuelta, Skye. Ponte de cara a mí.

Obedezco, mirando el hermoso nudo que me cruza el pecho.

—Mírame —dice.

Levanto la cabeza y me encuentro con su mirada. Sus ojos azules, que hace un momento estaban llenos de llamas de color zafiro, ahora parecen... distintos.

No está feliz. Ni triste. Ni excitado.

Está resignado.

Y no sé por qué.

Toca la cuerda alrededor de mi pecho y la afloja.

No. No quiero estar sin ataduras. Quiero perder el control aquí. Quiero hundirme hacia abajo. Hasta el fondo.

Lo quiero porque él lo quiere.

Lo quiero porque yo lo quiero.

—No me estás mirando —dice.

Tiene razón. Mi mirada se dirige a sus dedos en la cuerda. Levanto la cabeza y le miro a los ojos mientras termina de desatarme. Las cuerdas caen al suelo.

Al final, digo:

—No lo entiendo.

Recoge las cuerdas y se las lleva al pecho. Después, se vuelve hacia mí, me toma de la mano y me conduce a la cama.

—Siéntate.

Todavía desnuda, excepto por las medias y los tacones de aguja, obedezco.

Se sienta a mi lado.

—Pareces decepcionada.

—Estoy bien. —La mentira tiene un sabor amargo en mi lengua.

—Quiero que te vistas —dice—. Nos vamos.

—¿Cómo que nos vamos?

—Sí.

—Pero... ¿por qué?

—Porque tengo algo que decirte y no quiero hacerlo aquí.

De vuelta en el ático de Braden, parece distante. Al final, me pide que me siente a su lado en el sofá del salón.

—Te he dicho algo antes. ¿Recuerdas lo que era?

—Me has dicho muchas cosas antes, Braden.

Asiente.

—Tienes razón, pero hay algo que te he dicho que me afectaba. Que me preocupaba que buscaras algo en el club que no fuera placer.

Sí, lo ha dicho. Y lo he recordado en el club, pero he preferido no pensar en lo que implicaban sus palabras.

—Skye, ¿por qué querías que te atara el cuello?

—Porque es lo que ocurrió en la escena.

Sacude la cabeza.

—Esa no es la verdad, y lo sabes.

Tiene razón, y solo me doy cuenta de cuánta razón tiene en este momento.

Me ha atado, ha hecho que mis pezones vibraran, estaba dispuesto a quitarme mi virginidad anal y a azotarme el culo hasta dejarlo sonrosado y caliente.

Me ha ofrecido una bonita escena; una escena que le habría encantado a cualquier otra mujer del club.

De hecho, a mí misma me ha encantado.

Pero me he quedado con ganas de más.

De que me atara el cuello. Del collar. De la dominación.

De la...

Casi me da miedo incluso pensar en las palabras.

De la... asfixia.

De la pérdida definitiva del control.

He pasado de ceder el control a perderlo. De anhelar la sumisión a necesitar la marca definitiva de la misma. Pero ¿qué significa todo esto?

He perdido mi trabajo. He perdido a mi mejor amiga.

He perdido el control de mi propia vida.

—No te obligaré a decírmelo, Skye, pero si quieres una relación conmigo, tienes que ser sincera.

—Yo solo... quería.

—Querías que te asfixiara. —Su declaración no tiene ninguna inflexión. No está cuestionándolo. Ya lo sabe—. ¿Por qué, Skye?

—No estoy segura.

—¿En serio?

—A ver..., tengo una idea.

—¿Y esa idea es...?

—Quería perder el control. Del todo. Darte el control total. Mostrarte que confío en ti.

—Ya sé que confías en mí, y ya me has dado el control total en el dormitorio.

—Pero quiero...

Braden se adelanta y pasa un dedo por mi antebrazo.

—Darme el control no tiene nada que ver con lo que tú quieres. Se trata de lo que quiero yo.

Contengo un escalofrío ante·su caricia.

—Pero...

—Para. Se trata de lo que tú también quieres. Pero soy yo quien debe elegir y tú quien debe consentir o rechazar. ¿Entiendes?

Asiento con la cabeza, tragando, con las lágrimas formándose y acumulándose en el fondo de mis ojos.

Se frota la frente.

—¡Joder, Skye! Di sí o no.

—Sí, lo entiendo. Por supuesto que lo entiendo, Braden.

—¿Lo entiendes? ¿De verdad? —Antes de que pueda responder, continúa—: Porque no creo que lo hagas. No creo que me entiendas.

Levanto las cejas, con los ojos abiertos como platos, las lágrimas siguen acechando.

—¿Que no te entiendo? ¿Cómo voy a entenderte si me ocultas cosas?

Espero que se enfurezca, que pierda los estribos. En lugar de eso...

—Buen punto —dice él, con buen humor—. Así que déjame que te aclare algo.

—Muy bien. Te escucho.

—Te dije una vez que solo tengo un límite absoluto.

Asiento con la cabeza.

—Es atar el cuello. El control de la respiración. La asfixia. No voy a hacerlo. Nunca.

—¡Oh! ¿Cuáles son tus límites absolutos?

—Solo tengo uno.

—¿Cuál es?

—No hablo de ello.

—¿No crees que debería saberlo? ¿Para no sacar el tema?

—Confía en mí, Skye. Nunca sacarás el tema.

Braden estaba equivocado. Lo he acabado mencionando. ¿Por qué pensó que no lo haría?

Por el control. Es la máxima pérdida de control y asumió que nunca llegaría a ese punto.

—La asfixia es un tabú —digo—. Me dijiste una vez que te encantaba lo prohibido.

—Y lo hago.

—¿Entonces por qué? —pregunto—. ¿Por qué no lo haces?

—¿Que por qué? Puede que te diga el motivo... en cuanto tú me digas por qué sientes que lo necesitas.

—Yo... no lo sé.

Inhala. Exhala. Inhala de nuevo. ¿Está pensando en cómo responderme? ¿Está enfadado? ¿Triste? ¿Siente algo?

Porque no sabría decirlo.

—¡Por el amor de Dios, Braden! —suelto al final—. ¿Puedes mostrarme que tienes sentimientos por una vez en tu vida?

Ladea la cabeza mientras sus fosas nasales se agitan.

—¿Crees que no te muestro mis sentimientos? —Se levanta—. ¿Cómo puedes decir eso? Te he mostrado más sentimientos de los que nunca le he mostrado a nadie. A nadie, Skye. Si no lo sabes, deberías saberlo.

Tiene razón. No estoy siendo justa. Me mostró muchísimos sentimientos anoche cuando se me quemó la cena y me derrumbé.

—Braden...

—No. Tú no hablas. No hasta que termine. Te he dicho quién era yo. Te he dicho que no estaba hecho para las relaciones. Pero he hecho una excepción por ti. He hecho esa excepción porque te quiero, Skye. No buscaba enamorarme. Sabía que eso haría mella en mi vida...

No puedo evitar responder. Estoy desgarrada por dentro y estoy enfadada.

—¿Una mella, Braden? ¿Soy una puñetera mella?

—¡Que te calles! Cierra la puta boca, Skye. Voy a darte mi opinión y luego puedes darme la tuya. Si eres lo bastante valiente.

—¿Lo bastante valiente? ¿Qué se supone que significa eso?

—Sabes exactamente lo que significa, y si me vuelves a interrumpir, esta discusión habrá terminado.

Me tiemblan los labios mientras asiento con la cabeza. Me obligo a calmar mi ira.

Se aclara la garganta.

—He hecho una excepción contigo. He decidido tener una relación, o intentarlo, al menos, pero me temo que este pequeño experimento mío ha fracasado.

«¿Un pequeño experimento? ¿Soy un puto experimento?». Quiero gritar, patalear, arrancarle el pelo. Golpear su engreída cara hasta dejarla magullada y maltrecha.

Quiero llorar, sollozar en sus brazos y decirle que haré cualquier cosa para complacerlo.

Quiero rogarle que vuelva a llevarme al lado salvaje, que me ate, que me asfixie.

Quiero desnudar mi alma, confesar mi amor, decirle que haré cualquier cosa... Cualquier cosa...

Pero me quedo sentada en silencio. Me quedo sentada en silencio porque tengo miedo. Tengo mucho miedo de a dónde nos lleva esto.

«Si eres lo bastante valiente...».

Ya he perdido mucho.

—El club es una cuestión de placer —dice Braden.

—Lo sé. Consigo placer allí.

—Lo haces. Pero también algo más. Algo que es importante para ti, y eso es lo que necesitas afrontar antes de que podamos continuar en una relación.

Acaricio con el dedo el collar que aún está en mi cuello.

—Braden, por favor...

—Te quiero, Skye. —Se pasa los dedos por el pelo y luego se frota la frente—. Te quiero más de lo que nunca creí que fuera capaz de amar a otro ser humano. Pero tú quieres algo que yo no puedo darte. Algo que yo nunca estaré dispuesto a darte.

Trago saliva.

—Puedo vivir sin la asfixia.

Me pasa un dedo por la frente y por la sien.

—¿Puedes? Porque esto no se trata solo de la asfixia, sino de algo más que el placer. Más que el dolor. Más que mi dominio sobre ti y tu sumisión a mí. Te estás castigando a ti misma, Skye, y no quiero ser parte de ello.

Sacudo la cabeza con vehemencia.

—Pero tú... ¡me castigas todo el tiempo!

—Pero eso es cosa mía. No tuya.

—Lo entiendo. Y te equivocas. Me encanta todo lo que hacemos. Tú lo sabes. No me estoy castigando. ¿Por qué iba a hacer eso?

Me besa la frente.

¿Es un beso de despedida?

Así es como lo siento, y algo me oprime el pecho con tanta fuerza que creo que podría morirme en esta cama. Morirme por un corazón roto.

No estaba seguro de que estuviera preparada para el club. Recuerdo, por su comportamiento cuando me habló de su estilo de vida en Nueva York, que creía que estaba cometiendo un error. Que era demasiado pronto para mí.

¿Cómo puedo convencerlo de que está equivocado? ¿De que yo necesito esto tanto como él? ¿Tal vez incluso más?

Tal vez incluso más...

¡Oh, Dios! El problema es el «incluso más».

¿Esa opresión alrededor de mi corazón? Ahora no la siento. Estoy entumecida. Completamente entumecida. La ironía de la situación no se me escapa. Después de mi conversación con Betsy, me apresuré a entrar en la oficina de Braden, temiendo que terminara nuestra relación si me negaba a hacer algo que él quería.

¿Y cuál es la realidad? Nuestra relación está terminando porque él se ha negado a hacer algo que yo quería.

—¿Por qué te castigas? —me dice Braden al fin, mirando más allá de mí y por la ventana—. Esa es una pregunta que necesitas responder tú.

Un sollozo se aloja en mi garganta.

Quiero responder. Más de lo que nunca he querido nada, quiero abrirme y darle lo que me pide.

Pero no puedo, porque no lo sé.

Me siento perdida. Muy perdida.

Y estoy a punto de perder al hombre al que amo.

NOTA DE HELEN

Querido lector:

Gracias por leer SÍGUEME AL LADO SALVAJE. Si quieres enterarte de mi lista de libros pendientes y de mis futuros lanzamientos, visita mi página web, dale a me gusta a mi página de Facebook y suscríbete a mi lista de correo. Si eres fan, únete a mi equipo de calle para ayudarme a difundir mis libros. Suelo hacer sorteos increíbles para los miembros de mi equipo de calle.

Si te ha gustado la historia, déjame una reseña. Todos los comentarios son bienvenidos.

¡Te deseo lo mejor!

Helen

Facebook:
Facebook.com/helenhardt

Newsletter:
Helenhardt.com/signup

Equipo de calle:
Facebook.com/groups/hardtandsoul

SOBRE LA AUTORA

La pasión de la autora número uno en *The New York Times*, en *USA Today* y en *Wall Street Journal*, Helen Hardt, por la palabra escrita empezó con los libros que su madre le leía a la hora de dormir. Escribió su primera historia a los seis años y no ha parado desde entonces. Además de ser una galardonada autora de novela romántica, es madre, abogada, cinturón negro en taekwondo, fanática de la gramática y amante del buen vino tinto y del helado de Ben & Jerry's. Escribe desde su casa en Colorado, donde vive con su familia.

www.helenhardt.com

AGRADECIMIENTOS

Me ha encantado escribir esta historia. A veces un libro casi se escribe solo. *Sígueme al lado salvaje* ha sido ese tipo de libro. Ya conocía a Skye y a Braden después de haber escrito *Sígueme en la oscuridad*, y en esta continuación he profundizado mucho más en ambos personajes. Parecían salir volando de mis dedos y llegar a la página por sí solos. ¡Espero que os gusten tanto como a mí!

Por supuesto, ninguna historia está completa sin una edición brillante. Liz Pelletier, como siempre, supo exactamente dónde colocar su bolígrafo rojo, y Stacy Abrams fue la guinda del pastel con la edición del texto. Gracias a las dos.

Jessica Turner, muchas gracias por todo lo que haces para que todo el mundo conozca esta saga. ¡Eres genial!

Bree Archer, ¡has creado otra preciosa cubierta! El arte de esta saga es uno de los mejores que he visto. ¡Gracias!

Heather, Curtis y Meredith, muchas gracias por vuestras contribuciones a este proyecto. Vuestro apoyo es muy importante. Sin duda se necesita a todo un equipo para traer un libro al mundo.

Gracias a las mujeres y a los hombres de mi grupo de lectores, Hardt and Soul. Vuestro apoyo infinito e inquebrantable me hace seguir adelante.

A mi familia y a mis amigos, gracias por vuestros ánimos. Un agradecimiento especial a Dean, también conocido como el señor Hardt, y a nuestros increíbles hijos, Eric y Grant.

Gracias sobre todo a las personas que me leen. Sin vosotros, nada de esto sería posible.

¡Braden y Skye volverán pronto en *Sígueme siempre*!

¿TE GUSTÓ ESTE LIBRO?

escríbenos y cuéntanos tu opinión en

f /Sellotitania   **Y** /@Titania_ed

@ /titania.ed

#SíSoyRomántica